中公文庫

ばあさんは15歳

阿川佐和子

中央公論新社

ばあさんは15歳

突然、ぐらりと身体《からだ》が揺れた。足の下からとてつもない強い力で突き上げられたかのような衝撃だ。

「うわっ」

乗客の声が図らずも揃《そろ》った。故障？　それとも地震？　ガラス窓の外に目を遣《や》ると、オレンジ色の鉄柱が動いていない。ついさっきまですいすい流れていたのに。そう気づいた直後、天井で煌々《こうこう》と輝いていた青色と緑色の円形照明が何度かまたたいて、そして完全に消えた。

「きゃー」

「やだ、なにこれ？」

何人かの女性から遠慮がちな悲鳴が上がった。続いて「怖いよぉ」と前方で子供の怯《おび》える泣き声が響き、「大丈夫、大丈夫」と母親らしき優しい声がなだめている。

内村《うちむら》菜《な》緒《お》は今、祖母とともに東京タワーの高速エレベーターの中にいる。高校進学祝いになにが欲しいかと両親に聞かれ、東京タワーへ行って、そのあと豪華ディナーがいいかなと、ちょっと思いついたことを口にしてみたら、たちまち母親の万里《まり》が「やだ、菜緒ったらダサーい」と手を横に振ってあっさり否定。父親の伸次《しんじ》には、「パパは君にプレゼント買う予定なんで、それパスね」とやんわり逃げられて、じゃあ聞くなよな、と内心思って横を向いたら、ばあさんと目が合った。

「あたしが連れてってやろうじゃないか」

予想外の展開だ。ばあさんがそんな思いやり発言をすることは極めて珍しい。菜緒としては資金を出してもらって友達と行く手もあると思い、そう切り出そうかどうしようかと迷っているうちに、万里が菜緒の背中を勢いよく叩《たた》いて、言った。

「そうよそうよ。たまには二人でゆっくり出かけてきなさいよ。ばあさんも少しは外に出て運動しないと、呆《ぼ》けちゃうもんね。帰ってきたらケーキでお祝いしましょ。菜緒は『ローズ』のチョコレートケーキがいいんだっけ？　買っとくね」

万里にとっては待ってましたの展開だったにちがいない。ばあさんが住み慣れた渋谷の家を引き払い、この狭いマンションに越してきて一年。実の母娘だというのに衝突してばかりいる。

ばあさんと万里は互いに距離と時間を置いたほうがいい。菜緒は前からそう思っていた。だからこそ、ばあさんの申し出を露骨に断ることができず、こういうはめになったのである。

　菜緒は周囲を見渡しながら、めまぐるしく頭を働かせた。まさか私の人生、これでおしまい？　二〇一九年三月二十五日。もしかして、これが私の命日になるってこと？　やっと受験勉強から解放されて花の高校生活を始めようってときに？　明日、美容院に行って、このダサいおかっぱ頭をガーリーショート風にアレンジカットしてもらおうと思っていた矢先だっていうのに？　それって最悪。まだ人生のおいしいこと、なんにもしてないんですけど。むごすぎません？　神様！

　菜緒たち以外でこのエレベーターに閉じ込められているのは、二、三、四……、外国人観光客も含めて全部で十五人ぐらいか。まわりから不安そうなヒソヒソ声が漏れる。菜緒はもう一度、ガラス窓におでこを押しつけて外を見下ろした。地上はまだはるか下だ。とても飛び降りられるような高さではない。

「皆様、落ち着いて落ち着いて。どうか落ち着いてください。まったくご心配はいりません。ただいま保安センターと連絡を取っておりますので、もう少々お待ちくださいませ」

　扉の横に立つ制服姿の女性アテンダントが、マイクを通してアナウンスをしたが、落ち着けと連呼する彼女のほうがよほど狼狽《うろた》えているように見える。室内の照明が消えても真っ暗闇ではない。エレベーターの窓に映る空はまだかすかに明るい。それだけがかろうじて恐怖を和らげてくれていた。とはいえ、いっこうに状況が変わる気配はない。菜緒はスマホに目を落とした。六時十分。停止してからすでに五分以上は経《た》っていた。

「ねえ、ちょっと」

菜緒はばあさんの肘《ひじ》を突いた。ばあさんは、エレベーターが止まって以来ずっと前を向いたきり、黒いウールのトップスに同じく黒色のワイドパンツ、上から藤色のカーディガンを羽織って微動だにせず、ウンでもスンでもフンでもない。

騒がれても迷惑だが、冷静すぎるのもどうかと思う。黙っていないで、不安におののく健気《けなげ》な孫娘をなぐさめるとか、さりげなく手を握るとか、こういう危機的状況においては保護者としてなにかやりようがあるだろうに。

母方の祖母であるこのばあさん、通称、渋谷のばあさん、本名、山口和《やまぐちなごみ》は、その名に反してまったく人を和ませないタイプであり、そもそも愛想という概念をほとんど持ち合わせていない。だから気の強い娘の万里と衝突してばかりいるのだ。そんなばあさんが珍しく孫娘の菜緒に親切心を抱いたこと自体が快挙だと言える。

その時点で怪しむべきだった。ろくなことは起こらないと容易に想像できたはずだ。

菜緒は後悔した。東京タワーに一度行ってみたいという願望はあったものの、できればエレベーターには乗りたくなかったのである。

もともと菜緒はエレベーターが苦手である。閉所恐怖症というほどではないが、狭い箱の中でじっとしているのが好きではない。だから下りのエレベーターに乗る前、ばあさんに提案を試みたのだ。

展望台で富士山が夕日に染まる景色を眺めながら想像した。階段といってもタワーの外に剝《む》き出しではないだろう。頑丈な網が張られているから安全だし、むしろ網越しに外の空気や光をずっと間近に感じられるはずだ。一段一段を足で踏みしめながらゆっくり地上に近づいていくのはさぞや気持のいいことにちがいない。人間にとって歩くスピードが脳みそをいちばん活性化させて、創造力を育《はぐく》みやすいのだと、音楽の先生が言っていた。だからベートーヴェンもシューマンも、あの時代の音楽家はみんな散歩が好きだった。散歩をしながら閃《ひらめ》いた名曲は数限りないのだと。

「ねえ、帰りは階段で下りてみない？」

ばあさんに優しく語りかけたら、たちまち血相が変わった。

「バカ言うんじゃないよ。か弱い高齢者に階段で下りろって言うのかい？　何段あると思ってるんだ。そこらへんの神社の階段じゃあるまいし。あたしゃ、ぜったい嫌ですよ。菜緒が階段で降りたいなら、勝手に下りりゃいいだろ」

わかった、わかりましたよ。そんなにムキにならなくたっていいでしょうが。まったくガキみたいな七十一歳である。そこまで怒るとは予想していなかった。菜緒はしぶしぶ妥協した。そしてばあさんと一緒にエレベーターに乗り込んだのである。だから嫌だって言ったのに。菜緒はさりげなく横目でばあさんを睨《にら》みつけ、小さく文句を垂れた。

ばあさんさ、少しは私に申し訳ないと思わない？　たった十五年の私の人生が、今日で終わってしまったら、ばあさんのせいだからね。化けて出るよ。まあ、そのときはばあさんも天国にいるか。いや、ばあさんは地獄で私が天国だもんね、ふん。いくら睨みつけても反応がないので、今度はしっかり声を出して語りかけた。

「ちょっと。これ、もしかして、マジ、ヤバくない？」

すると紫色フレームの丸眼鏡を鼻にかけたばあさんは、顎を引いて上目遣いで菜緒のほうへ視線を向けると、肩をすくめてこう言った。

「ゴジラでも来たんじゃないのかい？」

反射的に菜緒は周囲を窺《うかが》った。それから改めてばあさんを睨みつけた。やめなさいよ、こんなときにつまんない冗談言うの。しかも大声で。ばあさんの声、響くんだからね。そんなこと言ったら子供が本気にしちゃうでしょうが。

「ねえ、ゴジラってなあに？　ゴジラが来たの？」

ほら見たことか。菜緒たちの前にいた幼い子供がまんまと反応した。

「ゴジラなんて来てないの」

母親がなだめる。

「ねえ、ゴジラって怪獣のこと?」

「大丈夫だから。ママがついているでしょ。お願いだから静かにしてちょうだい」

その母親はエレベーターに乗った直後から息子を叱り続けていた。「そっち、いっちゃダメ」とか「そこ、いじっちゃダメ」とか。よほどイライラが募っているようだ。

「オー、ゴッジラー?」

窓際にいた金髪の外国人女性が隣に立っている異様に背の高い、たぶん二メートルくらい身長のありそうな外国人男性に囁《ささや》くと、男性がショワショワショワッと、どうやら英語ではなさそうな外国語で優しく囁き返し、毛むくじゃらの白い腕で金髪女を抱き寄せて、頭のてっぺんにチュッとキスをした。すると今度は金髪女が背伸びをして、首を上げ、うっとり目を閉じた。やめろよ、こんなところでイチャイチャするの。おー、しかもディープキスかい……。菜緒は口を半開きにして彼らを横目で凝視する。どう考えても中学を卒業したばかりの十五歳には刺激が強すぎる。しかし、こういう緊迫した場面で恋人と一緒だったらさほど怖くないだろう。というか、「怖い〜」って甘えれば、ますます愛は深まるよなと、菜緒の頭に妄想が膨らんだ。

やり場のないムシャクシャ感を晴らすため、「あーあ」とわざとらしく溜め息をついてみる。やっぱりばあさんの誘いを断って、野球部のボケナス西原《にしはら》と来るほうがよほどマシだった。アイツなら一緒に階段を下りてくれただろうに。西原のバカ、私の葬式に来るかなあ。

　覆水盆に返らず……。

　ふと頭に浮かんだ言葉を呟《つぶや》いてみた。今の菜緒の心境にぴったりだ。でもちょっと違うか？　覆水とは、こぼれた水のこと。こぼしたのは誰かというと、自分である。つまり自分の責任だ。自分がやらかしてしまった失敗は、元に戻らないという意味だ……っけ？　でもエレベーターを止めたのは菜緒ではない。誰なんだ。責任者を呼べ！　責任者にこの言葉を言ってもらおうじゃないか。いや、言われても困るね。もう元には戻らないって言われたらどうすんの。責任者、呼ばないでいいです。とにかくここで私がこの言葉を使うのは合っていないかも。どうなんだろうと、菜緒がぐずぐず考えていたら、

「すいぽんって、なあに？」

　さっきゴジラについて母親に質問していた五歳ぐらいの男の子がまたもや菜緒の言葉に反応した。

「ねえママ、すいぽんってなあに？　おいしいもの？　お菓子？　ねえ、ママ～」

なんにでも興味を持つ子だ。お前はエジソンか？

「ぼく、すいぽん食べたい。すいぽん買って！　ねえ、ママってばあ」

少年は母親の服を引っ張って駄々をこね始めた。

一方の母親は、息子に身体を思い切り揺さぶられながら、そんなもの買えないの、といい加減に答えたあと、菜緒のほうをチラリと振り向いた。どうやら怒っている。余計なことで子供を刺激しないでくださいと無言のクレームをつけてきた。どうもすみませんね。菜緒は彼女の背中に軽く頭を下げながら、菜緒のほうを見つめ続けている男の子に向かい、「すいぽんじゃないよ。ふくすいぼん。ふ、く、す、い、ぼ、ん。取り返しのつかないこと。わかる?」と、声を出さずに顔面の筋肉を目一杯使って教えてやった。と、そのとき、

グイーン！

大音響とともに突然、エレベーターが動き出した。同時に、「ふぅ」とか「ああ」とかいう溜め息が周辺から漏れた。だが照明はまだつかない。いや、ついた。と思ったら消え、またついて、そして消え、そのうち激しく点滅し始めた。乗客の誰もがしかめ面で天井を見上げている。菜緒もまたたき続けるライトを見つめるうちに、目がしょぼしょぼしてきた。電気系統がまだ正常に働いていないのかもしれない。これでまた途中で止まるなんてのは勘弁してほしい。頑張れ、エレベーター。もう少しだぞ。なんとか地上に到着してください。菜緒が祈るような気持で手を合わせているうちに、ようやく前方の表示サインが1の数字に移り、扉が開いた。一階だ。地上に着いたのだ。

「あー、よかったねえ」

「無事でしたねえ」

安堵《あんど》の声が交錯した。拍手まで起こっている。まるでアドベンチャー映画のラストシーンだ。見知らぬ者同士、互いに向き合って無事の生還を讃《たた》えた。菜緒に目でクレームをつけてきた母親も一転、満面の笑みだ。

さあ、順番にエレベーターを降りましょう。押さない押さない。そこの小学生、もう大丈夫だから、そんなに押さないでねえ。おいおい、後ろのおじいさん、私の背中にくっつきすぎでしょうが。ちょっと押すなってば。菜緒はムッとしながらも、ばあさんの袖をつかんで混雑の固まりからようやく抜け出した。なんという解放感。地面に足がついているという安堵感。清々《すがすが》しい外気の有り難み。一息ついて、菜緒はあたりを見渡した。そのとき、

「ねえ。ばあさん……」

菜緒は、東京タワーの玄関口に向かって、何ごともなかったようにさっさと歩き出したばあさんの袖を引っ張った。

「ばあさんってば」

「なんだよ？」

ばあさんが足を止め、振り返った。

「お前ね、人前で、ばあさんばあさんって、その言い方はやめなさい。下品！」

「じゃ、なんて呼べばいいのよ」

「おばあちゃまとかグランマとか和さんとか、もう少し品のいい呼び方がいくらでもあるだろうが、バカまごめが」

「バカまごって、そのほうがよっぽど下品だと思うけど。そもそもパパの熊本のおばあちゃんのことをおばあちゃんって呼ぶようになって、その流れで渋谷に住んでいたばあさんが渋谷のばあさんになったんでしょ？　だいいち、それを省略して、ただの『ばあさん』呼ばわりし始めたのは、もともとママだよ。私はママの真似をしただけなんです。しょうがないんです」

「しょうがなくはないよ、まったく。孫としての礼節に欠けておる！」

言い捨てると、ばあさんがきびすを返してまた歩き出したので、菜緒はもう一度呼び止めた。

「ちょっと待ってよ、和さん！　和おばあちゃまってばあ」

「なんだよ、しつこいね」

「なんか……、変わってない？」

「なんかって？」

「だから、ほら、あの人たちの恰好《かっこう》とか」

　菜緒は、自分より少しだけ背の高いばあさんの肩に両手をのせて身体をくるりと反転させると、三々五々散り始めた乗客たちや、土産物屋に集まる観光客を一人ずつ指さした。ばあさんは眼鏡をはずして菜緒が指し示す方向を見遣ってから、

「別になにも変わってないだろ。意味のわかんないこと言うバカまごだね、まったく。エレベーターが止まったショックで頭がウニになったんじゃないのかい？」

「なにそれ、意味わかんない。ほら、ちゃんと見てよ。さっき展望台でエレベーターに乗ったとき、こんなにたくさん着物を着た人いなかったでしょ？」

　ばあさんは顎を上げ、さも面倒臭そうに、行き交う人々をしばらく観察し、まもなく、

「そう？　いたんじゃないの？」

「じゃ、あの子は？」

　菜緒はエレベーターの中で母親に寄り添って何でも質問していたエジソン少年を指さした。薄暗がりで認めたかぎりでは、その子の髪は長めだった。少なくともあんなに前髪を短く切り揃えてはいなかった。服も、もう少し垢抜《あかぬ》けていたはずだ。色はよくわからなかったが、たしかショートパンツにパーカーかなんか着てたんじゃなかったっけ……。もしかして他にも同年代の男の子がいたのだろうか。

　そういえば、外国人カップルはどこへ行ったのだろう。ひときわ背が高かったから

目立つはずなのに見当たらない。視界に入るのは、背の低い日本人ばかりだ。

「ほら、行くよ」

ばあさんがUターンして歩き出した。

「え？」

菜緒はなお釈然としない。なにかが違う。人々の服装だけでなく、建物の雰囲気や、全体的な空気や匂いや……。この東京タワーの一階ロビーの明るさや壁の感じや看板の字のかたち。展望台に上がる前に見たものとは明らかに違う。

「ちょっと待ってよ。ぜったい変だって」

「置いてくよ」

ばあさんはさっさと東京タワーの建物から外に出て行った。

「ちょっとばあさん、おばあちゃま！　ヘイ、グランマ！　待ってよ！」

菜緒は小走りであとを追う。と、危うくばあさんの背中に追突しそうになった。ばあさんが急に立ち止まったからである。

「やだもう。どうしたのよ？」

前に回って顔を窺うと、前の通りを見渡しながらばあさんが呟いた。

「菜緒……」

「え？」

「たしかに、あんたの言う通りかもしれない」

菜緒とばあさんは今、東京タワーをあとにして、飯倉交差点の長い横断歩道を渡り、黙々と歩いている。菜緒は歩きながらときどきスマホ画面に目を落とした。ばあさんと一緒に家を出たのが、たしか午後三時半。あれから三時間たらずしか経っていないのに、まるで遠い昔のことのように感じられる。

はたしてこれは菜緒が見ている夢なのか。それともばあさんの夢に菜緒がゲスト出演しているのか。そもそも夢なのか現実なのか、現世なのかあの世なのか、それすらわからない。

どこへ向かおうとしているのか。目的意識はまったくない。しかし、歩き出さなければこの謎は解き明かされない気がした。その思いはばあさんも同じだったのだろう。ばあさんは左右に並ぶ木造家屋やすれ違う通行人をときどき怖い顔で睨みつけながら、足をひたすら交互に動かして、前へ進んでいく。

ばあさんの斜め後ろを歩きながら、菜緒はスマホで自分の家に電話をかけてみた。しかし、画面には「圏外」という表示が出るだけで、耳に当ててもツーツーという音すら聞こえない。こんな都心にいて圏外であるわけはない。もしかして東京じゅうの電波が宇宙人に妨害されてしまったのかもしれない。だから東京タワーのエレベーターが止まったのか。歩いていると、嫌な想像はいくらでも膨らんでいく。

二十分近く歩いただろうか。ばあさんが突然、足を止め、歩道に置かれた木製の赤いベンチに座り込んだ。

「ちょっと休憩。あー、暑い」

東京タワーから飯倉の交差点までは下り坂だったが、そのあと勾配のきつい上り坂が長く続いた。若い菜緒にとっても息の切れる坂道だった。ばあさんが疲れるのは無理もない。

途中、喉が渇いたと思ってあたりを見渡したが、コンビニは一軒も見当たらなかった。歩き続けてやっと見つけたベンチである。菜緒も肩にかけていたポシェットを下ろし、ばあさんの横に座り込んだ。

あたりはすっかり暗くなっている。ばあさんが藤色のカーディガンを脱いで、黒ずくめになった。ノースリーブの黒いトップスに黒いワイドパンツ。首元には大粒真珠のネックレスを巻き、耳に一粒真珠のピアスをつけている。孫の祝い事だからと、めかし込んでくれたつもりなのだろうが、結婚式かお葬式に出かけるときのような恰好にも見える。

だからといって野暮ったいわけではない。むしろモードだ。菜緒も今日は、最近いちばん愛用しているデニムパンツに白の長袖ロンT、上から、誕生日に母親に買ってもらったカーキ色のフード付きモッズコートを着て決めたつもりだが、モード面においてはばあさんに若干引けを取ったきらいがある。

ばあさんがどうしてこんなにファッショナブルになったのかは知らないが、菜緒はつねづねそのファッションセンスに秘《ひそ》かな敬意を抱いていた。でもそういうことを言ってばあさんを褒めると、さらに増長する恐れがあるので口には出さない。黙って観察し、ときどき参考にするぐらいがちょうどいい。

とはいえ、剝き出しになったばあさんの白い腕は、モードとはほど遠い。七十一歳という年齢相応にたぷたぷしている。ハンドバッグから取り出した扇子でばあさんが顔をあおぐたび、たぷたぷが一緒に揺れた。

「寒い」

ばあさんが唸《うな》った。扇子を畳み、今、脱いだばかりのカーディガンを肩にかけた。

「なにやってんだか」

菜緒は鼻で笑った。顔を上げると、ベンチから見える鶏肉専門店の看板に「三河台町3—5」と書かれている。

三河台町……。聞いたことのない町名だ。

さらに視線を延ばし、通りの向こうへ目を遣ると、二階建ての家並みの陰に、ピンク色の木の枝がうっすらと浮かんで見えた。

あれは桃か梅か、それともアンズの木だろうか。街の様子は違っていても、春先の花の姿は東京タワーに上る前と同様に美しい。いったいここはどこなんだ。

　呼吸が整ったところで菜緒は改めて頭を整理してみることにした。

　まず、スマホで日付を確認する。3月25日月曜日18時52分。時間と季節に変わりはないようだ。でも景色は明らかに違う。菜緒はもう一度、スマホのボタンをプッシュして、耳に当てた。

「繋《つな》がらないのかい？」

　また暑くなったのか。ばあさんが扇子を動かしながら菜緒のスマホを覗《のぞ》き込んだ。菜緒は無言で頷《うなず》く。

　それから大きく息を吐き、ベンチの背もたれに身を委ねて視線を上げた。何が違うのか。一つ一つ検証してみよう。

　道路を行き交う車のかたちがどことなく違う。全体的にはもったりと丸っこいが、テールランプのあたりは尖《とが》っている。幼い子供が描く絵のようで愛嬌《あいきょう》がある。でも決して現代風ではない。黒いワゴンタイプとかエコカーっぽい車は一台も走っていないし、クラスの男子たちがよく話している四駆タイプもいない。そう思っていたら、前輪が一つだけの、つまり車輪が三つの軽トラックが、荷台に子供二人と箪笥《たんす》を乗せて走り過ぎていった。一台だけではない。三輪トラックはけっこう多い。三輪車みたいで可愛いと、菜緒の顔がかすかに綻《ほころ》ぶ。

菜緒は歩道に目を向けた。歩いている人を観察するためだ。

まず、男の人の眼鏡が変だ。たいがいの男性の眼鏡フレームは、上半分が黒くて下半分がフレームレスになっている。しかもレンズが分厚いらしい。眼鏡の中の目玉がやけに小さく見える。みんながみんな、強度の近眼というわけでもないだろうに。

髪型も、スーツを着ている人の頭はだいたい七三分けかオールバックで、なぜか異様に黒光りしている。白髪頭の年配男性の、おでこの上の髪の毛だけが黄色っぽくなっているのはどうしてだろう。一方、スーツ姿でない年配者や職人っぽい男の人はおしなべてスポーツ刈りだ。

ちょうどそこへ、道路を隔てた向こう側の歩道に、植木屋さんのような紺色半纏《ばんてん》に地下足袋姿の見事に頭の毛を刈り上げたおじさんがリヤカーを引きながら現れた。大きな声で何か歌っているように見えるが、車の騒音にかき消されてよく聞こえない。

「うわ、なにあれ？」

菜緒は思わず指をさして立ち上がった。薄暗がりの中、目を凝らして見ると、リヤカーの上に四角い水槽が所狭しと並べられており、その中には赤や黄色の金魚がたくさん泳いでいる。泳いでいるというより、リヤカーの動きにつられて激しく揺れているといったほうが正しい。金魚たち、酔わないのだろうか。

「ああ、ありゃ金魚売りだ。昔はよく見かけたもんだけど。いつのまにかいなくなったねえ」

ばあさんが懐かしそうに冷たく呟いた。

「昔？ 金魚を売って歩いている人がいたの？」

「風鈴屋とか豆腐屋なんてのもいたさ。ああやって呼び声あげながら。金魚ェー金魚ッてね。豆腐屋はラッパも吹いてねえ」

「へえ。キッチンカーみたいなもんか」

「ぜんぜん違うだろ」

「でも、なんかいいね。風流って感じ？」

金魚売りを見送ったあと、菜緒は再びベンチに腰を下ろして人間観察を続ける。

さて女の人はどうだろう。女性のスカートはほとんどが膝丈ないし膝下で、タイト

スカート、フレアスカートといろいろあるけれど、ミニスカートの人はいない。髪型は、若い人はポニーテールだったりストレートロングだったり、あるいは異様にてっぺんを膨らませたアップだったり。茶髪やショートの人はあまりいないが、パーマをチリチリにかけた短い髪のオバサンはたくさんいる。でもチリチリにしてもアップにしても、基本的に大人の女性で前髪を垂らしている人は少なくて、おでこを思い切り出している人のほうが圧倒的に多い。

一方、着物を着た女性は、地肌に沿って髪の毛をぴっちりと束ね、頭の上や襟足でお団子にしてまとめている。着物の色はグレーとか茶系とか、柄も地味なものばかり。着物の上に羽織を重ねて、さらに防寒用なのか、肩掛けをしている人が目立つ。菜緒にとって羽織とは、落語家とか講談師とか、そういう職業の男の人が着るイメージしかなかった。普通の女の人が着ている姿を見るのは、もしかして初めてかもしれない。しかも丈が長い。お化粧もあまりしていない様子だ。こころなしか疲れているように見える。晴の日の華やかな装いという雰囲気ではない。菜緒のばあさんのような、白髪ショートヘアで黒ずくめの洋装、唇に濃いピンクの口紅をつけて堂々とした風貌の年配女性なんて一人も見当たらない。

黒いのに、むしろ派手。この世界で、ばあさん、完全に浮いている、と菜緒は思った。さっきからチラチラと通行人の視線を感じるのは、きっとばあさんが目立つからだ。

菜緒は急に気恥ずかしくなって、お尻の位置を少しだけばあさんから離し、他人のふりをしてみせた。ついでに視線を遠くへ向け、左の六本木方面へ移したとき、またもや驚いた。車道の上を網の目のようにたくさんの電線が走っていることに気づいたからだ。

「ばあさん、なに、あの電線。多すぎない？」

菜緒はもはや、東京タワーのエレベーターで一緒だったエジソン少年の心境だ。目に入るものがいちいち新鮮で、好奇心をそそられる。

「ああ、なんだろうね。トロリーバスの電線かねえ」

「トロリーバス？」

聞いたことのないトロリーバスのことも気になるが、それより菜緒の関心を引いたのは、電線の上である。上空が限りなく広く感じられたのだ。東京の空ってこんなに大きかったっけと菜緒は自問した。

しかもあたりがやけに暗い。午後七時近くだから暗いのは当たり前かもしれないが、なぜ暗いと感じるか。そうだ、街灯が少ないせいだ。そして空が大きく見えるのは、高いビルが建っていないからだと、菜緒はようやく合点した。派手な電光看板も音と映像がむやみに賑々《にぎにぎ》しい巨大画面もない。ネオンのかわりに群青色の夜空を飾るのはたくさんの沈黙した星のまたたきである。まるで熊本のおじいちゃんの家で見た夜空のようである。天下の六本木だというのに。

東京生まれとはいえ、菜緒が普段、出没しているのは西武新宿線の沿線に限られる。家も学校も最寄り駅は下《しも》井草《いぐさ》なので、友達と遠征するにしても、新宿止まりがせいぜいだった。六本木は一度か二度、何かの用事で親と一緒に来たことがあるだけで、ほとんど知らない。

でも六本木の喧騒については知っている。こんなに寂れているはずはない。テレビなどで見かける夜の六本木には外国人が溢《あふ》れ、音と光がうるさいほどに交錯して、中学生にとってはちょっと怖い街という印象が強かった。今、菜緒が目の当りにしている六本木に続く道に外国人の姿はなく、耳に響くのは自動車の走行音と、定期的に走り過ぎる都電の音だけだ。都電？　と菜緒は改めて気がついた。

ちょうど目の前に、ゴォーという機械音もけたたましく、黄色い車体に赤いラインで飾られた電車が一台、近づいてきた。車道の中央部分は石畳になっており、その真ん中に引かれた線路の上を、「四谷三丁目行33番」と書かれた車両がまっすぐこちらへ進んでくる。と思ったら、菜緒たちが座るベンチの前でぴたりと停《と》まった。

黄色い車体の端の扉が開き、幾人かの乗客が電車から降りてくる。降りてきた人々は、道路中央の小さなプラットフォームにいったん降り立ち、左右を確認しながら小走りに歩道へ散っていく。

菜緒は首を傾《かし》げた。よくあんな大胆なことをするものだ。危ないではないか。降車客の中には背中に赤ん坊、片手に子供の手を引いた母親の姿もある。目の前を行き交う自動車に轢《ひ》かれないよう、渡るタイミングを必死に計っている。その親子に気づいて親切にも停止する車が現れた。後ろを走っていた車も数台止まった。母親は停止した自動車に何度も頭を下げながら、子供をほとんどつり上げるかのような恰好で引っ張ると、ようやくこちらの歩道へ渡ってきた。

彼らと交代に、菜緒たちのベンチの後ろから走ってきたセーラー服姿の女の子数人が、またもや左右に気をつけながら道路の真ん中へ飛び出して都電に乗り込んだ。そして都電はチンチンと長閑《のどか》な警笛を鳴らして走り去った。

車体のお尻の33番という看板がしだいに小さくなっていく。

「あれって、荒川線の延長？」

都電に視線を向けたまま、菜緒がばあさんに聞いた。

「荒川線なわけないだろ」

「え？」

「荒川線は荒川区から、たしか早稲田とか、そっち方向だよ。ここは港区六本木。昔は東京じゅう、都電が走ってたからね」

「昔……って、いつ頃まで？」

ばあさんが首を横に回して私を見た。

「まあ、昭和の半ばぐらいまでだったんじゃないの？」

「ふうん」

菜緒とばあさんはしばらく黙った。菜緒たちのベンチ横の、細い道を隔てた向こう側に「くだもの」と大きな看板の出た二階建て木造の商店がある。リンゴやバナナやミカンが並んだ店先で、藍色の分厚いエプロンをつけた店主らしきおじさんが、段ボール箱片手に客と立ち話をしている。そのまま首を戻すと、路地を挟んだこちら側、つまりベンチの真後ろは、

「あ、パン屋だ」

菜緒の声と同時にばあさんも振り返る。「え、パン屋？」

休憩することばかりに気を取られ、背中にある建物のことに気が回っていなかった。ガラス戸の半分以上が白いカーテンで覆われていたせいもある。よく見れば、建物の上のひさし部分に、大きく「ハヤシベーカリー」と書かれたペンキ文字の看板がかかっている。

ばあさんがやおら、ベンチから立ち上がった。菜緒も立ち上がった。そして暗黙のうちに、二人はUターンして、ベンチ裏のパン屋のガラス戸の木枠に手をかけて横に引き、ほぼ同時に足を踏み入れた。

「いらっしゃいませ」

奥から、白い上っ張りを着て頭に三角巾をかぶった中年の女性が出てきた。ばあさんはショーケースの中をひととおり見渡した。

「玉子サンド一つとハムサンド一つ。あと、クリームパンと……、あ、カレーパンもください」

「はい。承知いたしました」

食パンのように色白の女性店員がニコニコしながらショーケースを開けてサンドイッチを二つ取り出した。小さな紙袋にサンドイッチを丁寧に収め、いったん手を止めると、

「クリームパンとカレーパンも、お一つずつでよろしいですか？」

「そうね、一つずつ」

ばあさんの返事を受け、店員はまたショーケースに頭を突っ込んで、クリームパンを袋に入れ、続くカレーパンは、脇に置いてあった茶色いテカテカした紙を手慣れた様子で一枚取り上げ、それに包んでから袋へ入れた。その間にばあさんは振り返り、菜緒のほうへ目で合図を送った。

「なに？」

菜緒が問い返すと、ばあさんは顎を動かして店員のほうへ目を流した。

「そんなあ」

菜緒は抵抗の色を示すが、

「あたしのお金はいざというときまで取っておくんだよ」

ばあさんは当然とばかりに言い捨ててその場をすばやく離れると、菜緒を片手で前へ押し出した。

「はい。合計で八十円になります」

中年とは思えぬ愛らしい声が店内に響いた。

「安ッ」

反射的に菜緒が声を発すると、店員が笑いながら、

「今朝つくったサンドイッチなんでね。もうお店閉めるとこだったから、安くしておきますよ。牛乳は？　よろしいですか？」

そうだ、飲み物飲み物。喉が渇いていたんだっけ。思い出して菜緒が店の端に置かれたガラス張りの冷蔵庫を覗きにいくと、ペットボトルが一本もない。

並んでいるのはガラス瓶に入った白い牛乳と、茶色い……なにこれ、コーヒー牛乳？　紙パックじゃないの？　菜緒が驚いている隙に、横から手が伸びてきて、ばあさんが白い牛乳瓶とコーヒー牛乳色の瓶を一本ずつつかんで、またすうっといなくなる。おばさん店員がニコニコと、

「じゃ、牛乳二本で三十円追加。合計で百十円になりますねえ」

「全部で？　ですか？　めちゃ安ッ！」

菜緒が叫ぶと、おばさん店員が手を口元に当てながらコロコロと、そんなに可笑《おか》しいかと心配になるほど笑い続け、「面白いお嬢ちゃんだこと」と、ぷくぷくした目尻に涙まで溜めている。

そんなに受けるか。菜緒は苦笑いで応え、しぶしぶ自分の財布を開けた。そして五百円玉を一つ、ショーケースの上に置く。たちまち店員の目が丸く見開かれた。

「あらー、お客さん、すみませんけど、この硬貨は……？」

不審げな上目遣いで菜緒を睨んだ。

「はい？」

「これ、使えませんよ」

「は？」

「こんな貴重な硬貨、使っちゃダメでしょう。もしかして、年代物なんじゃない？　だって、ひらなり十二年って書いてある。平安時代？　まさかねえ。それとも江戸時代かしら？　とにかく珍しいわあ」

店員が五百円玉を天井の蛍光灯にかざしてから、菜緒のほうへ戻した。

「とにかくこういう貴重な硬貨は、取っておけば価値が上がりますよ」

いや、ただの五百円玉ですけど。同意を求めようと菜緒が振り向いたが、ばあさんは聞いていない。あるいは聞いていないふりをしている。なんだよ、もう。

「じゃあ……」

菜緒は再び財布を漁《あさ》り、百円玉を探す。あと十円玉一つ。

「これで……」

百円玉一個と十円玉一個。これも拒否されたらどうしよう。菜緒が店員の顔を窺いながら、恐る恐る硬貨二つをショーケースの上に置いて、できるだけ長い時間、指で隠して見えないようにした。

店員は疑う気配なくあっさり受け取って、手早く手元の木製の小抽斗《こひきだし》にチャリンチャリンと二回音を立てて落とした。

「毎度ありがとうございましたぁ」

丁寧に頭を下げる店員に向かい、

「ちなみにパン屋さん」

我関せずを決め込んでいたはずのばあさんが声を発した。

「ちょっと伺いたいんですがね。今日は何年何月何日でしたっけ？」

パン屋の店員はキョトンとした顔でばあさんを見つめ、売上金の入った抽斗を閉じながら、「今日ですか？」とのんびり聞き返した。

「そう。ちょっと忘れちゃってね……」

「ああ……」

おばさん店員はぷくぷくした白い首を伸ばし、振り返った。視線の先には壁に貼られたカレンダーがある。日付を確認すると、ばあさんのほうへ向き直り、慈愛に満ちた微笑《ほほえ》みを浮かべた。

「今日はね、三月二十五日ですよ。もう三月も終わりますねえ。桜のつぼみもだいぶ膨らんできたし。すっかり春ですねえ」

しみじみとした声で店員が答えると、ばあさんは、さらに口を尖らせて、

「何年の？」

問い詰める。

「何年って、今年がですか？　それも忘れちゃったんですか？」

「まあ、なんかね、寄る年波にね」

店員は、前に立つ菜緒に同情的な視線を送った。もの忘れのひどくなったおばあちゃんのお世話をして偉いわねえとでも言わんばかりの表情だ。

「おばあちゃん、西暦って、わかる？」

「わかるわかる」

「西暦だと一九六三年。ピンとこないかな。つまり二十五引いて、昭和三十八年よ。わかったかな？」

幼児に語りかけるかのような口調にすばやく反応したのは菜緒のほうである。

「昭和⁉」

たちまち店員の口が開いた。

「あら、あたし、変なこと言いました？」

やや当惑した様子だ。

「いえいえ、そうね。そうだった、そうだった」

ばあさんはもうじゅうぶんとばかりに手を縦に何度か振ると、

「いやあ、ありがとうございました。
これですっきりしたわ、ハッハッハ」

豪快に笑い、牛乳瓶を両手に持って、堂々と店を出ていった。菜緒はぺこぺこ頭を下げながら、あとを追う。

「毎度ありがとうございました。またどうぞー」

甲高い声が背中を追う。そして二人はもう一度、元のベンチに腰を下ろした。ばあさんは握っていた二本の瓶を

菜緒に手渡しつつ、かわりに菜緒の手から紙袋をつかみ取り、中からサンドイッチを出した。菜緒はしかたなく、牛乳瓶を倒れないよう気をつけながら、木製の赤いベンチの、少しペンキの剝げた細い板の上にそっと置く。

「やっぱりね」

ばあさんの言葉に菜緒は振り返った。

「やっぱりね？　やっぱりねってどういう意味よ？　私たち、昭和三十八年にタイムスリップしちゃったってこと？」

小説やアニメで「タイムスリップ」物をいくつか見たことはある。だからタイムスリップがどういうものであるか、菜緒は知っているつもりだ。菜緒の友達の中に、あれはあくまで作り物であって、現実に起きるわけはないと言い切る者もいる。菜緒も基本的にはその意見に賛成だった。でも、もしある日突然、見知らぬ時代や見知らぬ国にタイムスリップをしたら、いったいどんなことになるだろう。ありえないとわかりつつ、憧れる気持がないわけではなかった。

面白いだろうなあ。ワクワクするだろうなあ。一度、経験してみたい。秘かに夢見ていたところはある。しかし今、それらしき状況に自分が巻き込まれていると思った途端、ワクワクなどどこへやらだ。むしろ悲しいことしか頭に浮かばない。もしかして、もう家に戻れないかもしれないのだ。パパにもママにも友達にも、二度と会えないかもしれない。そう思うだけで鼓動が速くなる。

「ばあさんは知ってたの？　どうしてよ。ねえ、どうしてこんなことになっちゃったわけ？」

　菜緒はきつい口調でばあさんに食ってかかった。ばあさんを責めたところで状況が良くなるわけはない。それは菜緒にもわかっていた。わかってはいたが、この得体《えたい》の知れない不安を、ばあさん以外のどこにぶつければいいというのだ。

　菜緒が必死で問い詰めても、ばあさんからはなんの反応もない。黙ったまま玉子サンドを指で半分にちぎり、ちぎったかたわれを菜緒のほうへ差し出した。

「ほら」

　端のつぶれた玉子サンドを菜緒は受け取った。

「腹が減っては軍《いくさ》はできぬ」

　ばあさんは、サンドイッチを口の中で咀嚼《そしゃく》しながらそう言うと、今度はハムサンドをちぎり始めた。

「やめてよ。そんなふうにベチャッとさ、端っこつぶさないでちぎってくれないかなあ」

菜緒がハムサンドを指さしながら、ふてくされた言い方で文句をつけた。するとばあさんがたちまち菜緒を睨み返した。

「祖母に向かってその口の利き方はなんだ。ここは昭和だぞ」

睨みながらハムサンドのかたわれを、「ほれ、ほれほれ」と菜緒のほうへ差し出した。

「もう……！」

その瞬間、菜緒の頭の中でなにかが切れた。急になにもかもが腹立たしくなったのである。こんな状況に巻き込まれてなお、ばあさんが平然としていることにも、威張った態度で菜緒に指図ばかりすることにも、サンドイッチの端がつぶれていることも、コンビニがぜんぜん見当たらないことも、なぜこんなところに自分がいなければいけないかということにも。もう二度と親にも友達にも会えないのかと想像するだけで怖くなる。あらゆる不安と不可解と恐怖と苛立《いらだ》ちが集結し、一気に爆発した。

いつのまにか菜緒の目に涙が溢れている。端のつぶれた玉子サンドとハムサンドを両手に握ったまま、菜緒は流れる涙を手の甲で拭った。

泣き始めてみると、堰《せき》を切ったように涙が次々と流れ出し、止まらなくなった。鳴《お》咽《えつ》まで漏れる。身体が震え、自分でも驚くほど泣きじゃくっている。

どうしよう。どうすればいいの？　ねえ、ばあさん。どうすればいいのよぉ。

菜緒が泣いている横で、ばあさんは喉を鳴らして牛乳を飲み干した。唇のまわりに白い牛乳がついている。その顔のまま、ベンチの上に置いてあったもう一本のコーヒー牛乳を、まさかそっちも飲む気かと菜緒が涙目の端で見とどめて、一瞬慌てたところで、菜緒の前に差し出した。

「ほら。お前に、このおいしいコーヒー牛乳を譲るから。サンドイッチも食べて、元気出しなさい」

考えてみれば、家を出て以来、豪華な晩ご飯に期待をかけて、飲まず食わずの状態だった。菜緒は息を引きつらせながら、右手に持った玉子サンドをひとかじりした。

「おいしい……」

すかさずばあさんが、「だろ？」と言って、涙に濡れた菜緒のほっぺたをつまんで笑った。笑うと、ばあさんの顔は縦長のアンパンマンになる。頬紅がきついからなおさらだ。目尻に皺《しわ》がたくさん寄って、お世辞にも若々しいとは言えないが、それはそれで愛嬌のある顔だ。怒ってばかりいないで、いつもこういう表情を向けてくれたら、私もばあさんにもう少し優しくなれるのにと、しゃくり上げながら菜緒は思う。

泣くだけ泣いたら、落ち着いた。ばあさんの言う通りだ。腹が減っては軍はできないんだ。お腹が空いていたから悲しくなったのかもしれない。

菜緒はハムサンドも平らげて、続いてコーヒー牛乳の蓋を取ろうとした。すると、ピンクの薄いビニールカバーを取ったまではよかったが、その下の紙の蓋を、どうやって開ければいいのかわからない。プルトップもつまみもくぼみもついていない。

「どうやって開けるの、これ」

「知らないのかい。紙の蓋の端っこに爪を引っかけて、そうそう。昔はこういう蓋だったのよ」

「へえ……」

ばあさんから言われたように爪を引っかけて紙の蓋を取ろうとした途端、ピシャッと跳ねてコーヒー牛乳が数滴、菜緒の顔に飛んできた。冷たい。頬についた牛乳を指先で拭いながら、菜緒はもう一度考えた。少し元気になったとはいえ、途方に暮れる気持に変わりはない。コーヒー牛乳を一口すって人心地ついたあと、

「でもさあ、そもそもどこから狂ったんだろう。だって東京タワーのさあ……」

話を蒸し返そうとしたところで、ばあさんがすっと背筋を伸ばした。

「どうしてこんなことになったのかって言いたいの？　そんなこと、いくら考えても無駄ですよ。とりあえず忘れなさい。それより、これからどうするかを考えようぜ！」

菜緒はコーヒー牛乳の瓶を持ったまま固まった。ばあさんの「考えようぜ！」とい

う男らしい言いっぷりに、ちょっと驚き、そして感動した。カッコいいぜ、ばあさん。こういう状況においては女々しさより、普段、心の奥に温存しておいた男気を発揮させることが大事であろう。

菜緒はにわかに目が醒《さ》めた。いつまでもメソメソしてはいられない。空腹も収まったことだし、次の行動に出るしかないのだ。

「了解っす！」

菜緒は右手で敬礼のポーズを作って返答し、それから一気にコーヒー牛乳を飲み干した。うん、おいしいや。

「そうだなあ、これからどうするかってことに関してはねえ……」

一転、晴れ晴れとした気持になった菜緒が、紙袋に手を突っ込んでカレーパンを取り出そうとしたら、その手をぴしゃりとばあさんに叩かれた。

「痛ッ。なによ、食べちゃいけないの？」

「次のときまで取っとくの！　いつ食糧難になるかわかんないんだからね」

「食糧難⁉　けど、ハムサンドと玉子サンドだけで今日の晩ご飯がおしまいってのは、どう考えても悲しくないですかぁ？」

菜緒がしょぼくれた気分になったときにつくる、梅干し顔をばあさんに突きつけてみたが、ばあさんはもはや聞いていない。もっぱら背中を屈《かが》めて自分の財布の中身を探っている。

「菜緒、あんた、いくら持ってるの？」

「私？」と菜緒はパンの袋をかたわらに置いて自分の財布を取り出した。

「えーと、全部で七千と、五百三十二円」

「それっぽっちか……」

「でも、五百円玉が使えないってことは、お札も使えない可能性があるからなあ。もしかして実質三十二円だけかも。ばあさんは？　いくら持ってる？」

「菜緒よりは多い」

「多いって、だから、いくらぐらいよ？」

「まあ、少しばかり」

「だから金額は？　なんで教えてくれないのよ？」

「教えると、またお前、泣くと思う」

「なにぃーー？」

菜緒が身体をのけぞらせて頭を抱えた。

時代が変わっても、貨幣経済の中にいることには変わらない。お金がなければ生きていけないのだ。その資金の全額が乏しい上に、使えないお金があるとなれば、おのずと買えるものは限られてくる。さて、どうしよう。新たな現実が目の前に立ちはだ

かった。ところが隣のばあさんはさしてショックを受けていない様子で、

「よし、とりあえず、今夜、どこに泊まれるか、考えよう」

菜緒はハッとした。そうだ、どこかに泊まらなければ。もう夜なのだ。いつまでもこのベンチに留《とど》まっているわけにはいかない。しだいに夜風が冷たく感じられてきた。野宿はごめんだ。さりとて、どこに泊まれるというのだろう。

「ホテルって、昭和三十八年にあったの？」

菜緒が聞いた。

「当たり前だろ。原始時代じゃあるまいし。でもホテルは無理だね、この財政状況では」

「そっかあ……」

スマホを開くと、もはや七時をとうに過ぎている。はて、どこか無料で泊めてくれる宿はないものか。菜緒はふと思いついた。

「とりあえず、ウチに帰ろうよ」

「どこのウチに帰るのさ？」

菜緒はまた考える。菜緒が住んでいる下井草のマンションは、昭和三十八年にはまだ存在していないはずである。存在するとしたら、ばあさんが住んでいた渋谷の家だ。実際のところ、去年のうちに渋谷の家は取り壊されて、いったん更地になり、来年

の秋までには三階建ての小さなマンションに建て替えられる予定だった。新しいマンションが完成したらばあさんは菜緒の家から出ていって、バリアフリーにしたそのマンションの一階に住み始める。上階のいくつかの部屋は人に貸し、その家賃収入でばあさんは暮らしていくという算段だと、菜緒は母親の万里から聞かされていた。

「お前が大人になって一人暮らしを始めたいと思ったら、ウチの一部屋を貸してやってもいいよ。まあ、それまであたしが生きていたらの話だけどね」

ばあさんがそんな話を菜緒に持ちかけてきたことがある。勉強や服装について細かく文句をつける万里と口喧嘩して、むしゃくしゃしていたときに、ばあさんがのっそり現れて、呟くようにそう言った。

「マジッ？」

菜緒はしみじみと嬉しかった。普段は口の悪いばあさんだが、孫のことを思って優しくしてくれることもある。

「もしかして、それって家賃は無料ってこと？」

未来が一気に開けた気がした。さらに期待して聞き返すと、

「冗談言っちゃいけないよ。家賃はしっかりいただきますよ」

「なんだ、ケチ」

つい笑い出し、おかげでむしゃくしゃ気分が吹き飛んだことを、菜緒は思い出した。

しかし、もし本当に今が昭和三十八年だというならば、昔の渋谷の家はまだ取り壊されずに残っているはずである。

その家に、いったい誰が住んでいるのだろう。ばあさんもいるはずだ。ばあさんはいくつという計算になるんだ？　たしか昭和二十三年生まれだから……三十八引く二十三で……、げ、十五歳ってこと？　私と同い年？　げげげ。どんな子供だったんだろう。さぞいけ好かないガキだったんだろうなあ。当時からケチだったのかなあ。それとも案外、可愛かったりして。その十五歳のばあさんと、七十一歳のばあさんが対面したらどうなるのだろう？　ひょお、こりゃ面白くなってきた。

菜緒は俄然《がぜん》、元気が出てきた。

「よし、じゃ、渋谷の家を目指そう！」

「えー、やだよ」

まさかの展開だ。ばあさんが意外にも抵抗の色を示した。

「やだなんて、そんなこと言ってる場合じゃないでしょ。他に手はないよ。それとも野宿する？」

「そんなことしたら風邪引いちゃうよ」

「だったら行くしかないでしょうが、渋谷の家に！」

菜緒はぐずるばあさんを叱りつけ、腕を取って無理やりベンチから立たせようとしたが、ばあさんは菜緒の手を振り払う。

「ちょっと待ちなさい。ゴミ捨てなきゃ」

　ばあさんが、膝の上に広がった紙ゴミや牛乳の空き瓶をかき集め、キョロキョロしているところへ、パン屋のおばさんがガラス戸を開けて表へ出てきた。

「あらあら。まだいらしたんですか？　ゴミはこちらでいただきますよ。どうせ今、捨てにいくとこだったから」

「ああ、どうも恐れ入ります」

　要領よくばあさんからゴミを引き取ると、おばさんは首を傾げて「いいえ」と可愛く笑った。ちょうどそこへ四谷三丁目行きの都電が坂の下から姿を現し、ゆるゆると近づいてくるのが目に入る。

「そうだ」と菜緒は思いつく。「渋谷には、あの都電に乗って行けますかね？」

菜緒がパン屋のおばさんに早口で訊ねると、

「ああ、次の六本木で乗り換えないとダメですよ。渋谷行きの都電にね」

「そっか。ありがとうございます。あ、来た来た。ほら、ばあさん、行くよ！」

菜緒はばあさんの腕をつかむと、「急げ」と叫びながら店員に手を振った。ばあさんはパン屋に頭を下げたあと、左右から来る車に気をつけながら、低く呟いた。

「急に元気になりやがって。さっきまでビイビイ泣いていたくせに」

「ほら、ばあさん、早くってば。車に轢かれちゃうよ」

菜緒のはしゃぐ様子を見て、ばあさんが小走りになりながら、もう一つ呟いた。

「まったく、バカまごといると疲れるよ」

　菜緒の母方の実家である山口家は、もともと渋谷区東で仕出し屋を営んでいた。明治の後半、ばあさんの曽祖母にあたる山口ウメが亭主を日露戦争で失くし、その後、後妻の口もあったが頑《かたく》なに断って、娘三人を養うため自宅の台所を改装して開業したのが始まりだと菜緒は聞いている。

器量はそこそこながら、持って生まれた労を厭《いと》わぬ性格と丈夫な身体が身を助け、そのうえウメは娘の頃から料理をするのも食べるのも好きだった。ウメの作る竹皮に包まれた創作弁当は人づてに評判を呼び、ことに、のちのちこの店の名物と言われるようになる鰯《いわし》の甘露煮が好評で、渋谷界隈のみならず、ほうぼうの寺や学校や芝居小屋から注文が殺到するほどの人気店に成長していった。

ウメのあと、次女の婿養子である徳三郎《とくさぶろう》が継いだのを機に、店名を「ウメの弁当屋」から「ウメ徳」に改めた。その後さらに店は繁盛し、三代目弥太郎《やたろう》の時代には、デパートに出店するほどの勢いを誇ったが、無理な設備投資や雇用拡大がたたり、やむなく店を閉じることとなる。

バブル時代を過ぎた頃だった。「ウメ徳」の閉店を、身を切る思いで決断したのは、ばあさんの夫、四代目社長を受け継いだ菜緒の祖父である。

当然のことながら、平成十六年生まれの菜緒は「ウメ徳」の現役時代をまったく知らない。万里やばあさんがときどき昔話として話すのを幼い頃より断片的に耳にしてきた程度である。菜緒の知るじいさんは、どこかの会社の顧問か何かをしていたはずだ。小学生から中学生にかけて、菜緒は頻繁に祖父母の家へひとりで遊びに通っていたが、「ウメ徳」時代の痕跡を目にすることはできなかった。

そもそも初代ウメのときの改装は、家庭の台所に毛が生えた程度のもので、弁当作りを手伝いに来ていたのもウメの友人や近所の主婦がほとんどだったという。その後、二代目徳三郎の時代に店名を「ウメ徳」に変えると同時に、正社員の数も大幅に増やし、本格的に仕出し屋業に乗り出した。

徳三郎は婿養子ながら商才に長《た》けていた。店をさらに発展させようと、本家の庭を半分つぶし、そこに五坪ほどの作業場を建てる。

ところがそのあと、三代目の社長となった弥太郎、つまりばあさんの父親はことごとく商人の気概に欠けていた。

ちなみに弥太郎という名は、初代ウメが尊敬していた三菱財閥の創始者、岩崎弥太郎から取ったものである。岩崎弥太郎のように世間からも尊敬されるような立派な商人になってほしいという、ウメの願いが一心に込められていた。女系遺伝子が強い山口家に久々に生まれた男子である。まわりが期待するのも無理はなかった。が、結局それが裏目に出た。

父親の徳三郎が過剰に甘やかしたせいもある。弥太郎は典型的な金持ちのボンボンに成り果てた。人柄は悪くないのだが、いかんせん経済観念に疎い。金勘定をするより、絵画やクラシック音楽を鑑賞することにもっぱら熱を上げた。そのあげく、強欲な画商に騙《だま》されて高価な絵を購入したり、ろくでもない事業の保証人を易々《やすやす》と引き受けたりと、無駄な散財を繰り返した。本人にしてみれば、先代とは違う道で周囲に認められたいという反発心ゆえだったのかもしれないが、何をやっても失敗するので従業員からはしだいに信頼を失っていった。

その最たる事件が、弁当工場の建設である。悪徳不動産屋にそそのかされ、弥太郎は家の近くに土地を買い、そこに分不相応な弁当製造工場を建てた。これをきっかけに「ウメ徳」の経営は傾き始める。もっとも、工場を建てるにあたり自宅にあった作業場をすべて解体し、昔通りの長閑な庭を蘇らせたのは、ダメ社長、弥太郎の唯一の善行だったと言えるかもしれない。

菜緒が祖父母の家に仕出し屋の痕跡を見つけられなかったのは、そのせいもある。子供の頃、従兄弟《いとこ》たちと走り回って遊んだ、銀杏《いちょう》や梅やイロハモミジに覆われた緑豊かな庭に、かつて弁当作りのための作業場が立っていたとは、とても信じられない。

唯一、弁当屋の名残があるとすれば、システムキッチンに造り換えられた台所の片隅に、どう見てもまわりとは不釣り合いと思《おぼ》しき頑丈な食器棚が置かれていたことぐらいであろう。

その古びた木製の食器棚の抽斗に、なぜか玉子焼き用の巨大な四角い銅鍋がいくつもしまわれているのを、菜緒はあるとき発見した。

菜緒は古い銅製の、片手ではとうてい持ち上げられないほど重い鍋を一つ取り出して、細い両腕でえっちらおっちら必死に抱え、じいさんのところへ見せにいった。菜緒が小学校低学年の頃のことである。

「ねえ、じいさん」

「どうした、菜緒ちゃん」

菜緒は、縁側の籐椅子《とういす》に座って新聞を読んでいたじいさんの足元にドカンと鍋を置き、「あー、疲れたぁ」と言ってその横にへたり込んだ。

じいさんは新聞を傍らに寄せ、それからゆっくり身を屈めて愛《いと》おしそうに鍋をさすった。

「ほお、どこで見つけてきたんだい？」

「あっちの抽斗。これ、なにに使うの？」

「重かっただろう。よく見つけたねえ」

じいさんは床から鍋を持ち上げると膝に乗せ、黒ずんだ鍋の表面を指先でひっかき始めた。

「これはね、玉子焼きを作るためのお鍋だよ。菜緒ちゃんもこれで玉子、焼いてみたいかい？」

「うん、焼いてみたい！」

「よし！」

その場になぜかばあさんの姿はなかった。おそらく渋谷駅の東横のれん街あたりまで買い物に出かけていて留守だったのだろう。じいさんは籐椅子から立ち上がり、右手に鍋、もう一方の手で菜緒の手を取って台所へ向かった。

じいさんは洗い場でまずその鍋を、塩と酢にひたしたかねのタワシを使ってピカピカに磨き上げた。それから卵を三つ、菜緒の目の前で、なんと片手で割ってみせ、菜緒が喜ぶと一緒に笑い、割った卵をボウルに入れて出汁《だし》の素《もと》やお酒や醤油をタラタラとたらして菜箸でよく混ぜ、腰を屈めてこう言った。

「よし、これを石油ストーブの上で焼こうかね。菜緒ちゃん、じいさんの前に来なさい。そうそう、ここに立って。いいかい、落とさないようにここの取っ手を両手でしっかり握るんだよ」

菜緒が玉子焼きを焼いたのは、それが初めてだった。もちろん一人で焼けたわけではない。鍋は重いし、固まり始めた卵をひっくり返すのは容易ではなかった。じいさんが菜緒に寄り添って、菜緒の握る鍋の取っ手を後ろから支え、卵をひっくり返すときは、まるで二人の身体が一体となったかのように同時に動かして、それはたくみに指導してくれた。一人で焼けと言われたら、菜緒は早々に閉口し、途中で鍋を放り出していただろう。でもじいさんは根気よく、ときどき菜緒を褒めることも忘れずに、それればかりか、じいさん自身がいかにも楽しそうな様子で玉子焼きづくりにつき合ってくれたのだ。

「腰を使ってひっくり返してごらん？　菜緒ちゃん、けん玉好きだろ？　けん玉のときの要領だ。腰を落として、そうそう。おっと、よっこいしょっと。おお、上手上手。うまくいったぞ！」

あのときのじいさんの生温《なまぬる》くて苦酸っぱい匂い。じいさんの震え気味の手と、思いの外、機敏な動き。穏やかな低い声。焼き上がった玉子焼きの甘い味。「おいしい！」と菜緒が叫んだときのじいさんの嬉しそうなシミだらけの顔……。今でもそれらが菜緒の鼻の奥や瞼《まぶた》の裏に、記憶の宝として鮮明に残っている。

そのとき初めて、じいさんが、本当に仕出し屋の社長だったことや、自分でも弁当を作っていたことが実感として伝わってきた。そして、知るはずのない「ウメ徳」の仕事場の光景や、渋谷の家の匂いや廊下の軋《きし》む音や、じいさんの柔らかい手の感触が、ふとした拍子に菜緒の五感に蘇り、蘇るときはいつも、鳥肌が立つほど懐かしくも切ない気持になるのである。

じいさんはもういない。菜緒が小学六年生のとき、心臓病の発作を起こしてあっという間に世を去った。

じいさんが亡くなったあとしばらくは、ばあさんが一人で渋谷の家を守っていたが、主《あるじ》のいない家は、まるで生きる気力を失ったかのように、少しずつ傷み始めた。配水管が壊れ、屋根裏でネズミが走り回るようになり、使わなくなった部屋にシロアリが発生した。

次々に起こるトラブルに修理や対応が追いつかなくなって、固定資産税などを支払うのもきつくなり、そしてばあさんも古稀《こき》に近づいたことを思えば、そろそろ家を処分する時期を考えるべきではないか。そんな話が親戚の口の端に上るようになり、ばあさんの子供たちが集まって会議を開くことになった。じいさんの三回忌を済ませてまもなく、ばあさんの長女である菜緒の母親、万里と、次女の佳子《よしこ》おばちゃん、そして末っ子の泰典《やすのり》おじちゃんの三人が顔を揃えた。

話し合いの結果、思いの外あっさりと、渋谷の家を取り壊すことが決まった。空いた土地に小ぶりのマンションを建て、その一階にばあさんを住まわせ、残りの部屋は人に貸し、その家賃収入で税金と建築費用の借金を払っていこうという目論見《もくろみ》だ。母の万里が父の伸次に説明しているのを菜緒がなんとなく聞いたかぎりでは、そういうことらしい。

こうしてばあさんは菜緒のマンションに二年間の期限つきで仮住まいをすることになったのである。

その時点で異論を唱える者は誰もいなかった。むしろ伸次は「それは長女としての務めだろう。お義母《かあ》さん、ウェルカムだよ、僕は」と妻に向かって世帯主らしい寛大な言葉を吐いたぐらいである。菜緒とて、多少口は悪いが渋谷のばあさんのことを嫌いではなかった。二年ぐらいなら一緒に暮らすのも悪くない。じいさんが死んで寂しい気持は菜緒も同じだった。こういうときこそ慰めてあげるのが孫の務めというものだ。臨時収入が期待できるという下心もなかったわけではない。「もちろん菜緒も賛成だよ」と答え、こうして家族三人の気持は一致した。

一致しなかったのは、ばあさん当人である。そういう大事なことを、ばあさんの意思をほとんど無視して子供たちが勝手に決めたことがまず気に入らなかったようだ。そして長女の婿、つまり菜緒の父親が「しばらく一緒に住みましょうよ」と言ってくれることには感謝しつつも、そんなしょぼくれたマンションに四人で暮らすのは無理だ、どう考えても狭すぎると、激しく強く異を唱えた。

実際、下井草のマンションには家族の寝室以外、予備の客室などなく、ばあさんにあてがわれたのは、それまで物置がわりに使っていた窓のない四畳半一間。

「こんなとこで暮らしたら、早晩あたしゃ窒息死するよ」

ばあさんは駄々っ子のように喚《わめ》き散らした。

にもかかわらず、所詮、居候なんだから、わがままは言わないと、娘が偉そうに仕切ることが、ばあさんにとってはますます不愉快だったのだと思われる。

考えてみれば、ばあさんの口の悪さと性格の歪《ゆが》みに拍車がかかったのは、菜緒のマンションに移って以降だったかもしれない。

「ごめんください……」

菜緒は渋谷の家の玄関の戸を軽く叩いて、ガラス越しに恐る恐る声をかけた。その前に、戸板の横についている小さな白いブザーを押してみたが、反応がなかった。家の中で鳴っている気配もない。菜緒が振り返ると、ばあさんは、

「戸を叩きなさい。たぶん、ブザーは壊れてるんだ」

「えー？」

「よく壊れるんだ、昔っから。いいから、ガンガンガンッて拳で叩いて、呼んでごらん」

ばあさんの指示に従って、菜緒は細い縦格子の入ったガラス戸を二回ほど、直接叩いてみる。

「すみませーん」

「もっと大きな声で！」

ばあさんが菜緒の背中に発破をかける。

「やだよ」と菜緒は振り返って反発した。

「ばあさんが声かけりゃいいでしょ」

「若い声のほうがいいんだって。怪しまれないだろ。だいたい、あたしが声かけたらおかしいよ。この家の住人なんだから。あんた、やんなさい。ほらほら」

言っている意味がわからない。菜緒はしかたなく、もう一度、さらに声を張ることにする。

「ごめんくださーい」

そしてまたガラス戸を叩く。声をかける。ガラス戸を叩く。声をかける。このセットを三回ほど繰り返し、しばらく待つが、それでも誰も出てくる気配はなかった。

家の中は依然として静まり返っている。

菜緒とばあさんは三河台町から都電に乗って、六本木でいったん降りると別の都電に乗り換えて、終点の渋谷駅で降り、そこから明治通り沿いを十分ほど広尾方向へ歩いた。少し景色は違って見えるが、たしかにそこは、菜緒が幼い頃から何度となく通った覚えのある道だ。並木橋の交差点を金王《こんのう》八幡宮の方角へ左折して、少し坂をのぼって右へ折れた細い小路の突き当たりに、懐かしいばあさんの家が、建っていた。

周辺に林立するのも、ばあさんの家と似たりよったりの木造家屋ばかりである。菜緒の知っている隣家は三階建てのベージュ色のマンションだったはずだが。周囲にコンクリートの建物はない。そしてばあさんの家は、菜緒が知っている家よりはるかに元気そうに見える。玄関の上についている外灯の笠も、庭に通じる木戸も、郵便ポストを支える台も、菜緒の記憶では斜めにへしゃげた状態で放置されていたと思うが、いずれもピンと空に向かって垂直に整っている。そのこと自体が菜緒の目には新鮮に映った。

「ぜんぜん、返事がないよ」

菜緒は弱気になってきた。もう夜の八時を回っている。こんな夜分に予期せぬ訪問者が玄関をドンドン叩いたら、誰だって警戒するに決まっている。嫌がられるのは当然だ。

「もう帰ろうよ」

菜緒が振り向くと、いつの間にかばあさんは石の上に腰かけてパンをかじっている。

「ちょっと、ひとりで何食べてんの？　ずるい！」

菜緒が走り寄って残っていたパンを覗き込むとクリームパンである。

「カレーパン、食べたかったのにぃ」

文句を言うと、ばあさんがかじりかけのカレーパンを突き出して、

「どこに帰るんだよ」

「それは……、わかんないけどさあ。でも誰もいないみたいだし」

「いないわけないだろうが。家族旅行なんてするようなウチじゃないんだから」

「じゃ、無視されているんだよ、きっと。もう無理だって」

菜緒は受け取ったカレーパンを頬張りながら言い返す。が、ばあさんは平然とした顔で、もう一度呼べと菜緒に指図する。

「やだよ、もう」

菜緒が再び反論しかけたとき、

「はあああーい。どちら様ですか？」

家の奥から若い女性の声がかすかに聞こえた。

「あっ」と菜緒は慌てて、手についたパンの油をデニムにこすりつけ、腰を落とし、両手を開いて身構える。ばあさんも立ち上がった。

「あのー」

言葉を選んでいると、もう一人、さらに奥から女の人の太い声が響いた。

「せっちゃん！　押し売りなら帰ってもらいなさい」

「せっ……」とばあさんが、何か言いかけたような気がして「なに？」と菜緒が振り向いて、聞き返そうとしたとき、

「物売りさんでしたら、どうぞお引き取りください。間に合っていますんで」

若い声が、玄関のガラス戸越しにそう言った。小さくて細い身体の影が曇りガラスの向こう側に映っている。

「いえ、物売りではありません。怪しい者でもありません。老婆と中学生のか弱い娘で、すみません。夜分遅くに、すみません。ちょっと道に迷った、っていうか、ちょっと困っておりまして、っていうか……。どうすりゃいいのか途方に暮れて、日も暮れて……」

菜緒は腰のあたりで開いた両手と両足を踏み鳴らしながら、ラップ調に説明した。

中学二年のときに友達の影響でラップにはまって以来、緊張する場面でなにか長文の説明をしなければいけなくなると、菜緒はどうしてもラップのノリになってしまう。このリズムをつけないと、上手に喋《しゃべ》れない癖がついていた。身体を前後左右に動かしながら、ひと通りの説明を終えると、たちまち言うことがなくなった。菜緒はふうっと息を吐き、しばし黙った。なんか反応してくれないだろうか……。

しかし、中からは何の返事もない。細い影がしだいに遠のき、そして消えた。

「ほら、やっぱり拒否られちゃったよぉ。怪しいって思われたんだよぉ」

菜緒は振り返ってばあさんに文句をつけた。

「だから言ったじゃない、怪しまれるに決まってるって。あーあ」

菜緒は急にいたたまれなくなった。ラップなんかしなきゃよかった。大恥をかいたではないか。あー、やだやだ。

菜緒がふてくされて、ガラス戸に背を向けようとしたところで、再び影が近づいてきて、今度は扉の鍵を回し始めた。ガラガラガラッという音とともにガラス戸が横に引かれ、エプロン姿の若い女の子がこちらをきつい目で睨んでいた。身長は菜緒と同じぐらい。三つ編みにしたお下げ髪を両肩に垂らしている。

「すみません。実はその、私たち、っていうか、私と、後ろにいるのは私の祖母なんですけどね。なんとご説明していいかわからないんですが」

菜緒はラップ度を少し弱めて語り出す。チャラい若者と思われてもいけないと思ったのだ。

「その……、あ、そう、田舎から出てきてですね。道に迷っちゃって、そんでもって、日が暮れて。気がついたら、たまたま？　っていうか、このお家の前に来てたんですけど、もう泊まるところもなくて、立ち寄るところもなくて、助けてくれる人も知らなくて。とりあえず、このばあさん、いや、祖母がですね、足を捻挫《ねんざ》してしまいまして。ホント、ドジで困っちゃって。そんでもって、つまり……」

人間、切羽詰まると荒唐無稽な作り話が次々に浮かぶものである。手振り身振りもふんだんに、かつラップ度を極力抑えつつ、明るく剽軽《ひょうきん》に、精一杯の誠意を込めて喋りまくったのが効を奏したらしい。

もともと菜緒にはラップ癖だけでなく、妄想癖もある。才能はどこで生かされるかわからない。ばあさんが菜緒に交渉を任せたのは、それを知ってのことだったのかもしれない。菜緒のでたらめ話に、目の前の三つ編みお下げ髪の若い女の子は大きな瞳をクルクル動かしながら真剣に聞いている。きつい表情が少しずつ和らいで、ときどき笑顔も混じり始めた。

「それはそれはお気の毒に。えーと。ちょっとここでお待ちいただけますか？　大奥様に伺ってまいりますので。ちょっとそこで。すみません」

お下げちゃんが家の奥へ姿を消した。

菜緒はガッツポーズを作って、元気よく振り返った。

「やったね！」

菜緒としては、ばあさんとハイタッチでもする勢いだった。大いなる働きだ。褒めてもらいたい。ところがばあさんときたら、さっきの威勢の良さはどこへやら。一転して気の抜けたような、虚《うつ》ろな目でお下げ髪の背中を追っている。

「どうしたの、ばあさん。泊めてもらえそうだよ。私って、すごくない？　ねえ、ばあさんってば」

ばあさんの身体全体から迫力が消え失せた。返事もせず、ボーッと突っ立ったままだ。

「そうだ、ばあさん。ばあさんは足を捻挫してることにしといたからね。痛そうに歩いてよ。右にしようか。左がいい？　どっちでもいいけど、どっちか決めといてね。

え、右？　じゃ、右ね？　右の足を痛そうに。忘れないでよ」

ヒソヒソと、ばあさんに言い聞かせているところへ、お下げちゃんが戻ってきた。

「お待たせいたしました。とりあえず、今夜はウチに泊まっていただいてけっこうですので。大奥様のご許可をいただきましたので、どうぞお上がりください。本当によかった！」

お下げ髪がサンダルをつっかけて外へ出てくると、後ろに力なく立っていたばあさんの腕を取り、「痛みます？　歩けますか？」と優しく語りかけながら、家に招き入れた。ばあさんは、「いえ、大したことはないんで」と蚊の鳴くような、菜緒が聞いたこともない愛らしい声で答え、菜緒の言う通り、疲労困憊《こんぱい》した老人を見事に演じ切っている。

ただ一つ、気がかりなのは足である。ゆっくりではあるが、足取りはごく普通だ。捻挫したことになっているんだから、少し引きずるふりをして歩いてくれないかなあ。菜緒は焦った。が、お下げちゃんは怪しむ素振《そぶ》りもなく、板敷きの玄関にばあさんを座らせて、ばあさんの靴を脱がし始めた。ばあさんはお下げちゃんにされるがまま、俯《うつむ》いたきり、今にも泣き出しそうな顔をしている。

そんなに嬉しいか、ばあさん。

ホッとしたのか、あるいは本当に疲れが一気に溢れ出たのか。親切なお下げちゃんに抱えられながら、よれよれと、ときどき思い出すらしく右と左の足を交互に引きずって、ばあさんは廊下をゆっくり進んでいった。菜緒もその後ろを、肩に自分のポシェットをかけ、右手にばあさんのハンドバッグを持って静々と続く。菜緒は廊下を歩きながら左右に目を向けた。幼い頃、何度も遊びに来た家なのに、どことなく勝手が違う。玄関を上がって薄暗い廊下をまっすぐ進み、突き当たりを直角に曲がり、さらにまっすぐ。そしていったん二十センチほどの段を下りて簀《す》の子板の張られた短い渡り廊下を抜けると、どうやら別棟の建物に移ったようだ。

かつてこの家には別棟があり、そこでお弁当を作っていたのだと、幼い頃に聞いてはいたが、ここがそうなのか。菜緒はキョロキョロと首を回した。菜緒が知っている祖父母の家のこのあたりは、大きな窓から庭が見渡せる日当たりのいいキッチンで、さらにその奥は食料品や園芸道具などを保管するユーティリティになっていた。ばあさんの子供時代のこの家は、こんな造りだったのかと、菜緒は感慨深く観察した。

別棟の中に入るとすぐ右側に、狭い急階段が現れた。

「二階なんですけど、上れます？」

お下げ髪がばあさんを案じて声をかけるが、ばあさんは照れているのか、お下げちゃんのほうを見遣ることもなく、「大丈夫です、大丈夫です」と呪文のように何度も唱えて、思いのほか軽快に足を上げ、さっさと階段を上がっていく。菜緒はまたもや焦った。捻挫しているようにはとうてい見えない。でもお下げちゃんは気づいていない。ばあさんの背中を押しながら、一段一段ていねいに、後ろをついて上がった。

ようやく階段を上がり切り、短い廊下の右奥のふすまを開けると、四畳半ほどの畳部屋である。

「こんな狭い女中部屋で申し訳ないんですが、どうぞゆっくり休んでいってくださいね」

お下げ髪が恐縮したように頭を下げた。

「いえいえ、慣れておりますので、狭いところには」

ばあさんは愛想笑いを浮かべ、か細い声で答えた。菜緒が横目でばあさんを睨んだ。嫌味か。

「お布団は押し入れの中に入っています。お孫さん、おばあさんに敷いてさしあげてくださいね。あら、毛布が足りないかしら。まだ夜は冷えますからねえ。今、持ってきますね。あと、シーツと枕カバーも。ちょっとお待ちになって」

テキパキと押し入れの中や部屋全体を点検したのち、お下げ髪が小走りで部屋を出ていくと、トントントンと足取り軽く階段を下りていく音がした。と思ったら、階段の下から、

「そうだ、お腹は？　ご飯は召し上がったんですか？　ウチの商品の売れ残りですけ

ど、あとで見繕ってお持ちしますね。ウチ、仕出し弁当屋なんです。あ、あと、お手洗いは階段下りて右の、廊下の突き当たりにありますので」

「ありがとうございまーす」

菜緒は部屋のふすまの横から顔を突き出して礼を言う。

「すげ、あの三つ編みねえちゃん！　有能秘書みたいだね」

お下げ髪の足音が消えた頃、菜緒がばあさんに向かって興奮気味に語りかけると、

「せっちゃん」

ばあさんが一言呟いた。

「え？　せっちゃんって言うの、今の人？」

「住み込みのお手伝いさん。五十嵐《いがらし》節子《せつこ》。新潟の村上から集団就職で上京して、しばらくウチで預かっていた子でね。あたしより二つ年上だったけど」

「じゃ、十七歳ってこと？　私のたった二歳上であんなにしっかりしてるの？　信じられない。もっと年上に見えたよ。顔は幼いけど、ずいぶん大人びてるねえ、あの人」

菜緒が目を丸くしてばあさんに語りかけたが、ばあさんは菜緒の言葉が耳に入ったのか入らないのか、それとも他のことを考えているのか。反応なし。返事なし。

「ねえ、集団就職って、なに？　集団でウチに来たの？　いっぱい？」

「違うよ」

「あ、集団で就職試験を受けに来たってことか」

「まったく何にも知らないんだから、このバカまごが」

「じゃ、なんなのよ」

「だから……、説明するの、面倒くさい」

菜緒をさんざん罵倒したあげく、突然、ばあさんはハアと大きく溜め息をつき、そしてそのまま畳に倒れ込んだ。

翌朝、鳥の鳴き声に菜緒は目が覚めた。スズメでもカラスでもない。特徴的な抑揚のある透き通った声が間を置いて、雨戸のわずかな隙間から朝の光とともに部屋に入ってくる。

菜緒は薄目を開けて周囲を見渡した。ここはどこだっけ？　明らかに下井草の家の、自分のベッドの上ではない。

「そうか……」

菜緒は観念した。やはりあれは夢ではなかったか。昨日の出来事が走馬灯のように菜緒の頭に蘇る。ここは渋谷のばあさんの家。しかも昭和三十八年なんだ。

頭を横に向けると、ばあさんがいた。菜緒は手足を使って布団を勢いよく剝がし、上半身を起こして隣に寝ているばあさんを覗き込んだ。

「ちょっとばあさん。もしかして……？」

窓のほうを指さすと、

「ああ、ウグイスだね」

ばあさんはすでに起きていた。目を開き、天井を凝視している。

「すごーい。こんな都心でもウグイス、鳴くんだね。昭和って、悪くないっすねえ」

「ウグイスぐらい、平成でも鳴いてるだろうが」

「でもここ、渋谷のど真ん中でしょ。私、こんなに間近でウグイスの声聞いたの、初めてかも。子供の頃、このウチにお泊まりしたときだって、聞いた覚えないもん」

ばあさんに語りかけるが、返事なし。極めて反応が鈍い。

「ねえ、大丈夫、ばあさん？　具合でも悪いの？」

菜緒は顔を近づけて、ばあさんのおでこに手を当てる。どうやら熱はなさそうだ。

「そっか。もしかしてそれ、時差ぼけってヤツ？　タイムスリップにもそういうことあるかもしれないよ。歳《とし》取ると時差ぼけって応えるらしいからね。私は大丈夫だけどさ」

「うるさいね！　そういうことじゃないの。すべてにおいて不調なんだよ」

「ウソッ！　じゃあお医者さん、呼んでもらう？」

「そういうたぐいじゃない」

ばあさんは大きく息を吐いた。手のつけようがない。いっぽうの菜緒はといえば、糊《のり》の効いた清潔なシーツの上で一晩ぐっすり眠ったおかげか、かなり元気が回復した気分だ。

「菜緒」

「ん？」

「雨戸、開けなさい」

「雨戸？　なるほど。どうも暗いと思ったよ。でも、どうやって開けるの？」

「自分で考えなさい」

「私、開けたことないもん」

「だから自分で考えろ」

菜緒に指図するばあさんの、言い方はきついが、声のトーンはいつもと比べて明らかに落ちている。本当に具合が悪いのかもしれない。菜緒はしぶしぶ布団から立ち上がり、まずカーテンを開け放ち、続いて窓の中央の鍵を回してガラス戸を開ける。そして目の前の木の雨戸を見つめて考えた。しばらくして、ようやく雨戸の止めを発見する。

そうか、ここを上げると、雨戸が横にスライドするのか。うまくできてるんだ。

「ほら、ばあさん。見て見て。開いたよ」

振り返ってばあさんに得意がってみせるが、ばあさんは「うーん」と生返事をするだけで、さして喜ぶ気配はない。

昔、母親の万里が言っていた。誰かが元気をなくすと、そばにいる人は元気になるの。電車なんかで眠そうな人の顔を見ると、眠気が吹き飛ぶでしょ。それと同じ。そうやって人間って、まわりとバランスを取って支え合いながら上手に生きていくようにできてるのよ。

人生の全般にわたって物事を深く考えようとしない傾向にある万里が、珍しくしんみりした口調でそう言ったので、菜緒はよく覚えている。でも、あくびは移るよ、あくびをしている人を見たら、あくびしたくなるけどねと、そのとき菜緒が反論したら、

「あくびは酸素の問題だから」

万里はケロリと言い返した。その理屈はよくわからなかったが、とりあえず「元気バランス」の話とセットで菜緒の記憶に残っている。あくびは酸素の問題らしい。

三枚の雨戸を慣れない手つきでどうにか戸袋に仕舞い終えると、室内が一気に明るくなった。ウグイスの声がさらに近く感じられる。菜緒は窓から顔を突き出して、木々の枝の間にウグイスの姿を探した。

冷たく澄んだ空気が肌を刺す。

「ウグイス、いないなあ。声は近いのに」

菜緒は口笛でウグイスの鳴き声を真似てみる。するとまもなく、ウグイスが「ケキョケキョケキョ」とひときわ声高く鳴いた。

「ほらほら、ばあさん。私の声に応えたよ、ウグイスちゃん。すごくない？ ウグイ

スと会話しちゃったよ、すげー」

ばあさんのほうを振り向くが、相変わらず反応なし。返事なし。しかたなく、菜緒は青い空に向かって両手を広げて深呼吸をした。昭和三十八年三月二十六日。さては今日はどんな一日になるのでしょう。その直後、

「おはようございます」

ふすまの外で、せっちゃんの清々しい声が響いた。まるで雨戸の開くのを待ってましたとばかりのタイミングだ。ばあさんは慌てて布団から跳ね上がり、半身を起こすと寝乱れた頭の毛や借り物の浴衣の襟を整えて、布団の上に正座した。

「まだお休みでした？」

「あ、いえいえ、とうに起きておりました」

「ゆっくりお休みになれましたか？」

「はい、よく眠らせていただきました。ありがとう存じます」

ばあさん、バカによそいき口調である。菜緒は二人のやりとりを聞きながら、再び布団の上に仰向けに寝転んで、スマホの画面を確認した。

「げ、ヤバ！　バッテリーが空になっちゃったよ」

驚いた拍子に菜緒が騒ぐと、ばあさんの手が横から伸びて、菜緒の頭を思い切り叩いた。

「痛っ」

「では、朝ご飯、ご用意してありますので、お支度を終えられたら、一階の食堂にいらしてください。階段下りたすぐ横の部屋です。歯ブラシとタオル、ここに置いておきますね」

せっちゃんの声が続く。

「ありがとう存じます。恐れ入ります」

せっちゃんがトントントンと階段を軽快に下りていく音がする。

「ヤバヤバ。現世との絆がとうとう切れてしまいましたよぉ。こりゃ事件です！」

未練がましくスマホを握りながら、菜緒は身を起こし、そのまま膝歩きをしてふすまをそっと開けてみた。床の上に、竹籠が一つ。その中に二本の歯ブラシとタオルが二枚、行儀良く収められている。

「すげーなー」

感心しながら菜緒はタオルを頭にかぶってみた。

「いーい湯っだーな、ハハハン♪」

父親の伸次が風呂場でよく歌うのを、菜緒は幼い頃から真似する癖があった。一節、踊って、思い出した。

「そうだ、ばあさん。夜中に一階のお手洗い、行ったんだけどさ」

「それがどうした」

「ばあさんも行った？」

「行きましたよ」

「驚かなかった？」

「なにに」

「だって、ぜんぶ和式でさ。おまけに男性用の、あれ、なんていうの？」

「ああ、立ってオシッコする陶器のね」

「そそ。あれがあったんで、思わず男子トイレに間違えて入っちゃったのかと思って慌てて廊下に戻ったんだけど、いくら探しても女子トイレがないのよ」

「そりゃ、ないだろ」

「だからあきらめて立ちションの前をすり抜けて奥の個室に入ったんだけど、それが和式でさ」

「だから？」

「だからって言われても、私、和式使ったことないし」

「なかったかね？」

「だってここの家だって私が小さい頃はもう洋式になってたもん」

「そうかね」

「和式って、やだよ。膝曲げるの辛《つら》いし、お尻は床につきそうで気持悪いし。だいたいあの体勢で的を定めるの難しいじゃん」

「まさか、あんた」

「ちゃんと拭いておきました！ 置いてあった紙で。そうそう。トイレットペーパーもないから焦ったあ」

「隅の籠に入ってたでしょうが」

「やっぱあれがトイペか。なんかメモ用紙にしてはざらついてて色も灰色で、何の目的で置いてあるんだろうとは思ったんだ。でも他に紙が見当たらないからさ、使ったんだけど。かたすぎてお尻が痛くなっちゃった。あんなので毎日、拭いてたらお尻に傷ができちゃうでしょう」

「昔はみんな、あれでお尻を拭いてたんです」

「ねえ、このウチ、洋式トイレないの？ ヤバくない？」

「あのね」

ばあさんの顔が近づいた。

「はい、なんでしょう」

「さっきから聞いてりゃ、すげーとかヤバいとか。下品！ いいかい、今後この家でその言葉を使ったら、一回につき罰金百円取るよ！」

「なんで⁉ だいたい、私、百円玉持ってなかったと思うけど」

「すぐ千円以上になるから大丈夫」

「なにそれ」

「とにかく、この家でそういう下品な言葉遣いは一切禁止だ。いいかい、わかったね！」

「……はい」

「声が小さい！」

「わかりましたよ！」

ばあさんったら、私を叱るときだけ元気なんだからと、菜緒は内心で呟いた。

別棟一階、作業場手前のリノリウム床になった部屋の、大きなテーブルの端に二人分の朝食が用意されていた。菜緒とばあさんが、トースト一枚と、マヨネーズののったトマトとキュウリのサラダと紅茶の朝ご飯を食べ終えるとまもなく、お下げ髪のせっちゃんが迎えに来た。せっちゃんは、どこかで監視しているのかと思うほど、絶妙なタイミングに現れる。

せっちゃんに先導されて、ばあさんと菜緒は母屋の応接室へ入った。

この部屋は菜緒にも記憶がある。玄関を上がってすぐ右側、黒い木製の扉の真ん中に丸窓があり、チューリップ柄の色つきガラスがはめ込まれていた。この家で唯一の洋間である。

「うわ、なっつかしい……」

菜緒は思わず声を上げた。一瞬、せっちゃんが「え？」という顔をしたが、特に理由を聞かれることはなかった。

「ここでちょっと、おかけになってお待ちいただけますか？」

菜緒とばあさんは中央に置かれた三人掛けのソファに並んで腰を下ろす。菜緒はニヤニヤしながら、その椅子のカーブのついた手すりや、座面に張られた花柄の布を優しくこすってみる。ソファの背もたれには白いレースの背当てが掛けられている。どれを見ても懐かしいものばかりだ。しかも、菜緒が知っている同じソファより、はるかに座り心地がいい。

室内を見渡すと、天井まで届く本棚やじいさんが使っていた小さなデスクや、部屋の角に置かれた小抽斗の上のアールデコ調電気スタンドなどが堂々と、まさに現役の風情を醸し出していた。そういえば、この家を壊すとき、これらの家具類はどうしたのだろう。全部、処分しちゃったのかしら。もったいない。せっかくタイムスリップしたことだし、こっそり持ち帰っちゃおうかなあ。ここのならまだきれいだし。菜緒は心の中で秘かに企《たくら》んで、肩をすくめた。

菜緒が小さい頃、この部屋で遊ぼうとするとばあさんに必ず叱られたものだ。

「入っちゃダメ。あんた、何でも壊すから。外で遊んできなさい」

しかし菜緒には、この部屋で壊れていないものを探すほうがはるかに難しかった。

実際、ソファのスプリングはギシギシと音を立てるばかりで完全にバカになっていたし、お洒落なデザインの電気スタンドは電球を外された状態でいつも埃《ほこり》をかぶっていた。本棚のガラスは曇り、中に収められている本の背表紙の書名すら読み取りにくい。じいさんのデスクの抽斗を開けると、何十年も使っていないような黄ばんだ便箋や古い万年筆や、錆びた爪切り、インクの出なくなったボールペン、傷のついた懐中時計などが、ごちゃ混ぜになって入っているぐらいだった。

突然、振り子時計が鳴り出した。

「うわっ、この時計、動いてる!」

菜緒の知っている掛け時計の針は長い年月、三時を指した状態で止まっていた。

菜緒は子供の頃、ばあさんが出かけて留守になると、よくこの部屋にお菓子を持ち込んで、三時のおやつを食べたものだ。この部屋を勝手に「チューリップの部屋」と名付け、当時、常に持ち歩いていたテディベアのぬいぐるみをスプリングがへたった三人掛けソファに座らせて、自分は一人掛けのアームチェアに腰掛けて、こっそりままごとティータイムを楽しんだ。

この部屋にいるかぎり、時間はいつまで経っても三時だった。いつまで経ってもおやつの時間。だからつい、時が経つのを忘れてしまう。そこへ、

「こら、なにしてるんですか！」

黒い扉がガタガタッと音を立てて開くと同時にばあさんの甲高い声が響き渡る。しまった、ばあさんが帰ってきた。怒られる、どうしよう。その瞬間の恐怖を、菜緒は今でも忘れない。

でも、菜緒がばあさんに叱られていると、どこからともなくのっそりじいさんが現れて、菜緒の味方をしてくれた。

「いいじゃないか。好きにさせてやれば」

「あなたはそうやっていつも菜緒を甘やかすんですから……」

ばあさんは怒った口調でじいさんに言い返すが、対するじいさんは笑ったまま。そしていつのまにか、ばあさんは菜緒を放免してくれる。

ばあさんは気が強いわりに、なぜかじいさんには逆らわなかった。じいさんが決断を下すと、陰でブツブツ文句を言いながらも、結局じいさんの言うことに従った。

「すごいよ。あの時計、八時だって！」

ボーンボーンと、長閑に時刻を知らせる掛け時計を指さして小さく興奮しながらばあさんに囁きかけたとき、黒い扉がガタガタと音を立てて軋み、菜緒は反射的に跳び

上がった。

ゆったりとした動作とともに、グレーの着物姿の年配女性が入ってきた。その後ろから、四十代ぐらいの、白っぽい格子柄の着物を着た上品そうな女性と、女性陣とは対照的に、モダンな恰好をした男性が続く。首に蝶ネクタイ、白いワイシャツの上にはえんじ色のカーディガンを羽織っている。菜緒は息を大きく吸い込んだ。いよいよ家族とご対面だ。

「おはようございます」

年配女性の迫力ある声に反応し、ばあさんが立ち上がった。足を捻挫している人間の動きとは思えない素早さだ。菜緒もつられて立ち上がる。ばあさんが深く頭を下げたので、菜緒もそれに倣って深くお辞儀をした。

「どうぞ、おかけになって。昨晩はゆっくりお休みになれましたか？」

若いほうの女性が、アナ雪に出てくるエルサみたいな美しい手を差し出して、ばあさんと菜緒に座るよううながした。たちまちばあさんは目を閉じて、返事をするかわりにさらに深々と頭を下げ、それからおごそかに腰を落とした。菜緒もそれに続いて座り込む。

もしかして、この若い女性がばあさんのお母さんということか。ばあさんよりだいぶしとやかに見える。しかも色白で丸顔。ぜんぜんばあさんと似ていない。

隣の蝶ネクタイがお父さん？　っていうか、これが有名な「ウメ徳」三代目のダメ社長、弥太郎でしょうかね。むしろこちらのほうがばあさんと同系統の顔だ。面長で頬骨が張っていて。写真で見たことはあったけれど、実物のほうがずっと男前ではないですか。菜緒はばあさんと蝶ネクタイを交互に見比べた。ことに鼻筋と口の周辺がばあさんとそっくりだ。ばあさん、父親似だったのか。でも、この弥太郎のおかげでじいさんが後々、苦労することになるのですなあ。菜緒は蝶ネクタイ男を上目遣いで丹念に観察した。それからゆっくりと、今、菜緒とばあさんの前でさも偉そうに構える、年配女性のほうへ視線を移す。せっちゃんが大奥様と呼んでいたのがこの人なのだろうか。

　この怖そうなおばあさんは、私にとってはなんなんだ？　ばあさんのお父さんのお母さん？　ってことはひいじいさんの母親だからつまり、ひいひいばあさん？　そんな言い方あったっけ？　いや、ひいひいひいばあさんか？　わかんなくなってきたぞ。

　菜緒は膝の上でこっそり指を折って考えた。そして、このひいひいばあさんだか、ひいひいひいばあさんだかの旦那さんが、いわゆる山口家の二代目社長、徳三郎ということになるんだっけ……。小学六年生の社会科の授業で「家族のルーツを探る」という宿題が出て、そのときに調べたはずなのだが、すっかり忘れてしまった。しかし、「ウメ徳」初代社長ウメの婿養子、徳三郎が二代目社長として立派な人だったことだけは記憶にしっかり刻まれている。その徳三郎はどこにいる？　姿がない。死んじゃったあとなのかしら。それとも偉すぎて出てこないのか。菜緒はあれこれ頭を巡らせながら、目の前に現れた三人の先祖たちの姿に目を凝らした。

　それにしても、すでにこの世を去ったはずのご先祖様たちと対面できるなんて夢のようだ。今、自分の前で歩いたり喋ったりしていること自体が驚異ともいえる。マジ、ヤバくない？　菜緒は思わず小声で呟いた。同時に菜緒の頭の中でチャリンチャリンと罰金の百円玉が二つ、音を立てる。でも、緊張の極致にいるばあさんの耳には届かなかったようだ。

　さりげなく隣に目を移すと、驚いたことにばあさんは俯いたきり、ピクリとも動く気配がない。まさかこのままご先祖様たちとずっと目を合わさないつもりか。もったいない。せっかく再会できたのだから、しっかり視線を合わせて、なけなしの愛想を振りまいて、天気の話とか世間話とか、何でもいいから少しでも会話しておけばいいのに。あとで後悔するぞ。ちょっとばあさん、とりあえず顔を上げなよ。菜緒はこっそりばあさんの肘を突っついた。と、たちまち、ばあさんが俯いたまま、菜緒の足を思い切り蹴った。

〈痛ッ！　痛ってえええ。なにすんのよ、ばあさんったら……〉

　菜緒が秘かに悶絶している間、大奥様が向かい側の、かつて「ティータイム」に菜緒が愛用していた一人掛け椅子にゆっくり腰を下ろした。その後ろに若い夫婦が並んで立っている。

「なにやら聞くところによると……」

突然、沈黙が破られた。反射的に菜緒は大奥様の顔を凝視する。

「そちらさまお二人、道に迷われたあげくに、お怪我もなさったとか……」

大奥様がばあさんの顔を覗き込んでいる。

「あー、いえ」とばあさんが下を向いたまま否定しそうになったので、菜緒は慌てて割り込んだ。

「そうなんです。っていうか、私は怪我してないんですけど、ばあさんは、いや、祖母は足をちょっとひねっちゃいまして。でもこのお家《うち》に泊めていただいたおかげで、本当に命拾いをしました。まことにもって、ありがとうございました」

大奥様の視線がゆっくりと菜緒のほうへ移動した。

「そうでしたか。それはご災難でございましたこと」

大奥様の言葉はそこで、止まった。再び静寂が訪れた。菜緒はその気まずさに耐え切れず、自ら沈黙を破る。

「ステキなお部屋ですね、へへへ」

大奥様の目がたちまち見開かれた。

「いえ、その、なんか懐かしいみたいな気分になってしまいまして」

「懐かしい？」

「その、ウチの祖父の家にもこんな部屋が、ありましたんでございます」

菜緒が、使い慣れない丁寧語を駆使して言い訳がましく説明すると、目の前の能面顔がにわかに崩れた。

「あら、そう？　あなたのおじいさまも、こういうお宅にお住まいなのですか？」

「いえ、昔ですけどね。もう取り壊しちゃったものでございましたでございます！」

「まあ、それは残念なこと」

そしてまた、沈黙。まもなく大奥様がすっくと立ち上がり、二人に向かって軽く一礼した。

「ではどうぞ、ほどほどに、ごゆっくり」

そして菜緒とばあさんに背を向けると、部屋の扉を開けて、「せっちゃーん！」と思わず耳を塞ぎたくなるほどの大声で叫んだ。

「はーい」

どこで待機していたのか、せっちゃんがすぐに飛んできた。

「あとで、虫眼鏡と新聞を私の部屋に持ってきといてちょうだい」

「はい、かしこまりました」

そして一同は、入ってきたときと同様、大奥様、若奥様、蝶ネクタイの順に一列になって静々と応接間を出ていった。

「ふう。緊張したあ」

そう言ってから、ふと思い出した。菜緒は慌てて立ち上がり、大奥様が座っていた椅子の傍らにあるじいさんのデスクに歩み寄る。抽斗を引いて虫眼鏡を取り出す。同時にせっちゃんが部屋に戻ってきたので、

「もしかして、これですか？」

虫眼鏡を掲げ、差し出すと、

「え？」

せっちゃんが驚いた顔をして、口に手を当てた。せっちゃんは、驚くと手を口に当てる癖があるらしい。昨日の夜も、菜緒が迷子になった説明をしているとき、せっちゃんはしきりに手を口に当てていた。

「あー、いや、たまたま。抽斗が半分、開いてたんで、見つけちゃったりしちゃったりして」

嘘だった。菜緒は子供の頃から、この抽斗に虫眼鏡が入っていることを知っていた。でもそうとは言えない。

菜緒が微笑みかけると、せっちゃんもたちまち笑顔になり、「ありがとう」と礼を

言った。それからばあさんのほうへ向き直り、

「とりあえず……」

せっちゃんが切り出した。反射的にばあさんは両手を歌舞伎役者が見得《みえ》を切るときのように前へ出し、せっちゃんの言葉を止めた。でも視線は合っていない。

「はい！　もう、すぐに失礼いたします。すっかりお世話になりました。ご飯までごちそうになって……。なんとお礼を申し上げてよいやら」

「いやいや。ちょっと待ってよ」

菜緒は慌ててばあさんを押しとどめる。そんなことを言ったって、ここを出てどこへ行けばいいというのだ。ダメだよ、ばあさん。まだ失礼するわけにはいかないよ。

そう言いかけたとき、せっちゃんが、

「そんな足で外を歩くのはまだ無理ですよ。とりあえず、お怪我が治るまではここにお泊まりください。大奥様もそうしていただくようにとおっしゃってましたので」

ばあさんを優しく説得した。

「いえ、でも、私にはほどほどに、ごゆっくりと……」

「ああ」とせっちゃんが笑い出した。

「大奥様って、ときどきそういう言い方をなさるんです。でも根はとてもお優しい方なんですよ。ちょっと言葉がきついだけで」

せっちゃんの話を聞いて即座にニンマリしたのは菜緒である。

「そっくりじゃん。隔世遺伝かね？」

ばあさんの顔を覗き込みながら囁くと、ばあさんの手が勢いよく伸びてきたので、菜緒はすかさず腰を屈めて上手にかわす。その動きの勢いで、ＥＸＩＬＥ風に身体をくねらせてせっちゃんの前へ近づくと、ラップの振りをつけてリズミカルに返答した。

「神様、仏様、せっちゃんさま。助かります。マジ、サンキュー・ベリマッチ。もしかして、そう、もしかして。お手伝いすることあったなら、言ってください、遠慮なく、そう、躊躇なく。私、働きます、動きます！　床拭き、皿洗い、お洗濯。泊めていただくお礼なら、なんかしないと悪いっしょ、そう、まずいっしょ」

菜緒は両手を左右に広げてステップを踏みながら、歌うように喋り続ける。せっちゃんが手を口に当てながら、目を丸くした。

「お願いします、マジ、頼みます。ねえ、ばあさんも一緒に、よろしくね！」

「やだわあ。おばあさまに向かって、ばあさんだなんて。そんな呼び方しちゃいけないわ」

せっちゃんが笑いながら、菜緒を軽く睨みつけた。

「でも、小さい頃からそう呼んでたんで。もはやニックネームみたいなもんですから」

菜緒が動きを止めて弁明すると、

「もう、本当にバカまごで。菜緒っていうんですけど」

小声ながら、ばあさんがそこだけ会話に入ってきた。それでもなお、せっちゃんの顔は見ようとしない。なにを恥ずかしがっているのか。

「菜緒ちゃんっていうの？　おいくつ？」

せっちゃんが、菜緒の顔を改めて大きな目で見つめ返した。

「内村菜緒です。十五歳です」

「あら、和さんと同い年なんだ。和さんって、ここのお嬢様なんですけど。ちょっと今、お友達とスキー旅行へ出かけていてお留守なの。へえー、和さんと同い年なんだあ。うわあ、和さんに会わせたいなあ。ねえ、あなたのこと、菜緒ちゃんって呼んでもいい？　私のことも、せっちゃんさまじゃなくて、せっちゃんって呼んで」

せっちゃんの目がきらきら輝いている。どうすればこんなに人なつこい性格になれるんだ。こんな人がクラスにいたら、ぜったい友達になっただろうと菜緒は思う。

菜緒はばあさんの顔をこっそり覗き込んだ。若き日のばあさんはスキー旅行なんかに行っていたのか。お嬢様だったんだなあ。ねえ、覚えてるの、十五歳のときのスキー旅行のこと？　菜緒は目を細め、テレパシーを使ってばあさんに問いかけてみた。が、ぜんぜん通じない。菜緒とせっちゃんの会話にはまるで関心がなさそうな素振りで、そっぽを向いたきりである。

「おばあさまは？」

せっちゃんがばあさんに向かって声をかけた。

「へ？」

突如、ばあさんが顔を上げた。

「お名前、なんておっしゃるんですか？」

「あ、名前？」

せっちゃんの予期せぬ質問に、ばあさんの顔が固まった。ハトが豆鉄砲を食らったようだとは、こういう顔のことか。菜緒も慌てた。本名を名乗るわけにはいかない。お嬢様と同じ名前だとは口が裂けても言えない。どうしよう。今度は菜緒が動揺した。

「かずこ。わたくし、内村かずこと申します」

ばあさんが毅然と顔を上げ、自ら名乗った。うまい！　菜緒はばあさんの背に隠れてこっそり手を叩く。

「まあ、かずこさん？　昭和の和って書くんですか？」

「いえ、その、ひらがなで……」

「ああ、ひらがなで。でも、なんかご縁がありますね。お嬢様と同い年の菜緒ちゃんと、お嬢様と同じ字ではないけれど、ちょっと近いお名前のおばあさまなんて」

「ぜんぜん近い名前じゃないと思いますけど」

菜緒が口を挟む。せっちゃんは笑いながら激しく首を横に振った。

「いいえ。近いと思うわ。だって、和お嬢様の名前は『かず』とも読みますもの。そうだ、お二人はここにおいでになる運命だったんですよ、きっと。ご縁があったんだわ」

　せっちゃんがお祈りをするように手を合わせて顔をうっとりとさせた。無邪気な人だ。大人っぽいところと少女のように愛らしいところが交互に表れる。菜緒は力なく笑い返した。

「そうだ！」とせっちゃんが、パチンと手を一つ叩いて大きな目をさらに見開いた。

「菜緒ちゃんにお手伝いしていただきたいこと、思いついたわ。ちょうど作業場の従業員が一人、お国に帰ってしまって、お弁当作りの手が足りないんです。みんな、喜ぶと思う。どうかしら。とにかく一度、作業場を見ていただいて、みんなをご紹介しましょうね。えーと、今八時二十五分だから、九時になったら、さっき朝ご飯を召し上がった食堂の奥の作業場に来てくれます？　大奥様には私からお話ししておきますから。大丈夫大丈夫」

　菜緒はたちまち直立不動になり、敬礼の真似をしてみせた。

「はい。よろしくお願いします」

　せっちゃんがまた笑った。

「菜緒ちゃん、ホントに可笑しい」

　笑いながら菜緒とばあさんを促して廊下へ出ると、「じゃ、あとで」と、いかにも屈託のない顔で手を振って、菜緒たちとは反対のほうへ足早に消えていった。

　たちまちばあさんが菜緒の前に手を出した。

「なに？」

　菜緒が問うと、

「二回分で二百円」

「なにが？」

「マジを二回。たしかに聞きました」

元気がないくせに、そういうところだけは聞き逃さないばあさんであった。


　九時になり、せっちゃんの指示通り、弁当作りの作業場に菜緒は一人で姿を現した。

おばあさまは？　と、せっちゃんに聞かれたので、「なんかちょっと具合が悪いから部屋にいるって言ってました」と答えると、

「あら、やだ。あとで私、様子を見てきます」

　せっちゃんが心配そうに顔を歪めた。

菜緒にはわかっていた。本当は具合が悪いわけではない。ばあさんは、昔の家族に会ってショックを受けただけなのだ。そもそもこの家に来た直後から、ばあさんは腑《ふ》抜《ぬ》けになってしまった。あんなにしおらしいばあさんを見るのは初めてだ。昔の家族やお手伝いさんに会えたら、普通は嬉しいだろうと思うのに、ばあさんは違った。昔の家族だけでこれほど動揺するのだから、若き日の自分と対面したらどうなっちゃうのだろう。私だったら昔の自分と仲良くなって、たくさんお喋りをして、将来の夢とか聞いて、今後の参考にしようと思うけど。菜緒の頭に、小学生時代の自分と今の自分が向き合っている映像が浮かんだ。自分が小学生の頃、どんなことを考えて、どんなことに悩んでいたか知りたい。すっかり忘れていることもあるはずだ。

無意識に見過ごしてしまったチャンスとか性格の長所とか才能とかを再発見できるかもしれない。

ばあさんはそういうことに興味がないのだろうか。案外、気が小さいのかねえ。菜緒は、先刻二階の部屋を出るときに、窓の下に背中を丸めて座り込んでいたばあさんの情けなさそうな後ろ姿を思い出して、プッと噴き出した。

ばあさんとは反対に作業場はリズムと活気に満ちていた。白い上っ張りを着てエプロンをつけた従業員、総勢六人が黙々と働いている。三角巾をかぶった年配の女性四人と、角刈りの中年男性、そして、高校球児のように髪が短くてひょろりと背の高い若い男が一人。

　それぞれに分担があるらしい。野菜類を水で洗って包丁で切り分け、巨大なボウルに手早く移していく人、ガス台の前で玉子を焼いている人、魚をさばく人、お米を研ぐ人、たくさんの四角い弁当箱を前に、できた惣菜を次々に詰めていく人……。誰もが自分の作業に集中し、きびきびと動いている。

　せっちゃんが作業場の入り口近くに立ち、菜緒に向かって一つ微笑んでから、片手を振って皆に声をかけた。

「皆さん、おはようございます」

　その声に、従業員全員が一斉に、「おはようございます」と応えた。

「お仕事中に申し訳ないんですが、今日から少しの間、ここでお手伝いしてくれる人をご紹介します。内村菜緒ちゃんです。お嬢様と同い年の十五歳だそうです。ちょっと事情があってしばらくこの家にいらっしゃることになったので、皆さんのお手伝いをしたいと言ってくださっています。なにか助けてもらいたいことがあったら言ってください。ご指導のほど、よろしくお願いします」

　従業員たちが顔を上げたが、それはほんの一瞬のことで、すぐにまた目を落とし、自らの仕事に戻った。

　水場には湯気が立ちこめている。ちょうど茹《ゆ》で上がった大量のじゃがいもをザルに上げたところだ。

その湯気の中から角刈りのおじさんがぬうっと現れ、カランカランと下駄の音も高らかに、外股歩きでゆっくり近づいてきた。

「この人、ここの大将の猪熊次平《いのくまじへい》さん。お家が魚屋さんだったから、魚をさばく腕は天下一品なの。鮪一匹さばけりゃ鯨《くじら》だってさばけるさ、っていうのが次平さんの口癖でね。鯨さばいたことないくせに。ねえ、次平さん？」

せっちゃんの軽口に、次平さんは一ミリも口元を緩ませることなく無言で頷いた。半袖の白衣から出ている腕は毛むくじゃらで本物の熊のようだし、鼻の穴は上に向かって大きく開かれていて猪《いのしし》そのものだ。名は体を表すとはこういうことか。菜緒は思わず一歩退《ひ》いて、次平さんを上目遣いで見つめた。

「なに、見てんだ」

次平さんが菜緒を睨み返した。

「いや、別に」

一瞬、菜緒は緊張した。が、恐れをなすというほどの威圧感はない。見た目とは裏腹に、発せられた声が意外に高かったせいかもしれない。腕は毛むくじゃらなのに、細い一重瞼の真ん中に、点で描いたような可愛らしい黒目があることも、菜緒を安心させた。どうやら悪人じゃなさそうだ。菜緒は直感で判断した。

次平さんが毛むくじゃらの腕を腰に当て、菜緒から視線をはずして作業場を振り返った。

「で？　どんぐらい、できんだ？」

猪と熊を合わせたような顔が高めの声で菜緒に質問した。

「どんぐらいって……？」

菜緒が恐る恐る聞き返すと、

「菜緒ちゃん、お家でお料理なんかすることある？」

せっちゃんが、菜緒の肩に手をかけて補足した。

「料理ですか？　えーと、まあ、ちょっとぐらいなら」

「ちょっとって？　なに作ったことあんだ？」

次平大将の言葉は、ちょくちょく語尾が上がる。どこの出身なのだろう？

「まあ、炒飯とかラーメンとか目玉焼きとか？　あと、ティラミス作るの、けっこう得意です、私。ウチでも好評で」

菜緒が誇らしげに答えると、次平さんのへの字の口がかすかに緩んだ。テラミスってなんだ？　と、またもや語尾の上がったイントネーションでボソッと呟き、天井をあおぐ。

「いや、テラミスじゃなくてティラミス。意外に簡単なんですよ。火を使わないから。

ただ、マスカルポーネチーズがなかなか手に入らないので、そういうときは……」

と、菜緒が作り方を説明し始めるや、次平さんは、

「よし、じゃ、筋取りだな」

さらに高い声で言い切った。

「筋取り？」

「そう。あっちの台の上に段ボール箱、あんの、見える？　あっこに入ってっから、サヤエンドウ。それ出して、筋取り。できっか？」

「サヤエンドウの筋取りってことですか？　まあ、それくらいなら……」

「じゃ、そういうこと」

それだけ言うと、猪熊大将は熊のようにのそのそと湯気の中へ戻っていった。

マジっすか……。

菜緒が不満そうに独りごちたのを、せっちゃんは聞き逃さなかった。菜緒の肩を軽く叩きながら、諭すように語りかけた。

「この作業場に来た新人さんはね、みんな、お豆の筋取りから始めるの。筋取りって、けっこう奥が深いのよ。だってお弁当の中でいちばん彩りとして目に美しいのはサヤエンドウですもの。サヤエンドウがきれいに仕上がってないお弁当はお客さんに信用されないの。手を抜けない大事な仕事なんだから」

せっちゃんの透き通った声を耳元で聞き終わると、菜緒はゆっくり顔を回して、真顔でせっちゃんを見直した。反論したかったわけではない。感動したのである。これが、たった二歳違いの女の子の発する言葉か。めっちゃ大人じゃん！

「はい！　ガンバリマッス！」

菜緒は校長先生の前に立った小学生のようにハキハキと返答し、ついでに敬礼も添えた。

「やだ、菜緒ちゃんったら」

せっちゃんは菜緒の身体をぴしゃりと叩いて笑い転げた。

「痛ッ」

「せっちゃーん？」

母屋からせっちゃんを呼ぶ声がした。

「あ、はーい。今、行きまーす」

すかさず大きな声で答えると、

「若奥様が呼んでるから、もう行かなきゃ。じゃ、頑張ってね！」

せっちゃんは手を振って、足早に母屋へ戻っていった。と思ったら、足早に戻ってきて、

「忘れてた。これ」

入り口横の棚に置かれた白い布のかたまりを菜緒に差し出した。

「割烹着《かっぽうぎ》と三角巾。これをつけて仕事して。あと、そこの長靴を履いて。濡れちゃうから」

「あー、ありがとうございます」

菜緒は頭を下げた。軽やかに走り去るせっちゃんの後ろ姿を見送りながら、菜緒は思った。せっちゃん、すげえ。

さて、と、菜緒は作業場に向き直る。少しの間みんなの働く姿を眺めたあと、食堂のリノリウムの床に座り込んで白い布を広げた。

これが割烹着か……。

古い映画で観たことがあったような気はするが、身につけるのは初めてだ。それと三角巾？　小学校の家庭科の授業でかぶって以来である。久しぶりにつけてみると、頭が引き締まってなかなか気持いい。割烹着もかけて……、あれ、ボタンとかホックとか、ついていないわけ？　背中に手をまわして首の後ろと腰のヒモ、二カ所を結ぶのに少し苦労したけれど、なんだか新鮮な気分。袖がついていて機能的だし、四角くあいた襟縁のレース模様も可愛らしい。

前髪を指先で整えながら、菜緒は食堂の柱に掛かっている、端っこに錆の入った細長い鏡の前に立ち、自分の姿を映してみた。テレビドラマに出てくるラーメン屋のおばさんそっくりだ。でも悪くないね。

準備が整ったところでコンクリートの土間に降り、黒い長靴に足を突っ込んで、いざ出陣。まわりの人たちの邪魔にならないよう小股歩きで奥へ進み、サヤエンドウが入っているという段ボール箱の前に立ち、上から覗き込んだ瞬間、菜緒はのけぞった。

「っげ！」

こんなに大量。これを全部、私一人で筋取りするんですか？　とんでもない量である。普段、スーパーで買うサヤエンドウのパックの千倍ぐらいはありそうに見える。

「ヤバヤバ、ヤバい、ヤバいよ、マジヤバい！」

ばあさんがいないのをいいことに、罰金五百円分くらいのヤバいとマジを連発して騒いだあと、口をタコのかたちにしたまま周囲を窺うと、すぐそばのガス台の前に立つ若者と目が合った。

「大丈夫？」

若者は、右手に長い菜箸を握り、左手に卵液の入った大きなボウルを持って、菜緒のほうをチラリと振り返った。

「いやあ……」

菜緒は大きく首を傾げた。菜緒とて、大丈夫と答えたい。答えたいけれど、答えたら嘘になる。どう考えても大丈夫とは思えない。

「あの―、これ、今日中に全部、筋取りしなきゃダメなんっすかね？」

問いかけると、若者は細長い身体を前傾させて、菜箸で鍋をかき混ぜながら、

「今日中に全部は必要ないと思うけど……」

「ですよねえ」と、菜緒が何度も頷いた。そりゃそうだろう。よかったと思いきや、

「半分くらいは終わらせておかないと、たぶん明日の分が足りなくなると思う。明日の午前中までに弁当百個、芝の上智院さんに届けることになってるから。大きな法事があるんだ」

「半分？　それ、死ぬでしょ！」

菜緒がまたもや大げさに身をのけぞらせて驚く。若者は鍋を一度火から離し、静かな目でしばらく菜緒の様子を見つめたのち、またガス台のほうへ向き直った。

鍋を火の上に置くと、ホーローのボウルから卵の液をゆっくり流し込む。その瞬間、ジャアーッと卵の焼ける音がして、かすかに甘い油の匂いが流れてきた。

「死にはしないさ」

菜箸を握る手を動かしながら、優しいのか冷たいのかよくわからない落ち着いた声で、若者は呟いた。

しかし菜緒は頑張った。指の爪に挟まった緑色の豆のカスをほじくり返しながら、

隣に積み上げたサヤエンドウの山に目を向ける。十五年の人生で、こんなに集中して豆の筋を取ったことはない。やればできるものだ。ばあさんにこの成果を見せてやりたい。

筋取りに熱中しすぎて気づかなかったが、いつのまにか作業場が静かになっていた。ガス台に向かっていた若者も、奥で弁当箱に詰める作業をしていたおばさんたちも、振り返ると姿がない。

「あれ？」

キョロキョロしていると、おばさんの一人がタオルで手を拭きながらそばへ歩み寄ってきて、菜緒の肩をポンと叩いた。

「昼休みだよ。あんたも手を洗って食堂に来な。お腹空いただろ？」

言われたとたんに菜緒のお腹がグルグルと鳴った。柱の時計を見上げると、十二時を回っている。

「はあ、もうこんな時間でしたか」

菜緒は水場に行って手を洗い、おばさんに促されるまま長靴を脱いで作業場手前の食堂に上がった。

「ほら、こっち、空《あ》いてるよ」

「あ、どうも」

テーブル真ん中あたりの空席に身体をすべり込ませると、たちまち、

「これ、あんたのお箸」

「はいはい、ご飯。どうぞ」

「お茶、熱いから気をつけて」

左右前後から次々に手渡され、菜緒はあたふたしつつ、そのたびに「どうも」と頭を下げる。

「ほら、どいてどいて。危ないよ。今日はカツ煮だよー」

大皿を抱えたおばさんが小走りでテーブルに近づいてきた。

「昨日の弁当の残りで作ったんだけどさ。各自、ご飯に載っけて食べてくださいよ。そっちが漬け物ね。今、味噌汁も持ってくるからさ」

大皿がテーブルの真ん中にドンと置かれた。

「おお、うまそう！」

「こりゃまた今日は豪華だねえ！」

各所から声が上がった。仕事中とはまた違う明るい勢いに満ちている。手足より、ひたすら口の動きが活発だ。

「勝子《かっこ》さん、さすがさすが」

今日の賄い当番は、どうやら勝子さんという人らしい。勝子さんは続いて大きなア

ルミの両手鍋を抱えてきて、テーブルの端の鍋敷きの上にドカンと置いた。鍋の中には大量の味噌汁が入っている。

「どうかね、カツ煮の出来映えは？」

玉杓子《じゃくし》を持った勝子さんがみんなに問いかけると、

「まだ食べてねっから、わかんねべ」

いちばん小柄で大人しそうなおばさんが、冷ややかにそう答えたので、周囲から笑い声が上がった。

テーブル中央にデンと構える大皿には、玉ねぎや卵と一緒に煮込まれた、キツネ色の揚げ物が湯気を立てている。その下には大量の千切りキャベツがある。見るからにおいしそうだ。菜緒はさっそく、ご飯茶碗片手に腰を浮かして大皿のほうへ箸を伸ばそうとした。そのとき、

「じゃ、いただきましょうかね」

テーブルの端に座っていた白髪まじりのおばさんが号令をかけた。同時に全員が手を合わせ、目を閉じた。菜緒は慌てて箸を引っ込め、皆に倣う。

「いただきまーす」

声が揃った。その直後、大皿に向かってたくさんの箸が突撃した。その素早さたるや。菜緒は後れを取った。負けじと箸を伸ばし、カツを二切れゲット。ご飯に載せる。

キャベツもつかむ。続いて隣の漬け物皿から奈良漬けと菜っ葉の漬け物も箸に挟んでご飯に載せる。

「ほらほら、この汁がおいしいんだから。これもスプーンですくってご飯に載っけな。七味は？　いるか？　はいよ」

隣に座っていたおばさんが、わざわざ立って、背中にあった大きな戸棚からスプーンを一つ、出してきてくれた。「あ、すいません」とスプーンと七味を受け取りながら振り返ったとき、菜緒は思わず「あっ」と声を上げた。

「どうした？」

おばさんに振り向かれ、菜緒は、「いえ、なんでもないです」と答える。が、つい笑みが漏れた。懐かしい。渋谷の家のキッチンにあった古い食器棚ではないか。さっき、自分の割烹着姿を鏡に映すときに前を通ったのに、そのときは気づかなかった。でもこれはまぎれもなく、子供の頃にじいさんと二人で玉子焼きを作った、あの銅鍋が入っていた戸棚である。ここにあったのか……。

「どうもありがとうございます」

スプーンと七味を左右の手に持って隣のおばさんに改めて礼を言うと、菜緒はもう一度、しみじみとした面持で戸棚を振り返り、「久しぶり」と心で挨拶をした。

すると突然、最前からテーブルのまわりを走りまわって料理やお皿を運んでいた勝子さんと呼ばれているおばさんが、菜緒と菜緒の隣のおばさんとの間に勢いよく顔を突っ込んできた。

「どう、味。足りてる？」

菜緒の目の前に、丸い顔が二つ並んだ。二つとも、ほっぺたが赤く、頭にはチリチリパーマがかかっている。菜緒は二人の顔を見比べた。

「え？　え？」

そっくりだ。瓜二つではないか。持っていたスプーンと七味で二人の顔を交互に指しながら、菜緒は目を丸くした。

「双子なのよ、あたしたち」

二人が同時にそう言って、チリチリ頭をくっつけた。

「こっちが清子《きよこ》で、私が勝子。その隣がたか坊。ついでにみんなを紹介しようかね。あっちのおじさんが猪熊次平さんでしょ。その隣がたか坊。いちばん小さい人がみど里《り》さんで、端っこに座ってる白髪の人が治子《はるこ》ねえさん。で、私が勝子で、この人が清子。覚えた？」

菜緒は首を傾げた。そんなに早口で言われても、いっぺんに覚えられるわけがない。

「まあ、いい。そのうち覚えるさ。で？」

「で？　って？」

「だから、あなたの名前は、なんてえの？」

勝子さんが、持っていた箸を一本ずつ左右の手で握り、拍子木のように叩きながら菜緒に問いかけた。たちまち、

「なんだよ、それ。スマイリー小原の真似かい？」

猪熊大将がテーブルの向こうから勝子さんを指さして苦笑いをした。

「なに言ってんだよ。トニー谷だよ。アベック歌合戦、見たことないのかい？」

「あの司会の、そろばん持ってるちょび髭《ひげ》だろ？　知ってるよ、そんなこと。へんなヤツだね、アイツは。あれ、スマイリー小原っていうんじゃなかったの？」

「スマイリー小原はバンドの指揮者。まったく大将のくせに魚以外のことは何にも知らないんだからねえ。そんなことはどうでもいいよ。あたしは菜緒ちゃんに聞いてんの。あなたのお名前なんてえの？」

「知ってんじゃねえか」

「いいから次平さんは黙ってて」

勝子さんが菜緒に向かって問い直す。

「あなたのお名前、なんてえの？」

「私ですか？」

見渡すと、全員が菜緒の返答を待っている。ここはきちんと自己紹介をしなければなるまい。菜緒はおもむろに立ち上がった。

「ええと。内村菜緒っと申します。どうぞよろしく、お見知りおきを。しばらくお世話になりますです」

菜緒がその場で両手を広げ、勝子さんの拍子に合わせてラップ風にリズムをつけながら身体を動かすと、

「いいねえ、菜緒ちゃん。若いのに、南京玉すだれ、できんだね！　すごいすごい」

双子のかたわれ、清子さんが手を叩いた。続いて清子さんもテーブルに置いてあった箸を一本ずつ左右の手でつかみ、勝子さんと並んでカチンカチンと叩き始めた。

「じゃあ出身は？　あんたのお国はどこですか？」

テーブルを囲んでいた他の人たちも手拍子で調子を合わせる。

「私の出身？　私の出身、どこだっけ？」

ラップのリズムで応えつつ、菜緒は困った。迷った。どうしよう。ここでまた嘘を重ねると、嘘が雪だるま式に膨らんで、取り返しのつかない事態に陥る恐れがある。

菜緒には幼稚園時代の苦い思い出があった。一人っ子なのに、「きょうだいがいる」とつい軽い気持で嘘をついたら、そのあとしつこく友達に突っ込まれ、「似ているの？」とか、「いくつ違い？」とか、いろいろ聞かれてそのたびに適当かつ豪華な尾ひれをつけてごまかすうち、家に会いに行きたいと言い出す友達が現れた。それを断るためにまた更なる嘘を重ねなければならなくなり、最後には、「いたけど病気で死

んだ」ことにした。なんとか一件落着させたと思っていたが、まもなく嘘がバレて先生に呼び出され、家に帰ると母親にこっぴどく叱られた。

「嘘つきは泥棒の始まりです！」

母親の万里が鬼の形相で叫んだ日の情景を、菜緒は今でも覚えている。もう下手な嘘はつくまい。菜緒は本気で反省した。だからそれ以来、嘘をつかなくなりましたというオチには繋がらず、嘘をつくときは極めて慎重になった。

さてこの場をどう乗り切るべきか。田舎から出てきたと、昨日、せっちゃんに言ってしまった以上、東京出身とは言いづらい。

「私の出身、どこかしら？　頭がおかしくなっちゃった。それよりご飯が食べたいな。カツ煮カツ煮、食べたいな。早く食べないと冷めちゃうよ。どうか皆さん、よろしくね。よろしくねったらよろしくね！」

テーブルから離れ、広めの場所に出て、さらに身体を勢いよく振りまわしてでためこ踊りまくってみせると、

「いやあ、菜緒ちゃん、上手上手！」

一斉に拍手が起こった。菜緒は身体を回しながら「どうも、あ、どうもどうも」と皆に向かって華麗にお辞儀をしてみせた。すると、

「そんでもって菜緒ちゃんの、ご出身は、どこですか？」

清子さんの一言が追加された。うまくかわしたつもりだったのに。

清子さん、しぶとい。もう逃げられないか……と、菜緒が観念して口を開こうとしたとき、

「さあさ、お喋りはそこらへんでおしまい。みんな、食べて食べて。貴重な昼休み時間、なくなっちゃいますよ」

いちばん年配の治子ねえさんが手を叩いてみんなを制した。

「そうだそうだ」

「さすが治子ねえさん。若い頃、幼稚園の先生やってたっていうだけあって、まとめんの、うまいねえ」

「菜緒ちゃんの南京玉すだれもうまいねえ」

口々に呟きつつ、顔を食卓に戻した。

助かった。菜緒もペコペコしながら元の席に戻り、腰を下ろした。不審な目を向けられていないか。さりげなく周囲を見渡す。と、一瞬、たか坊と目が合った。が、すぐにたか坊は目を逸《そ》らし、どんぶりご飯を一気に掻《か》き込んだ。隣の次平さんがなにやら話しかけ、それに答えて頷いている。その顔に、菜緒はなぜか親しみを覚えた。誰かと雰囲気が似ている気がする。誰だっけ……。しばらく見つめたあと、菜緒は急に気恥ずかしくなって、大皿からもう一切れ、カツをつかみ取った。

昼休みのあと、サヤエンドウの筋取り以外に弁当のおかず詰めの作業も手伝うことになった。作業場の端に細長い木製の板が張られ、その上にたくさんの木箱が並べられている。縦三列、横十列。すでにおおかたのおかずは収め終えた状態だ。

鰯の甘露煮、じゃがいもサラダ、海老フライ、牛肉の佃煮、紅白かまぼこ、黒豆、玉子焼き、蓮根の酢の物、干し椎茸とニンジンとタケノコとコンニャクと鶏肉の煮染《にし》め、そして白いご飯に細切り昆布と奈良漬け。ご飯の上にごま塩と、真ん中には小梅が一つ。煮染めの上に、菜緒が必死で筋取りをしたサヤエンドウの湯引きが青々とした色を放っていた。

「これが完成形だから。この中で、そうねえ、菜緒ちゃんには小梅載せと、サヤエンドウ載せ、やってもらおっかね。小梅はご飯の真ん中だよ。サヤエンドウは煮染めの上に二枚ずつ。わかった？」

勝子さんが、さっきの昼休みとは打って変わった厳しい口調で菜緒に指導した。

「はい」

「詰め終わったら、後ろの清子の棚に一つずつ移動させて。清子が蓋して包装作業やるからね。そんで、こっちの台が空いたら、横に積んである折り箱を順繰りに並べていくわけ。わかった？」

「はい。うわ、このお弁当箱、本物の木なんっすね。プラスチックかと思ったら」

積み上げられた折り箱の一つをそっと触って菜緒が驚くと、

「プラスチックじゃないさあ、そりゃ。経木折だから」

「キョウギオリって？」

　菜緒が聞き返す。

「経木折ってのはさ。経木で作った弁当箱のことよ。ほら、おにぎりなんかも経木で包むだろ？　薄い木の皮でさ」

「はあ……」

　見たことがあるような、ないような。菜緒がポカンと口を開けていると、勝子さんは呆れ返った顔をして息を吐き、

「とにかく、手を抜かないでやってちょうだいよ。案外と難しいよ。わかった？」

「わかりましたっ！」

　たしかに勝子さんが言う通り、簡単そうに見えて、始めてみるとそれなりに難しかった。小梅を置く位置がずれて、慌てて置き直すと、小梅の赤い液がご飯に残って汚くなるので、一発勝負で決めなければならないし、二枚のサヤエンドウはゴツゴツした煮染めの上でなかなか行儀良く収まってくれない。何度も勝子さんに注意されながら、菜緒は仕上げ作業と格闘した。そのうち少しずつではあるが、スピードもアップした。勝子さんの「不合格！」の回数がだいぶ減り始めたと思う頃、せっちゃんが作

業場に姿を現した。

「どう？　うまくいってる？」

「どうでしょう……」

　自分では上手になってきた気はするが、客観的に見てどうだろう。菜緒が苦笑いをして首を傾げると、

「まああってとこかね。初日にしちゃ上出来なほうだよ」

　勝子さんが目の前の弁当に視線を向けたまま、そう言って鼻で笑った。

　今まで菜緒の後ろでひたすら黙々と、詰め終えた弁当を菜緒から受け取ると直

ちに蓋をして、『ウメ徳』と書かれた薄い紙と箸を一膳のせ、さらに紙のヒモで手際よく包装作業をしていた清子さんが、ヒモを片手に近づいてきた。

「この人、きついだろ？　適当に右から左に聞き流しておかないと、身がもたないよ」

菜緒の肩を自分の肩で突っついて笑った。

「なに適当なこと言ってんだい。あんたこそ、油売ってないでさっさと手ぇ、動かしたらどうなんだい？」

「ほらね、いつもこんな調子だからね」

双子とはいえ、性格はずいぶん違うらしい。勝子さんは姉御肌の勝ち気な性格で、清子さんはおっとりして見える。でも清子さんは決して負けていない。勝子さんにきついことを言われても、へこたれることなく即座に言い返す。一人っ子の菜緒には、この二人の言いたい放題のやりとりが、むしろ仲良しの証のように思われて、羨ましく感じられた。

「勝子さん、あとどれくらいで菜緒ちゃんの仕事、一段落つきそう？」

せっちゃんが勝子さんに聞いた。

「あと十箱やってもらえば、とりあえずの数は揃うけどね」

「じゃ、それ終わったら、菜緒ちゃん、お借りしていいですか？　こっちでも手伝ってほしいことがあるんで」

せっちゃんが勝子さんに願い出ると、

「ああ、いいよ」

あと十箱か。そう思うと、急に名残惜しくなった。最後の十箱は完璧な仕事をしよう。菜緒は割烹着の袖をめくり、「よっしゃ」と気合いを入れる。

菜緒が最後の一箱に小梅一つとサヤエンドウ二枚を置き終えると、

「はい、終了。よくできましたあ」

清子さんがその上に経木の薄い蓋をして、引き取った。目の前に双子の顔が並んでいる。

「菜緒ちゃんのおかげでずいぶんと助かったよ。なにしろこないだ一人、抜けちゃったからね。そのわりに今の季節、弁当の注文が増えるだろ？　ありがとうね」

勝子さんが顔を綻ばせた。性格は違っても顔はほぼ同じ。

「明日も手伝ってくれるの？」

清子さんが肘で菜緒の脇腹を突っついた。

「明日ですか？」

どうなのだろう。明日も来ていいのだろうか。期待されるのは嬉しいけれど、自分で決められる話ではない。菜緒が答えに窮しているところへ、またもやタイミングよくせっちゃんが駆け寄ってきた。

「明日はダメなんです。母屋のほうでお願いすることがあって。でも明後日《あさって》は、菜緒ちゃんと、菜緒ちゃんのおばあさんも手伝ってくださると思うわ。ね、菜緒ちゃん！」

「あ、え？」

菜緒はせっちゃんと双子の顔を交互に見る。

「そりゃ助かるね。じゃ、明後日よろしく。今日はお疲れ様！」

勝子さんの声をきっかけに、他の従業員からも声がかかった。

「お疲れ様〜」

「お疲れ」

みんなの声に送られて、菜緒は「お先に失礼します」と頭を下げながら、せっちゃんとともに作業場を離れる。

「よく頑張ったわ、菜緒ちゃん」

せっちゃんが廊下を歩きながら菜緒に語りかけた。菜緒は、「いえいえ」と答えながら片手を首の後ろにまわして肩を揉《も》む。仕事をしている間は気づかなかったけれど、身体のあちこちが痛む。ずっと集中していたので筋肉が張ってしまったのかもしれない。

「あのね、菜緒ちゃん」

前を歩いていたせっちゃんが勢いよく振り返り、菜緒に企みのある顔を向けた。

「明日ね、あたし、お休みなの」

「あ、そうなんですか」

「でね、神楽坂にある小さな喫茶店に行く予定なんだけど、よかったら菜緒ちゃん、つき合ってくれない？」

「私が？　なんでまた」

せっちゃんは、廊下を歩きながらときどき床に落ちている埃を見つけると、すばやく屈み込んで拾い上げた。あるいはエプロンのヒモに引っかけてあった雑巾をつかみ、そこらへんを突如、さっさと拭き始める。

「なんでってことはないんだけど。お友達を一人連れて行くって、先方に約束しちゃったの。でも、最初に連れて行くつもりだったお友達、都合が悪くなっちゃって」

「へえ」

「どう？　すごくお洒落なお店なの。おいしいケーキもあるのよ。クリームソーダとか抜群においしいんだから。そのお店のマダム、お菓子作るのがとっても上手なの」

菜緒は俯いて考える。

「じゃ、明日の母屋の用事ってのは、せっちゃんさんと一緒に出かけるってことですか？　それはその……」

顔を上げると、せっちゃんがいない。消えた？　と思ったら、大きな籐籠《とうかご》を抱えて洗濯機の置いてある母屋の風呂場から出てきた。籠の中には濡れた洗濯物が山のように入っている。これから干しに行くのか。

「もし菜緒ちゃんが気乗りがしないなら、無理にとは言わないけど……」

「いえ、別に気乗りは、しますけど、ただ」

「ただ？」

「ただ、ばあさんに聞かないと……」

するとせっちゃんが突然、籠ごと菜緒にすり寄ってきた。

「そう言うと思ったわ。だって菜緒ちゃん、いい子だもん。わかってたの、私。だから先手を打っておいたんだ」

「先手？」

菜緒がオウム返しをすると、

「そう。おばあさまの許可はもう取っておきました。連れて行っていいって。そう言ってくださったのよ、おばあさま」

「マジっすか？」

菜緒が答えると、せっちゃんがキョトンとした顔をした。

「マジスカって、なあに？」

「ああ」と菜緒は苦笑いを浮かべ、

「本当ですかって意味の、いわば若者言葉みたいなもんです」

「へえ。それってどこの方言？」

「さあ……」と、突如、菜緒は曖昧に答える。田舎から来たと言ってあるのだから、東京の若者言葉だとは言えない。

「へえ。でも面白い。私も今度、使ってみよっと」

「いや、それ、ばあさんの前で使うと罰金取られますよ。下品な言葉、使うなって、いっつも怒られるんです」

せっちゃんが一瞬、目を見開いて、

「罰金⁉」

「はい」

「マジスカ？」

せっちゃんが低い声で言ったので、

「はい。マジっす」

菜緒が低い声で答え、そして二人は互いの身体をぶつけて、「マジスカ？」「マジスカ？」と交互に唱えながら、籐籠を抱えて母屋の勝手口から出たところにある物干し場へ向かった。

「ねえ、ばあさん」

菜緒は窓のへりに腰を掛け、外の景色を眺めながら問いかけた。

「ん？」

ばあさんは、風呂へ行く支度をしている。ついでに畳の隅に置いてあった風呂敷包みに気がついて、結びを解くと菜緒に聞き返した。

「あんた、この服、どうしたの？」

「ああ。さっきお風呂に行く前に、せっちゃんがね。明日からこれを着てくださいって渡されたの。ブラウスとカーディガンとスカート。お嬢様のお古だって。パンツも新品を貸してくれたんだよ。あと腹巻き。腹巻きはいいんだけどさ、このパンツ、かなりババ臭いんだよね、ほら」

菜緒はパジャマのズボンを少し下げて、らくだ色をした厚手の下着をばあさんに披露する。腰まであるタイプ。菜緒としてはいつもセミビキニスタイルのショーツをはいているので、どことなく落ち着かない。

「文句言うな」

ばあさんは、白い丸襟付きのブラウスと赤いサーキュラースカートを畳の上に広げて、懐かしそうに眺めている。

「もしかして、そのブラウスとスカート、ばあさんが十代の頃、着てたってこと?」

菜緒が問いかけると、ばあさんはゆっくり顔を上げ、

「いや、嫌いだったんだ」と即座に答えた。

「あたしには似合わなかったし。だからあんまり着なかったと思う。でも、おじいさまがわざわざ日本橋の三越まで行って買ってきてくれたから捨てるわけにもいかなくて。おじいさまが亡くなったあとにせっちゃんに譲ったのよ、たしか」

「へえ。可愛いのに。今、流行《はや》ってるんだよ、こういうレトロチックな襟のブラウス。しかしこの赤いスカートは、ちょっと派手すぎますなあ」

菜緒が顔をしかめると、ばあさんが振り向いて笑った。

「お前もそう思うだろ? でもおじいさまは、和は女の子なんだからできるだけ赤いものを着なさいって。閉口したよ」

「おじいさまって、二代目社長の徳三郎さんのこと?」

ばあさん、頷く。

「その人、まだ会ってない気がするんですけど。その服がせっちゃんのものになってるってことは……」

「あたしが中学二年生のときに亡くなったから、一年前に、死んだことになるかね」

「そうかあ。徳三郎さんにはタッチの差で会いそびれましたなあ……。そうそう、隣の風呂敷包みはばあさんのだからね。せっちゃんがおばあさまにお渡しくださいって。お好みに合うかどうかはわかりませんけれどってさ」

「あらそう……」

　ばあさんは風呂敷包みに向かって手を合わせた。感謝の意を表しているつもりらしい。

「で？　何を言いたかったんだい？」とばあさんは自分用に用意された風呂敷を開いて、中から花柄のワンピースとカーディガンを取り出して上に掲げた。

「これはあたしの母親のお下がりだな。こういう女々しいのは、あたしの趣味じゃないねえ」

「文句言わない！」と菜緒が軽く仕返しをしたら、ばあさん、睨む。

「でさ、さっき何を言おうとしたかっていうとね」と菜緒は気を取り直して言いかけてみたものの、

「なんだっけ？　忘れた」

「あ、そ。じゃ、あたしもお風呂、いただいてきますよ」

　ばあさんが立ち上がり、タオルと着替えを持って部屋を出て行った。ふすまが閉ま

り、ばあさんの足音が消えると、部屋が静まり返る。菜緒はまた窓の外へ視線を向けた。はるか向こうに東京タワーが光っている。が、菜緒が知っている平成の東京タワーより心なしか暗く感じられる。昭和時代のイルミネーションが思いのほか地味だったことに菜緒は驚いた。

でもイルミネーションが地味なおかげで星が賑やかだ。昔の東京の空って、こんなに星がたくさん見えたのねえ……。

菜緒はじっと夜空を見上げた。ひときわ輝きの強い星を人差し指でなぞってみる。あれは何座だったっけなあ。片手鍋のような形をした星座はたしか、

「そうだ、北斗七星だ。思い出したぞ！」

あの北斗七星の先っぽの、二つの星のずっと延長線上に北極星があるんだよと、教えてくれたのは伸次である。

「パパとママも北斗七星、見てるかなあ」

今頃、二人は菜緒とばあさんが行方不明になって心配しているにちがいない。警察沙汰になっていたりして。あれこれ想像するうちに、菜緒の胸がチクチク痛み出した。いったいこのタイムスリップ状態はいつまで続くのか。もう二度と平成には戻れないのだろうか。昼間は弁当作りに夢中になっていたおかげで気が紛れていたけれど、東京タワーを見てしまうと、どうしても思い出す。

すべてはあの東京タワーから始まったのである。たった一日前のことだというのに、ばあさんと下井草の自宅を出たのが、はるか遠い昔のように思われる。

「ったって、今はもっとはるか昔に来ちゃっているわけですけどね、へへへ」

菜緒は自らを元気づけようと、一人でおどけてみせた。

大丈夫さ。どんなタイムスリップ話も、だいたいハッピーエンドに終わっているではないか。タイムスリップしたまま終わった物語はない。ポジティブ菜緒が心の中に現れて菜緒をなぐさめる。すると、もう一人のネガティブ菜緒が割り込んできて騒ぎ出した。いやいや、下手をするとこのまま昭和の時代に骨を埋《うず》めることになるのかもしれないよ。どうするどうする。

やめてよね……。菜緒が自分の妄想を振り払い、視線を夜空から東京タワーに戻したとき、

「そうだ！」

突然、閃いた。

明日、せっちゃんと出かけたついでに、東京タワーへ行ってみよう。もしかして平成に戻る手がかりが見つかるかもしれない。困ったときは、振り出しに戻れだ。よし、そうしよう！

菜緒は俄然、元気が出てきた。元気になった勢いで立ち上がる。同時に身震いがし

た。武者震いかと思ったが違う。これは明らかに湯冷めだ。菜緒はガラス窓を閉めて身体を震わせながら鍵をかける。と、そこへばあさんが戻ってきた。

「早ッ」

菜緒が驚くと、

「長風呂は高齢者の敵。雨戸、閉めなさい」

「そうなの？」

「いえ、私は長風呂のこと聞いたんですけど……」

菜緒はタコの口をしながらもう一度、鍵を回して窓を開けると、朝とは逆に、戸袋から引き出して、雨戸三枚を閉め終える。

「はい、閉めましたよ！」

「いちいち報告しなくてよろしい。雨戸の開け閉めは子供の仕事。それが昭和の常識です」

ばあさんは、いつのまにか自分の布団だけを敷き終わり、そそくさとその中にすべり込んだ。

「ったく、自分だけ……」

菜緒は呆れて、押し入れから自分の布団を取り出した。畳の上に広げようと屈んだ

拍子にふと、さっきばあさんに聞きたかったことを思い出す。そのまま膝歩きをしてばあさんの背中に自分の顔を近づけると、

「ねえ、ばあさん。昼間、何してたの？」

すでに布団に丸まって目を閉じていたばあさんは、一言。

「いろいろ」

それっきり、掛け布団を頭からかぶって返事なし。反応なし。こうして二日目の夜は更けていった。

タイムスリップ三日目の朝、菜緒が別棟一階の洗い場で朝ご飯の後片づけをしていると、せっちゃんが走り寄ってきた。

「私、買い物があるので先に出るから、十一時に渋谷駅のハチ公前で会いましょう。ハチ公前ってわかる？」

「はい、わかりますけど……」

菜緒は、給湯器のどこをどうすればお湯になるのかがわからず、格闘しているところだった。

「これ、お湯にするにはどこを……？」

「じゃ、あとでね」

菜緒の質問には答えず、それだけ言うとせっちゃんは、来たときと同じスピードで母屋へ戻っていった。母屋と別棟を繋ぐ簀の子の上を飛び跳ねる音が高らかに響く。

せっちゃんはいつも走っている。ダラダラ歩いているところを見たことがない。大奥様に呼ばれて走り、若奥様に声をかけられては走り、その間も、ゴミを拾ったり掃除をしたり洗濯物の籠を抱えたりしながら、やっぱり走っている。つくづく働き者だと菜緒は感心する。でも今日のせっちゃんの走り方は少し違う。焦っているのではなく、足音が喜んでいるように聞こえる。

「あー、冷たかったあ」

皿洗いを済ませると、冷え切った手をさすりながら菜緒は二階の四畳半へ戻った。ばあさんの姿がない。お手洗いかしら。それとも散歩にでも出かけたのかな。菜緒はしばらく部屋でぼーっと過ごしたあと、そろそろ時間になったので、ばあさんの帰りを待たずにせっちゃんが用意してくれた「お嬢様のお古セット」に着替えて十時半に部屋を出た。

階段の下で勝子さんと出くわしたら、「これ、持っていきな。歩きながら食べちゃダメだよ」とアルミホイルにくるんだ大きなおにぎりを一つ手渡された。

「どうも、すいません」

菜緒は上目遣いに礼を言った。勝子さんはせっちゃんと遊びに行くことを知っているのだろうか。せっちゃんには、「若奥様に頼まれた用事があって出かけることにしましょう」と言われていたので、あくまで「用事で出かけます」風の顔つきをしたつもりだが、勝子さんは信じていない気がする。でも怒っている様子はない。

勝子さんの横から同じ顔が笑いながら現れて、「楽しんできな」と菜緒の肩をポン

と叩いて通り過ぎていった。「ありがとうございます、清子さん」と礼を言うと、振り返らずに手だけ振って、

「あたしは勝子だよ」

……ということは、おにぎりをくれたのは清子さんだったのか。区別がつかない。

菜緒は一人で渋谷駅を目指す。この道を歩くのは二日ぶりだ。二日前はばあさんと二人ですっかり日が暮れた景色の中を、この先どうなるのだろうかと不安をたっぷり抱えてばあさんの家へ向かっていた。突然夜に訪ねてきた見ず知らずの老女と孫娘を、この家の人たちはよく受け入れてくれたものである。あのとき門前払いされていたら、どうなっていただろう。菜緒は想像するだけで恐ろしくなった。〈……もしかして今頃、公園でホームレスをしていたかも。いや、餓死していた可能性だってあるぞ〉

作業場の人たちもみんな優しいし、この家に着く前に立ち寄った三河台町のパン屋のおばさんもいい人だった。都電の運転手もぶっきらぼうながら丁寧に乗り換えの仕方を説明してくれた。昭和って、親切な人が多い時代なのかなあ。

しかしこれから悪い人に会わないとは限らない。気をつけなきゃ。すれ違う通行人に警戒の視線を向けながら、菜緒は肩からかけていたポシェットに手を当てた。そのとき、お財布の横におにぎりのふくらみを感じた。

「お、忘れてた。盗まれる前に食べちゃわなきゃ」

菜緒はおにぎりをポシェットから取り出して、アルミホイルを剝がしてこっそりかぶりつく。歩きながら食べてはダメだと勝子さん、いや、清子さんに言われたが、

「でもねえ」と菜緒は自分に問いかける。

「こういうあったかい風に吹かれながら食べるおにぎりが一番おいしいんだよねえ」

最後の一口をたいらげて、指先に張り付いた海苔を前歯で剝ぎ取る頃には、渋谷駅近くまで着いていた。梅干しの種を口の中で転がしながら顔を上げたとき、菜緒は驚いた。

「なにあれ⁉」

黄色い電車がビルの壁面にまっすぐ吸い込まれていく。しかも地上よりはるかに高い位置である。

「あれって、もしかして、銀座線？」

菜緒は思い出した。四歳か五歳の頃だったと思う。ばあさんに連れられて渋谷駅まで買い物に来たときに驚いた覚えがある。

「あ、でんちゃがおそらを飛んでる！」

人混みで上空を指さしてそう叫んだら、周りにいた人たちに笑われたのだ。

「そうか、菜緒ちゃん、驚いたか」

家に帰ってその話をすると、いつも静かなじいさんが声を上げて大笑いをした。ば

あさんも一緒にいつまでも笑っていた。幼な心に不満だった。菜緒には銀座線がおとぎの国の電車に見えたのだ。あの電車に乗ったら、空を飛べるかもしれない。もしかしてお月様へ行けるかもしれない。電車を見上げた瞬間、本気で空想したのである。それなのに、なんでみんな笑うのだろう。バカにされたような気がして菜緒は傷ついた。傷つきすぎて、まもなく、忘れた。

関心が薄れると、視界に入らなくなるものなのか。その後、何度も渋谷の家に遊びに行ったはずなのに、菜緒は空中を飛ぶように走る銀座線の姿を見た記憶がない。ばあさんが菜緒のマンションに越してきて以来、渋谷の家に行く理由がなくなって、このあたりを歩く回数が減ったせいもある。とにかく菜緒にとっては久しぶりに見る「空とぶ銀座線」の光景だったのだ。もしかすると周辺に高いビルがないせいで、銀座線が余計に目立つのかもしれない。

「そうだそうだ、そうだった」

黄色い車両がビルの中階でゆっくり出入りする様子を、歩きながらしばらく眺めているうちに、幼い頃のドキドキした感覚が蘇ってきた。

「これ見たら、子供は誰だって、空飛びそうだって思うよなあ」

ふと、周辺がやけに騒がしくなっていることに気がついた。それまで耳に心地よかったスズメや小鳥たちの鳴き声、生温い春風が木々を揺らすざわめき、ときどき通る長閑な都電の警笛などがすべてかき消され、かわりにけたたましい機械音が響き渡っている。いったいなにごとだ？　改めてあたりを見渡して、菜緒は合点した。

工事の音か……。

平成の時代も都内に工事中の箇所はたくさんあったと思うが、その比ではないほどの騒々しさである。ビル建設、道路、ガス、水道、電気。「工事中」の看板が通行路のあちこちを遮断して、ヘルメットをかぶった作業員が大勢、歩き回っている。

まるで渋谷一帯が一斉工事キャンペーン期間中かと思うほどの騒ぎだ。ドリルの音や鉄が激しくぶつかる音がひっきりなしに轟《とどろ》いて、ときどき青い火花がこちらにも届きそうな勢いで飛んでくる。

火花の出元に目を向けて、菜緒は理解した。そうか、これは高速道路の建設工事か。コンクリートの太い橋脚が車道の周辺に何本も立ち並び、その上で長い鉄板がクレーンに吊られて揺れている。これから高速道路ができるところなのだろう。菜緒は火花が飛んでこないよう頭を抱えて再び歩き出す。

ハチ公前まで辿《たど》り着くと、地下鉄半蔵門線へ通じる地下階段が見当たらない。

「銀座線はあっても、まだ半蔵門線はなかったんだなあ」

しかしその分、ハチ公前広場は広く感じられた。待ち合わせをしている人はたくさんいるが、その表情は、周辺の騒々しさに反してどことなく呑気《のんき》に見える。菜緒は身

体をゆっくり回転させて、せっちゃんを探した。すると、

「ごめん。お待たせしちゃった？」

背中から声がして、振り向くと、大人の女の人がいたので菜緒は目を見張った。せっちゃんだ。でも、一瞬、違う人かと思うほどにきれい……、というか女っぽい。

見慣れたお下げはすっかり解かれ、ウエーブのかかった髪の毛が肩まで垂れて、頭に幅の広いブルーのヘアバンドを巻いている。ヘアバンドと同系色の、ブルーと白の細かい斜め縞《じま》の七分袖ワンピースは前開きのデザインになっていて、前で止めてある白いボタンと同色の細いベルトが印象的である。さらに防寒用と思われるグレーのコートを片手に抱えている。

「はああ……」

菜緒は口を半開きにして、せっちゃんの頭の先から白い中ヒールの足元までを視線で二巡した。

「変？　あたし」

せっちゃんが眉尻を下げて心配そうに菜緒の顔を覗き込んだので、菜緒は焦った。

「ぜんぜん変じゃないです。大丈夫大丈夫」

「大丈夫って、変ってことよね？」

「違いますよ。すごくきれいなんで、見とれちゃって……。なんか、女優さんが来た

のかと思っちゃいました」

「やだ、菜緒ちゃんったらもう！」

せっちゃんが菜緒の肩を思い切り叩いた。

「痛っ」

「菜緒ちゃんだって、すごく可愛いわよ。よく似合ってる。サイズもちょうどよかったみたいだし」

「え、そうですか……ね」

菜緒は改めて自分の身体を見直した。ブラウスとベージュ色のカーディガンはいいとして、この赤いサーキュラースカートはなんともいえず恥ずかしい。デニムやジャージのような男っぽい恰好を好む菜緒は、めったにスカートをはくことがない。まして、こんなフレアいっぱいの派手なスカートを着るなんて、菜緒にとってはほとんど暴挙である。しかも上からは、スカートとぜんぜん丈のつり合っていないカーキ色のモッズコートを羽織り、靴はスニーカーときたもんだ。どう考えてもファッション的に不細工だろう。立っているだけで落ち着かない。でも、せっちゃんが菜緒のために、大切にしているスカートを貸してくれたのだ。文句を言ったらばちが当たる。

「神楽坂って、どうやって行くんですかね？」

服のことは頭から削除して、菜緒は話題を変えた。同時にドリル音がひときわ激しく鳴り響いた。

「え？」

　せっちゃんが聞き返した。

「神楽坂までは！　どうやって！　行くんですか？」

　菜緒が声を張り上げて言い直す。せっちゃんが眉をひそめて工事現場の方角を見上げた。

「まったく。オリンピックまでずっとこの状態が続くのかしら。うるさいわねえ」

「オリンピック？」

　菜緒が首を前に突き出した。

「あら、菜緒ちゃんったら、まさか知らないってことはないわよね？　来年の秋に東京でオリンピックが開催されるのよ」

「来年？　すっげえ。あたしたちも来年、オリンピックなのに。そうか、こっちも来年、東京オリンピックだったんだ」

　興奮する菜緒をしばらく見つめたのち、せっちゃんが言葉を続けた。

「あたし、高速道路はどっちでもいいんだけど、新幹線には乗ってみたいの。だって大阪までたった四時間で行くんですってよ。時速二百キロぐらいで走るなんて、そんな汽車に乗ったら身体がバラバラになったりしないのかしら。ちょっと怖い気もするけど、大いに興味はあるのよ」

「たしかにね」

平成の時代になれば、大阪まで二時間半で行けますよ。ついでに身体もバラバラにならないから大丈夫と、せっちゃんに教えてあげたい衝動に駆られたが、菜緒は我慢する。それに新幹線は汽車じゃないし……。

「神楽坂はね」

せっちゃんが話を戻した。

「飯田橋まで国電に乗って行きましょう」

「国電って、JRのことですか？」

「ジェイアール？」

せっちゃんが素っ頓狂な声で反応したので、菜緒は慌てて、

「いえ、別にいいです」

「代々木で乗り換えて、飯田橋の駅を降りたらお店まで十分くらい歩くから、全部で三十分くらいかな」

そこまで言うとせっちゃんは、菜緒の顔を見つめてニヤリとした。

「菜緒ちゃんって、ときどき変なこと言うのね」

「そうですか？」

「まあいいわ。さ、行きましょ！」

　せっちゃんは、抱えていたグレーのコートに袖を通すと、東横百貨店の紙袋と白いエナメルのバッグを握り直し、菜緒の腕を取って歩き出した。

　しかし菜緒の怪しい言動は、その後も次々に露呈することとなる。

　なにしろ電車に乗る方法がまったく違うのだ。スイカやパスモのようなものはどうやら存在しないらしい。自動券売機も見当たらない。せっちゃんに促され、中に人のいる窓口で、厚紙でできた切符を買い、さらに改札口へ向かうと、改札ボックスの中に制帽をかぶった駅員が一人待ち構えていた。駅員は持っているハサミをカチャカチャとリズミカルに回したり動かしたりしながら、顔は淡々と、でも一瞬たりとも手を止めることなく、乗客の差し出す切符を次々に切っていく。その見事な手さばきに菜緒は感動した。

「ヤバい！　マジ、ヤバいっすよ！」

　改札口で自分の切符を切られた瞬間、菜緒は駅員の顔を見上げて叫んだ。するとせっちゃんが眉をひそめて、

「駅員さんに失礼よ」

　菜緒の袖を引っ張った。菜緒は振り返って、

「え？　でも私、駅員さんを褒めたつもりなんですけど」

「でも、『ヤバい』だなんて……」

せっちゃんが困った顔で言い返したので、「ああ」と菜緒は気がついた。ばあさんにも言われたことがある。昔は「ヤバい」という言葉に褒める意味はなかったと。

「ヤバいって、今の若者は、めちゃすごい、ステキって思ったときも使うんです」

「そうなの？」

せっちゃんが軽く顎を上げた。しまった、機嫌を損ねたか。せっちゃんも若者なのに、年寄り扱いをしたように聞こえたかもしれない。

「まあ、若者言葉と言っても、真面目な子はあんまり使いませんけどね。だからばあさんによく怒られるんですよ、下品だって」

「そうでしょうね。マジはいいけどヤバいはちょっと下品だと思うわ。まして女の子が使うべき言葉じゃない」

せっちゃんはそう言い切ると、さっさと歩き出した。

「とにかく切符、なくさないようにね」

「はい！」

お姉さんみたいだ。菜緒は肩をすくめて、せっちゃんの後を追う。

驚きの連続に興奮していた菜緒は、電車に乗って一息ついて、しばらく黙って揺られるうち、じわじわと不安が募ってきた。

出かけるのはいいけれど、そこにかかる経費をどうやってまかなうか。菜緒の財布に使えそうなお金はもはやわずかしか残っていない。五百円玉以外の小銭は、今、切符代に三十円使ってしまったので、残りは一円玉が二枚きり。紙幣は千円札七枚があるけれど、これはおそらく使えない。

でも実は隠し金がある。昨日の夜、ケチなばあさんにしては珍しく、出かけるならお金がないと困るだろうと言って貸してくれた百円玉三枚を、ポシェットの中のチャックがついたポケットに入れてある。とはいえ、しめて三百二円で残る今日一日をなんとかしのがなければならないのだ。いくら物価が安いこの時代とはいえ、たった三百二円で夕方までもつか。しかも帰りに菜緒は東京タワーへ足を延ばすつもりである。

「ううう」

　電車の座席について、こっそり財布の中身を確認しながら唸っていたら、隣のせっちゃんがカラカラと笑い出した。

「今日は私に任せて！」

「は？」

「心配しないで。お金のことは」

　菜緒は慌てた。

「いや、そうは、いかないっすよ」

「いいのよ。だって私が誘ったんですもの。菜緒ちゃんは今日はお客様なの。デンと構えていればいいのよ！」

　せっちゃんが横から手を伸ばして菜緒の財布の蓋を閉めると、それをポシェットに無理やり突っ込んだ。

「はいはい。年上の言うことは聞くものよ。お財布さんも今日はここでお寝んねしてくださいね！」

　そう言って、菜緒の膝を上からぽんぽんと叩いた。

　菜緒はひそかに安堵した。なんて勘のいい人だろう。こっちが困っているとすぐに気づいて助けてくれる。ますますお姉さんに見えてきた。ばあさんは、私と同じ一人っ子だったけど、せっちゃんがそばにいたおかげできっと寂しい思いをしなかったのだろうなと、菜緒は思う。

　とにかくこのご恩はどこかでお返ししよう。どうやってお返ししようかと考えながら、菜緒は振り返り、車窓から外を眺めた。四ツ谷駅を過ぎたあたりから、外濠《そとぼり》に沿って続く桜並木が美しい。この二日間で一気に開花が進んだようだ。桜並木の間に黄色い花もたくさん咲いている。あれは何の花だろう。

「次、降りるわよ」

　せっちゃんが菜緒の肘をついて席を立った。

「はい」

菜緒はコートのポケットを探る。切符、切符。どこへいった？　ようやく見つけた分厚い切符を手に握り、せっちゃんの背中を追う。

目的地である喫茶店「セルヴァン」は、飯田橋の駅を降りて外濠沿いの歩道をしばらく歩き、自動車道を横断し、小さな映画館の横を入って坂をしばらく上がった路地裏に忽然と現れた。蔦《つた》に覆われた重い扉を開けて中に入ると、ここはヨーロッパの山小屋かと声を上げたくなるような別世界が広がった。バニラの甘い香りとコーヒーとタバコの匂いと石油ストーブの匂いが混ざったような温かい空気が鼻を刺激する。見上げると、太い梁《はり》が縦横に張り巡らされ、店内のどの壁も、洋画や絵画展の古いポスターで覆われている。

テーブルや椅子はどっしりとした分厚い木でできており、店の奥の大きな窓からは、小さな庭が見渡せた。さして手入れの行き届いた庭ではなさそうだ。直径二十センチぐらいのもみの木を中心に、まわりには灌木《かんぼく》や雑草が無造作に茂っている。それでも窓から緑や土の見えることが、その店の居心地をさらに良くしているように思われた。

店内に客はまばらだ。ランチタイムにはまだ時間が早いせいか。男女のカップルが、中二階のテーブルに向かい合わせに座ってコーヒーを飲んでいるのと、背広を着た白髪の男性が隅の席でタバコを吸いながら、邪魔されたくないオーラを存分に放って読書に浸っている。

「菜緒ちゃん、好きなとこ、座って！　コートはあっちに掛けてね」

せっちゃんに言われ、菜緒は入り口近くのコート掛けに向かって走った。コートをフックに掛けながら振り向くと、せっちゃんがキッチンから出てきたエプロン姿のスリムな女性と挨拶を交わしている。せっちゃんが言っていた「お菓子を作るのが上手なマダム」とは、あの人のことか。この時代の人にしてはモダンな雰囲気で、スリットの入ったタイトスカートの下からまっすぐ出ている足も細い。ちょっと日本人離れした美しさだ。鼻が高く口は大きくて、ばあさんの好きな江波杏子の若い頃はこんな感じだったかと思うような洋風な顔立ちをしている。

江波杏子の訃報を聞いた日、ばあさんは本当に悔しそうだった。

「ああいう気《き》っ風《ぷ》のいい女優はもう二度と現れないだろうね」

テレビに出てくるタレントや役者を滅多に褒めることのないばあさんが、江波杏子だけは無条件に絶賛していた。

江波杏子似のマダムとせっちゃんはどうやら顔馴染《なじ》みのようだ。二人とも楽しそうに笑ったりじゃれ合ったりしている。ばあさんにこのマダムを会わせたら、なんと言うだろう。けっこう仲良しになるんじゃないかなあと菜緒は想像した。

コートを掛け終わると、菜緒は中二階の、カップルとは反対側のテーブルに向かい、そこに席を取った。

「メニュー見た？　何食べる？」

せっちゃんが小走りで戻ってきて菜緒の向かい側に座り、いそいそとメニューを広げた。

「好きなもの選んで。私がご馳走してあげる」

「えー、どうしようかなあ……」

ついさっき、清子さんにもらった大きなおにぎりを食べたばかりで、それほどお腹は空いていない。しかし、メニューに並ぶ料理はどれも魅力的だ。ハンバーグ、マカロニグラタン、スパゲティナポリタン、スパゲティミートソース、オムライス。デザート類も豊富だ。プリンアラモード、バニラアイス、クリームソーダ、アップルパイ、牛乳ババロア。

「うーん、迷うなあ……」

菜緒はメニューに目を走らせながらも、ときどきせっちゃんの顔を窺った。声の潑《はつ》剌《らつ》さや親切なところは、家にいるときと変わりない。でも何かが違う。菜緒はハチ公前で会ったときから思い続けていた。髪型が違うからか。薄く塗られた口紅のせいもあるだろう。ただ、それだけではない何かが、せっちゃんの身体全体に漂っているような気がしてならなかった。

「じゃ、私が決めてあげる。まずオムライスを食べて、デザートにこのお店の自家製アップルパイとクリームソーダを注文するのはどうかしら？　私のいちばんのお勧めなの。ぜったいおいしいから！　大いに保証するわ！」

〈大いに……ね〉

菜緒は圧倒された。そんなに食べられるか？　でも、せっちゃんのお勧めはいかにも魅力的だ。

「はい、そうします。わーい」

菜緒は手を叩いて喜んだ。そこへ、

「おお」

長身の、学生服姿の男が片手を挙げて近づいてきた。

「あら」

せっちゃんの目と顔がたちまち輝いた。どう見ても、せっちゃんはすこぶる嬉しそうである。菜緒はせっちゃんとその男の顔を見比べた。彼氏？　案外、せっちゃん、やるじゃん。

「遅かったわね。授業、長引いたの？」

「いや。だいぶ前に到着してたんだけど、そこの路地で変なばあさんに捕まっちゃってさあ」

男は気怠《けだる》そうに言いながら、せっちゃんの隣に腰かけた。

「おばあさん？」

せっちゃんがお尻を横にずらしながら聞き返す。

「突然、近寄ってきて、あなたの顔に不吉な相が出ていますって」

「なあに、それ。占い師？」

「いやあ、わからんよ。だって占い師だったら、座って客待ちしてるだろ？　でもそのばあさん、歩いてたんだよな。通りすがりに声掛けてきてさ。急にそんなこと言うから……」

「不吉な相って、なんなの？」

せっちゃんが問い直した。

「なんかわからんけど、長い髪の女性のそばに行ってはならない、さもないと取り返しのつかない不幸があなたの身の上に降りかかりますって言うんだ」

「嫌だわ。詐欺かなんかじゃないの？」

「いや、金を要求するわけじゃないんだ。お金は要りません。あなたのことが心配だから申し上げるだけですって。とにかく長い髪の女性に近づくなと、何度もそう言って、最後にはお願いですからって泣き顔で懇願されちゃったよ。こうやって、頭を直角に下げて」

男は座ったまま、テーブルの上におでこをくっつけて見せた。

「なにそれ？　気持悪いわ」

　せっちゃんが自分の身体を両手で抱きかかえるようにして眉をひそめた。

「しかし笑っちゃうよな。長い髪の女性って誰のこと言ってるんだって話だよ。だって俺、基本的に長い髪の女にしか興味ないからさ。そういえば、君も長い髪の女に属すると言えなくもないな。もしかして、君のこと、言われたのかしら。そうか、気がつかなかったよ。だとしたら、いかにも滑稽じゃないか」

「どこが滑稽なの？　ちっとも滑稽なんかじゃないわ」

　せっちゃんが口を尖らせて、肩をすくめた。

「ハハハ。冗談だよ。別に君に近づくなって言われたわけじゃないんだから。君が怒る理由はなにもない」

　男がせっちゃんの肩に手をかけた。が、せっちゃんは、男とは反対の方向に顔を向けたきりだ。学生服男は続けた。

「ただ さ、世の中には変わった人がいるもんだと思ってさ。君に話したら面白がるかと思ったのに。なにもそんなに怒ることはないだろう、ん？」

「でも、なんでそんな変なおばあさんと長い時間、付き合う必要があったの？　無視すればよかっただけのことじゃない。あなた、軽率だわ」

せっちゃんが振り返って男を睨んだ。たちまち男の顔がこわばった。

「軽率とはなんだ、軽率とは」

菜緒は反射的に身体を固くした。

「だってしょうがないじゃないか。俺は呼び止められたんだ。年配者に声をかけられて無視するのは失敬というものだ。君なら無視できると言うのかい？」

「知らないわ、そんなこと」

「ほら来た。女ってのは、答えられなくなると、すぐこれだ。まったく議論になりゃしない。そういう態度こそ、軽率って言うんだよ」

せっちゃんがまたそっぽを向いた。さっきまであんなに機嫌の良かったせっちゃんが、どんどん悲しそうな顔になっていく。なんとかしなければ。

「あの一……」

菜緒は小さく声を発してみたが、二人とも聞いていない。

「もしも一し」

ようやく男が菜緒のほうへ首を回し、それからゆっくりせっちゃんに訊ねた。

「誰だい、この子？」

せっちゃんはふくれ面のまま、

「内村菜緒ちゃんよ。今、ウチのお店で働いてもらっているの。とってもいい子」

そう言うと、今度は菜緒のほうに向き直り、かすかに笑みを浮かべながら、

「こちらはね、早稲田の学生さんの立花洋介《たちばなようすけ》さん。洋介さんは大学で哲学の勉強をしていらっしゃるの。将来はソクラテスのような哲学者になるのが夢なんですって」

せっちゃんが説明すると、

「ソクラテスなんて俺、言わないぜ。むしろニーチェだよ、俺が目指しているのは」

学生服の上についていた仏頂面が一気に崩れ、あっという間に口元が綻んだ。なんと能天気な人だろう。と思ったら、突然、その顔が菜緒のほうへ向けられた。七三に分けられた黒い髪も、その下にある平たいおでこも、なぜか妙に光っている。

「君、ニーチェって知ってるかい？」

男が菜緒をためすように聞いた。

「ニーチェ？」

菜緒が首をゆっくり横に振ると、

「ニーチェってのはね、神は死んだって断言したドイツの有名な哲学者なんだ。今から百年近く前、キリスト教がヨーロッパの思想を支配していた全盛期に、そんな大胆な意見を発表したんだぜ」

洋介が、せっちゃんの飲みかけの水のグラスを取って、ひとくち飲んだ。

「たいした勇気だよ。牢屋に入れられてもおかしくない時代にさ。しかしニーチェは

こう言い切ったのさ。神の教えとはすなわち、支配者が人民をコントロールするために利用したまやかしに過ぎない。人間の思想はもっと自由であるべきだ。道徳や宗教や理性によって人間の感性を縛りつけてはならないとね。すごいだろ？　君にわかるかな？」

「いやあ……」

菜緒は苦笑いで返す。哲学の話など、生まれてこのかた耳にしたことすらない。でも、なぜかこの男の話には惹《ひ》きつけられる。よくわからないけれど、なんだか面白そうだと菜緒は感じた。

「で？　ニーチェはどうなったんですか？　牢屋に入れられたんですか？」

思わず身を乗り出して、洋介に質問した。しかし、あまり興味を持ち過ぎるとせっちゃんが気を悪くするかもしれない。すぐさま思い直し、ゆっくり身体を元に戻してせっちゃんに「ねえ、どうなったんですかねえ」と愛想笑いを投げかける。

「牢屋へ入れられたかだって？　いや、違う。ニーチェはしかし、最後には自らの牢屋に引きこもらざるを得なくなるのさ」

「よく意味がわかんない……っす」

「つまり、ニーチェこそ、ルサンチマンの人だったのだよ」

「はあ……」

「ヴァーグナーのような親友とも、他の仲間とも恋人とも決裂し、家族や妹と衝突を繰り返し、無国籍者となってなお、自分の信念を曲げることをしなかった。僕はね、彼がどうしてそれほどの強さを貫き通したのか、大いに興味があるんだ」

大いにね。せっちゃんもこの言葉をよく使う。この時代の流行《はや》りなのか。それともせっちゃんが洋介に影響されているのかもしれない。男が菜緒の顔を見つめて答えを待っている。菜緒は焦った。

「えーと、ルサンチマンって何ですか？」

するとと男はせっちゃんのほうへ顔を向け、ニヤリと笑った。

「いいねえ、この飽くなき好奇心。こういう若くてソフィスティケイトされた情熱が、世の中を変革していくんだ。これからの日本は、我々若者が常に体制に目を光らせて、意見していかなくてはならんのだよ！」

菜緒とせっちゃんの前で宣言するかのように男は言い切った。

「ソフィ……？」

菜緒が問い直したが、耳に届かなかったらしく、洋介は答えるかわりに菜緒の顔に自分の顔を近づけた。

「君、その情熱を忘れないようにしたまえ」

菜緒は戸惑って、せっちゃんの顔を窺う。せっちゃんは口の端を上げて小さく笑っている。でも、菜緒にはその微笑みが、泣いているようにしか見えなかった。

しかし、そのあとせっちゃんは、何かの拍子にケロリと機嫌を直したようで、洋介のために自分のアップルパイを切り分けて「召し上がれ」なんて皿を差し出したりしている。菜緒に対しても、「口にクリームがついてるわよ」と言って紙ナプキンを取ってくれたり、いらなくなったお皿を手際よく片付けたりと、いつもの気の利く優しいせっちゃんに戻った。

食後は店のマダムに頼まれて、菜緒とせっちゃんが中庭で焼き芋を焼くことになった。電子レンジでもあるのかと思ったら、庭に落ちている小枝や枯れ葉を集めて焚《た》き火をすると言う。集めた枯れ葉と丸めた新聞紙を山に盛り、真ん中にさつまいもを三つ四つ置いて、さらにその周りを小石で囲んでマッチで火をつける。

火をつけるのは案外、難しかった。ついたと思ったらまもなく消える。マッチを擦ると赤い炎はへなへなと小さくなり、紙が燃えているうちは勢いがいいけれど、しばらくする。焚き火の中へ突っ込む。あっという間に消えてしまう。再びマッチを擦る。焚き火の中へ突っ込む。そして消える。その繰り返しだった。

八本目のマッチでようやく小枝へ火を移すことに成功したが、それでもまた火が消えてしまいそうで心配だったので、菜緒は時折、小枝や葉っぱを補充しながら焚き火を見守った。

まもなくマダムが泥だらけのさつまいもを新聞紙に包んで抱えてきた。

「ちょっと多いかもしれないけど、これも全部焼いちゃってくれる？　残ったらスイートポテト作るから」

「うわっ」

焚き火に小枝をくべていた菜緒は、マダムの言葉に反応した。スイートポテトは大好物である。スイートポテトを作る人がいるのか。お菓子屋さんで買うものだと思い込んでいた。手作りのスイートポテトは焼き芋よりはるかに魅力的だ。

「ね、マダムはお菓子作りの名人だって言ったでしょ？」

せっちゃんが菜緒の耳元で楽しげに囁いた。

「はい！」

返答しながら菜緒はマダムを見上げて色目を使った。そのスイートポテトはいつ頃、出来上がるのでしょう。私の口にも入るのでしょうか。念力が通じたか、マダムがそばに近づいて来た。

「今日は何時までいられるの？　なんだったら急いで作ってあげましょうか？」

「はい！　いつまでもお待ちします！」

菜緒は反射的に立ち上がって敬礼をした。

「いつまでもってことはないでしょ。だって菜緒ちゃん、帰りに東京タワーへ行くって言ってなかった？」

　せっちゃんの一言でたちまち現実に引き戻された。そうだった。いつまでもここにいるわけにはいかないのだ。ここは昭和三十八年。自分は平成の人間なのである。自分の時代に戻る手立てを探しにいかなければならない。しかし心の片隅で、菜緒は昭和の居心地の良さを感じ始めている。少なくともマダムの手作りスイートポテトだけは食べてから平成に戻りたい。菜緒は店の中央に掛けられた大きな振り子時計を見上げた。一時半か。

「えーと、あと二時間ほどは、お待ちできると思います」

「あら、素直な子ね。わかったわ。あなたのために、頑張るわ」

　マダムが手元で拳を握って唸ってみせた。クールな雰囲気に反しておどけた仕草《しぐさ》をする人だ。菜緒はますますこのマダムをばあさんに会わせたくなった。

〈もうすぐ出来たてのスイートポテトが食べられる〉

　そう思うとニヤニヤが止まらなくなって、菜緒は照れ隠しに持っていた長い枝で焚き火の中を探り、さつまいもの焼き具合を見るふりをした。たちまち煙が立ち上り、菜緒はそれにむせて咳《せ》き込んだ。

「大丈夫？　菜緒ちゃんったら、もう」

せっちゃんが背中をさすってくれている間、何気《なにげ》なく店内に目をやると、学生服姿のニーチェかぶれがウイスキーのボトルを掲げ、こちらに向かって手を振った。学生服着てお酒飲んでいいのか？　おいおい、タバコも吸ってるぞ。いいのか？　菜緒が首を傾げてせっちゃんのほうを振り向くと、せっちゃんは洋介に向けて、ちぎれんばかりに手を振り返していた。


「大丈夫？　一人で行ける？」

歩道に立ち止まり、せっちゃんが菜緒に声をかけた。

「なんなら一緒について行ってあげようか？」

せっちゃんの言葉に菜緒は慌てて手を横に振る。

「大丈夫ですって。だってこれから映画観《み》るんでしょ？」

「いいのよ、映画なんて。いつでも観られるんだから」

いやいや、せっちゃんは絶対に観たいはずだと菜緒は思う。

「ほんと。マジ、大丈夫ですから」

菜緒が念を押すと、

「ほんとに？　マジスカ？」

せっちゃんが答え、菜緒とせっちゃんは同時に笑い出した。

「なに笑ってんだ、君たちは。まったくガキみたいだな」

せっちゃんの隣で洋介が呆れたように鼻で笑った。

「あら、古いのね。若者言葉も知らないの？」

せっちゃんが得意そうに言い返すと、

「通俗につき合っている暇はない。俺にはもっと崇高な夢があるんだ、崇高なね！」

洋介が大きく手を広げ、胸を張った勢いで足元がふらついた。

「ほら、もう洋介さんったら。酔っ払ってるんだから」

「これごときの酒で、酔っ払うものか！」

そのとき、横断歩道の信号が青に変わった。

「じゃ、行ってきます。ご馳走様でした」

菜緒が横断歩道を渡り始めると、せっちゃんが後ろから叫んだ。

「ほんとに気をつけてね。なんかあったら交番に行きなさいね。あんまり遅くなっちゃダメよ。おばあさまが心配なさるわよ。わかった？」

菜緒が道の向こう側へ渡り切るまで、せっちゃんはずっと大きな声で叫び続けた。

菜緒は一人になった。東京タワーまでの行き方は「セルヴァン」でマダムに教えてもらったから不安はない。飯田橋から国電に乗り信濃町で降りて、そこから都電に乗ればいいそうだ。切符の買い方も改札口の通り方も経験したから大丈夫。都電は33番に乗って、飯倉交差点近くの飯倉一丁目で降りなさいと言われた。33番といえば、菜緒が最初に乗った都電と同じだ。乗り慣れたものである。

菜緒はタイムスリップ初日の光景を思い出した。飯倉の交差点から東京タワーまでは上り坂を歩いて五分ほどだったはずだ。あの道を戻ればいいんだな。よし、行くぞ。

首尾よく飯倉一丁目で都電を降りて、交差点横の歩道に立つと、菜緒は間近にそびえ立つ東京タワーを見上げた。

「なんか、胃が痛くなってきた」

お腹をさすりながらひとりごちた。胃がムカムカするのは、まもなくタイムスリップをした現場に足を踏み入れるという緊張のせいか、はたまた食べ過ぎのせいか。わからない。お腹に手を当てて深呼吸をしながら東京タワーへ近づいていく。タワーの周辺は、学生服やセーラー服姿の若い子の群れや、着物を着たおばあさんやおじいさんの団体客で溢れ返っていた。旗を掲げたバスガイドらしき女性が団体客を誘導している。他にも髪の毛を異様に盛り上げた女の人。タバコを口にくわえながら斜めに歩くやさぐれた男たち。背中に赤ん坊を背負って猫背で歩く母親。綿菓子や焼きとうもろこし売り場に並んでキャアキャア騒ぎまくる子供たち。東京タワー周辺は相変わらず賑やかだ。

「よし！」

菜緒は気合いを入れた。まず、トイレに行こう。菜緒は化粧室を目指してタワー下の建物へ足を進めた。腹痛が強まってきた。これは由々しき事態だ。急がなければ。お手洗い、お手洗いはどこだ。周囲をキョロキョロ見回しながら急ぎ足で歩いていたら、ドンと人にぶつかった。

「ごめんなさい」

反射的に謝って顔を上げると、

「まさか？」

菜緒が叫ぶと同時に、相手も、

「マジかよ？」

声を発した。

「なんでこんなとこにいるのよ？」

菜緒の声はほとんど絶叫に近い。

「お前こそ、どうしてここにいるんだよ」

相手の男はもしかして、菜緒と同じクラスの野球部のボケナス西原ではないか。一瞬、そっくりさんかとも思ったが、いや、間違いない。短めに切り揃えた前髪の感じ、厚ぼったいピンク色の唇、トロンと眠そうな目、そのくせ足だけは長くて腰の位置が高い。私の知ってる西原大基《だいき》だ。しかし何より菜緒が西原だと確信したのは、手に持っているカバンを見たときだった。

ボケナス西原のカバンは独特である。カバン自体は運動部の誰もが持っている、何の変哲もない紺色のスポーツ用ボストンバッグだが、持ち手のところにキャラクターストラップがいっぱいぶら下がっている。これが西原の証である。キティちゃん、くまモン、ドラえもん、ペコちゃん、天童よしみ、ミッフィー、ドナルドダック、ミッキー、グーフィー、こけし、その他、名もない動物キャラクターがジャラジャラと音を立てて揺れている。

「それ、つけすぎじゃね？」

学校で西原に会うたび、菜緒はバカにして笑ったものだ。しかし西原は動じることなく、「いいじゃん。可愛いんだから」と答えるのが常だった。こんなスポーツバッグを持っているヤツが他にいるわけはない。

「何やってんのよ。こんなとこで」

通り過ぎる人たちが、振り返った。菜緒は声を潜める。

「ここがどこか、あんた、わかってんの？」

すると西原が平然と、

「昭和だろ？」

驚いた。わかってるんだ。

「どこからここに来たの？」

菜緒はさらに声を潜めて訊ねる。

「ここに？」

西原が振り返って後ろを指さした。

「あっちから」

相変わらずボケナスだ。

「バッカじゃないの？　そういうことじゃなくて。どうやってこの昭和にタイムスリップしてきたかって聞いてんの！」

「ああ、それはさ」

西原がようやく語り始めたとき、菜緒のお腹が急激に痛み出した。

「ごめん。あたし、ちょっと緊急事態。すぐ戻るから、ここで待っててよ。絶対動くなよ。いい？　どこにも行っちゃダメだよ。わかった？」

菜緒は立ちすくむ西原に人差し指を向け、何度も念押しすると、脱兎《だっと》のごとくお手洗いへダッシュした。

この非常時に菜緒としては是非とも洋式に座って落ち着いてコトを遂げたいと思っていた。ところが、しばらく並んでようやく自分の番が回ってきたので、前へ進んで中を覗くと、和式ではないか。

「あ、どうぞお先に」

　しかたなく菜緒はお腹を押さえながら振り返って、後ろの女性に順番を譲った。それから隣が空くのを待ち、ようやく番が回ってきたと思ったら、結果は同じことだった。もう一回、待つか。いや、もう限界。菜緒は急ピッチで頭を巡らせた。額に脂汗が滲《にじ》み出てきた。もはや人に譲っている余裕はない。菜緒は覚悟を決めた。

　しかし思い切って実践してみれば、何のことはない。人間、切羽詰まるとなんでもできるものである。思いのほか順応性の高い自分を菜緒は心の中で褒めてやった。

　洗面台で手を洗い、備え付けの手拭き用ペーパーかハンドドライヤーを探すが見当たらない。

　これまたしかたなく、ポシェットからハンカチを取り出す間も惜しんで濡れたままの手を振り振り、菜緒は化粧室を出て、再び脱兎のごとく西原のいた場所へ戻る。西原の最大の長所は従順なところである。「絶対動くなよ」と言ったら、本当にその場を一ミリも動かずにじっと待っていた。

「ごめん。お待たせ」

「ああ」

「で、さっきの続きだけどさ。あんた、どこからタイムスリップしてきたのよ」

「今回のこと？」

「今回ってなに？　初めてじゃないの？」

「うん。これで何回目かなあ。三回目？　あ、四回目だったかも」

「マジ？」

「うん。でも毎回、ちょっとずつ時代がズレるんだ。前回はたしか大阪万博の年に大阪に出てきたし。でも、だいたい昭和。俺、タイムスリッパーの才能、あるのかもしれない」

何がタイムスリッパーだ。そんな職種があるか。でも菜緒の知りたいのはそちらではない。

「つまり西原は何度も時代を行ったり来たりしてるってこと？　じゃ、時代の出入り口を知ってるわけだよね？」

「時代の出入り口って言われてもなあ」

「でも戻れるんでしょ？　平成に。今回はどうやって戻るつもりなのよ」

「ああ、それは戻れる……と思うよ。あそこのエレベーターの中だから」

やっぱり鍵はエレベーターにあったか。菜緒は西原の腕をつかんだ。

「なにすんだよぉ」

抵抗する西原を強引に引っ張って、

「連れてってよ。その出入り口に！」

「今？　でも俺、来たばかりなんだけど。いろいろ見学したいとこあるからさあ。できれば明日に……」

「うるさい。連れて行け！」

菜緒は西原の学生服の袖をつかんでエレベーターのほうへ連行した。

入場券は西原が買ってくれた。前回にタイムスリップしたときの小銭がだいぶ残っているという。

西原の話によると、昭和にはけっこう面倒見のいい大人が多いらしい。ただボーッと歩いているだけで……、まあ、西原は平成でもボーッとした顔で歩いていたからそもそも同情されやすいタチなのかもしれないが、「おい、ちゃんと食べてるのか？」と声をかけられて「ほれ」とあんパンを手渡されたり、商店街で大量の荷物を運んでいる人に突然、「ちょっと手伝ってくれ」と頼まれ、なんとなく手を貸すと、最後に「助かったよ、はい、お駄賃」とお小遣いをくれたりする。「そんなことしてたら、いつのまにか小銭が貯《た》まっちゃった」と西原は中途半端な笑いを浮かべた。

昭和の人間関係の気安さにだんだん慣れるうち、西原のほうから声をかけ、「なんか手伝うことありませんか？」と自ら労働を申し出ることもできるようになったそうだ。

「俺、けっこう働いたよ。どぶ掃除の手伝いしたり、竹屋の竹をトラックに積んだり、あとカメラマンの助手もした」

「カメラマンの助手？　なんで？」

驚いて菜緒が問い返すと、

「なんか、弟子が具合悪くなって帰っちゃったんだって。大阪の万博会場でさ、俺が横で撮影の様子を見学してたら、ちょっと来いって呼ばれて。雑誌の撮影らしくて、太陽の塔の前でポーズつくってるすげえきれいなモデルを撮るんで、俺、ライト持ったり白いレフ板っての持ったりしてさ。勘がいいなってカメラマンに褒められたんだ。お駄賃は出なかったけど。竹を運ぶのは超重くてつらかったよぉ。でもそんときは五百円くれたんだ。お札で。この時代、五百円硬貨はないけどね」

エレベーターの長い列に並んで西原のだらだらした話を聞きながら、菜緒は感心した。西原、あんがい逞《たくま》しい。それに比べて菜緒は恵まれている。最初から渋谷の家に泊めてもらえてみんなに親切にされて、ご飯や着替えやお風呂や寝床の心配はいっさいなし。おいしいスイートポテトまで食べられる身分だ。西原のような苦労は何もしていない。

「偉いじゃん、西原。コミュ力あるじゃん」

素直に感動して褒めたら、「いやあ」と西原はピンクの唇を突き出して頭をかいた。

「でも、夜は？　どこに泊まる気？」

ふと思い出して菜緒が問う。

「夜？　まあ、そのときどきだね。駅の待合室のベンチで寝ることもあるし」

「駅のベンチ？　怒られないの？」

「案外ね、見逃されてる感じ？っていうか、毛布かけてくれる駅員さんもいたよ」

「なんか……」

いい人だらけじゃん昭和って、と菜緒が言いかけたとき、菜緒の身体に激しくぶつかってきたおじさんがいた。よろけながら、何事かと振り向いたら、

「おい、早くこっち来いって。ほら、ここに並べ！」

おじさんが大声で手招きをした先に、大小合わせて四人の子供と着物姿の奥さんらしき人がいて、駆け寄ってきたと思ったら、平然と菜緒たちの前に陣取った。

「え？　え？」

どう考えても割り込みだ。

「いやあ、ここ、並んでるんですけど……」

菜緒が恐る恐るおじさんに声をかけると、おじさんは振り返って菜緒を睨みつけ、

「だって空いてただろ。おまえら、ちゃんと並んでないのがいけないんだぞ」

逆にどやされて、その勢いに圧倒された菜緒と西原は、言われてみれば話に夢中に

なって前の人との間隔を置き過ぎたかもしれず、「でも……」以上に言葉が出てこない。

〈昭和にも、礼儀知らずはいるんだ〉

内心で激しく腹を立てながらも、引き下がるしかなかった。

そうこうするうち、ようやくエレベーターの順番が回ってきた。無礼家族と一緒に乗り込むのはやや不本意であったが、しかたない。そんなことを気にするより、菜緒には大事な目的がある。

相変わらずエレベーターは混んでいた。しかし混んでいるほうが都合がいい。人混みに押されるふりをしながら西原はさりげなく、エレベーターガールの立つ場所とドアを挟んで反対側の壁へにじり寄っていった。菜緒も西原の腕をつかんでじりじりと歩を進める。ドアとエレベーターの角との間に背中を擦りつけて直立不動になると、西原は菜緒の袖を突っついて、足元方向を指さした。

「そこに四桁のダイヤルがあるだろ」

「うん」

「たぶんこれ、隣のボックスを開けるための暗証番号用のダイヤルだと思うんだけど。これを西暦に合わせると、もとの時代へ戻れる」

「これを？　2019に合わせるの？」

「うん、戻るときはね。でもこっちへ来るときは、よくわかんないんだ」

「よくわかんないって、なに？」

菜緒の声が思わず大きくなった。ハッとして手を口に当て、あたりを窺う。が、幸い誰も菜緒の声に反応した気配はない。

「だから、たとえばダイヤルを1964に合わせたら1963に来ちゃったりさ。今回がそうだったんだ。微妙にずれる」

「やだ。じゃ、平安時代に行っちゃったりするかもしれないの？」

「それはない。東京タワーが時代の出入り口であるかぎり、東京タワーがなかった時代までさかのぼることはないと思う」

「え？　でも……」

菜緒の頭に疑問が湧いた。

「大阪に出ちゃったときは、どこから戻ったの？」

「ああ、そんときは通天閣のエレベーターで試したら、バッチリだった」

「なんで通天閣だとわかったわけ？」

「いや、なんとなく。タワー系ってタイムスリップのスポットだから。タイムスリッパーの間では常識だけど」

「そうなんですか」

菜緒はだんだん、自分がミッション・インポッシブルの工作員になって、時代を超えた重要作戦の内容をトム・クルーズから伝達されている気分になってきた。西原をトム・クルーズと重ねるにはやや無理があるが、声だけ聞いていればその気になれないこともない。西原、顔に似合わず声はいい。頭の中であの映画の音楽が鳴っている。

「確認ですが」

　菜緒工作員はトム西原に質問する。

「元の時代に戻るときは、ぜったいずれることはないんでしょうね？」

我ながら声に緊迫感があると菜緒は思う。すると西原は、「どうかなあ」と長閑に反応した。

「今のところはちゃんと戻れてるけどね」

今のところ？　そんな曖昧な認識でいいのか。不安が募る。違う時代に戻ってしまう可能性も否定できないということか。

「えー。やだ、それ」

つい声が出た。菜緒はそっと首を回して周囲を窺う。ちょうど白い手袋をはめたエレベーターガールがマイクを使って館内の情報をアナウンスしているところだ。乗客は皆、彼女の方向へ顔を向けている。誰も菜緒たちの動きを気にする様子はない。

「じゃ、今、ためしにやってみるか？」

西原がダイヤルに手を伸ばした。菜緒は腰を落として西原の手先に注目する。が、

「いや、待って」

菜緒が西原の腕をつかんだ。

「ダメ。今はダメだ。だってばあさん残して一人だけ戻っちゃったら、まずいもん」

「ばあさん？　お前、ばあさんも一緒に来てんの？　なんで？」

「なんでって言われても。たまたま東京タワーに遊びに来て、帰りに展望台から降りるエレベーターに乗ったらさ……」

そこまでヒソヒソ声で話したとき、菜緒ははたと思い出した。

そういえば、あのエジソン少年がエレベーターの隅で何かいじっていたような気がする。たしかここと同じ場所だった。母親が、ダメよ、そんなとこいじっちゃ、戻ってきなさいと、叱っていたのを思い出した。あのときは、いたずらでもしているのだろうぐらいにしか思わなかったが、そうか、そのせいか。あの子がこのダイヤルをいじったせいでタイムスリップしたのかもしれない。とすると、あの日、このエレベーターに乗っていた乗客は、全員、タイムスリップしたのだろうか。もしかして、あのエジソン少年と母親も今、この昭和の時代に来ているのか。

「西原、もう一つ質問していいっすか？」

菜緒が問いかけたとき、

「お客様、そこ、勝手に触らないでください」

突然、エレベーターガールの声がマイクを通して響いた。たちまち他の乗客の、天井のライトに照らされて青白くなった顔が菜緒と西原のほうへ一斉に向けられた。

「あ、すいません」

菜緒と西原は慌てて後退《あとずさ》りをし、エレベーターの奥へ移動して身を縮めた。

菜緒は渋谷の家に戻ったらすぐ、ばあさんに知らせようと思った。東京タワーでばったり同級生の西原に会ったこと。西原に平成時代へ戻る方法を教えてもらったこと。その鍵はエレベーターの中にあること。あとはこの家を出るタイミングだ。早く知らせてばあさんを安心させてやりたい。ばあさん、きっと喜ぶぞ。菜緒は西原と別れたあと、飯倉一丁目から都電に乗って帰る道々、ずっと頭の中で戦略を練った。

ボケナスだと思っていた西原は、思えば親切なヤツだった。平成へ帰る方法を菜緒に教えてくれただけでなく、手持ちの小銭を分けてくれた。なんなら渋谷の家に来ないかと菜緒が誘ったが、それって話、ややこしくなりすぎねえか、遠慮しとくよ、俺、行くとこあるしとあっさり断られた。そうかもしれない。

「わかった。じゃ、借りたお金は平成に戻れたら、必ず返す！」

菜緒が西原に敬礼をして頭を下げると、西原は「いいよ。換算するの面倒くせーから」と言った。たしかに平成のお金でいくら借りたことになるのか、あとで計算するのは面倒くさそうだ。さらに西原は、もし困ったことがあったら渋谷駅の伝言板に連絡先と用件を書いておけと教えてくれた。

「伝言板？　なにそれ」

菜緒が聞き返すと、

「だって携帯、通じないだろ？」

「通じないどころか、充電が切れちゃったよ」

「だろ？　携帯のないこの時代の人たちって、待ち合わせして会えなかったときは、駅の伝言板に書き残しておくんだよ」

「なんじゃ、それ」

菜緒には意味がよくわからなかったし、その伝言板とやらが緊急時にどれほど役に立つのか極めて怪しい気がしたが、西原の誠意には素直に感謝した。

いざというとき、取るべき手立てがあるというのは心の支えになる。そのことも含め、ばあさんに早く伝えたい。

しかし菜緒が渋谷の家へ戻ると、思いのほかたくさんの人たちが菜緒の帰りを待ち構えていた。

「ああ、やっと帰ってきた！」

「どこで時間つぶしてたんだあ？」

母屋の台所奥にある狭い勝手口が人で溢れている。治子ねえさん、どっちだかわからない勝子さんと清子さん、みど里さん、たか坊、せっちゃん、そして、

「いったい何時だと思っているのですか？　道に迷ったんじゃないかと心配してたのよ」

若奥様が濡れた手を割烹着で拭きながら、着物姿で最前列に現れた。言われて菜緒が台所の柱時計を見上げると、六時を回ったところだ。そんなに遅くないと思いますが……と、菜緒が心の中で弁明していると、

「私はてっきりせっちゃんと一緒に帰ってくるものだと思っていましたよ」

若奥様は隣で縮こまっているせっちゃんを横目で軽く睨んだ。声は柔らかいが目は鋭い。即座にせっちゃんが、「すみません」と頭を下げた。

「いえ、せっちゃんは悪くないんです。私が一人で大丈夫って言ったから。遅くなってすみません。でも道に迷ったわけじゃなくて。ちょっと友達に会っちゃって、それで……」

菜緒が割り込むと、

「そう。ならしかたないですけれど。行方不明にでもなったらウチの責任ですからね。とにかく無事でよかったわ。じゃ、手を洗って。あちらでお食事になさいな」

若奥様はそれだけ言うと、台所の洗い場に戻って菜っ葉洗いの続きを再開した。同

時に集まっていた従業員たちが三々五々、台所から散っていった。勝子さんと清子さんは、「ああ、安心した。じゃ、私らはこれで失礼します。お先に」と言ってそのまま勝手口を出て行った。二人は住み込みではなく、台東区にある自宅からの通いだった。

残る従業員は作業場へ戻っていった。散り際に何気なく振り向いたたか坊と、菜緒の目が合った。反射的に頭を下げると、たか坊がふっと口元を緩めたように見えた。

台所に残ったのはせっちゃんと菜緒である。改めて若奥様のそばへ近づいていき、「どうもすみませんでした」と声を揃えて謝った。若奥様は流しのほうを向いたまま菜っ葉洗いの手を休めることなく、

「遅くなるとわかったら、今度から一本電話を入れてちょうだいね。じゃないと心配するでしょう」

「はい」

菜緒とせっちゃんの声がまた揃った。

神妙な面持のまま二人は台所を出て作業場の食堂へ向かう。食堂のテーブル周辺にはすでに何人かがたむろして、それぞれに夕食の支度をしていた。

「みなさん、ご心配かけて、申し訳ありませんでした」

せっちゃんは眉尻を下げ、改めて皆に謝った。菜緒も隣で頭を下げる。

「別に謝ることたあ、ないよ」

「無事だったんだからさ」

それぞれに手や首を横に振って慰める中、

「気にすんなって」

たか坊がそばへ寄ってきて、せっちゃんの頭を笑いながら軽く叩《はた》いた。せっちゃんは唇を噛《か》んでたか坊をしばらく恨めしそうに見上げていたが、

「あたし、若奥様のお手伝いしてこなきゃ」

返事をするかわりにそう言って、また母屋へ走り去っていった。

残された菜緒はたか坊と向き合っている。なんだか照れる。所在がなくなって、「どうも」と、もう一度首だけ下げると、たか坊が菜緒の肩を二度ほど叩いて笑った。

「いいからいいから。飯にしようぜ」

たか坊、優しい……。

一瞬、菜緒は呼吸が止まりそうになる。なんだこの感覚は。このざわざわとした気持。どこかで経験した覚えがある。なんだっけ、なんだっけ。考え抜いた末、思い出した。そうだ、二年前のあのときとそっくりだ！

二年前、菜緒は新宿で、それまでなんとも思っていなかったキンプリとたまたま遭遇した。ビルから出てきたメンバーが、菜緒が歩いていた歩道を突っ切って車道に停

めてあったバンに乗り込もうとしたところ、たちまち大騒ぎになった。キャアー、握手してぇー、という黄色い声と同時にあっという間に人だかりができた。その人だかりに押され、気づいたら菜緒の眼前にメンバーの一人である平野君がいた。別にファンじゃないっすけどと思いつつ、せっかくだから手を差し出す。その直後、力強く手が握られていた。冷たいがすべすべとした感触。あれっと思ったらカーッと頭が熱くなり、それ以来、好きになってしまった。

あのときの感覚に似ている。頭と顔の温度が急激に上昇した。菜緒は背の高いたか坊をそっと見上げた。なにか言わなきゃ。でも何も言葉が浮かばない。焦っていると、

「菜緒ちゃん、おばあさま、呼んできてくれる？　たか坊は次平さんを呼んで。部屋にいると思うから」

治子ねえさんに言いつけられ、たか坊と菜緒は同時に反対方向へ走り出す。

階段を上がりながら菜緒は深呼吸をした。落ち着け落ち着け。今日のタスクはそっちじゃないぞ。菜緒は本日最大最強のテーマがあったことを思い出す。ばあさんに東京タワーのことを話さなきゃ。でも、みんなの前では話題にしにくい。ご飯が終わって、部屋に戻ってからにするか。

「よし！」

菜緒は階段の最後の段を上り切り、ふすまに駆け寄って、勢いよく開けた。

「ばあさん、ご飯だよ」

その瞬間、畳の上に屈んでいたばあさんが、怪しい動きをしたように見えた。

「あら、帰ってたの？」

「うん。なんか今、隠した？」

ばあさんの膝の下からトランプのようなものがはみ出ている。しかしばあさんは、

「いや、なんにも。急にふすまが開いたから驚いただけだよ」

怒ったような口調で言い返したので、菜緒は不審に思いつつも、

「とにかくご飯。先に行ってるよ」

もう一度声をかけ、階下へ降りていった。

その夜の賄い当番は治子ねえさんとみど里さんだった。献立は、煮魚と豆腐の味噌汁とひじきの煮物とカブの葉のお浸し。カブの葉っぱ以外は食卓が黒と茶色に覆われた。

〈肉、なしか……〉

菜緒はかすかにがっかりしたが、口には出さない。しかし箸の動きが鈍くなったのを治子ねえさんに見抜かれてしまったらしい。

「菜緒ちゃん、お昼のカレーが残ってるよ。ガス台に置いてあるから。あったため直し

て、ここに鍋ごと持って来な」

そう言うと、みんなに向かって、「今どきの子はおばあちゃんが作る惣菜なんか、好まないからねえ」と言ってガラガラ声で豪快に笑った。

治子さんには申し訳ないが、確かに同じ茶色でもカレーは食が進む。菜緒はご飯とカレーをおかわりした。ひじきは意外においしかったが、煮魚は骨を除くのに疲れて半分残す。

食後は治子ねえさんとみど里さんの片付けの手伝いをした。これもこの家に厄介になっているお礼だと菜緒は思っている。西原の話を聞いて、さらにその意を強くした。

皿を洗いながら治子ねえさんが菜緒に話しかけてきた。

「誰にだって言いたくないことはあるもんだよ。言いたくなきゃ、聞かれても黙ってりゃいいのさ」

何を言わんとしているか、菜緒はなんとなくわかった。

昨日の夕方、弁当作りの作業が終了し、勝子さんと清子さんが食堂で帰り支度をしているところに、二階からばあさんが降りてきた。ばあさんが従業員全員と顔を合わせるのは、そのときが初めてだった。お手洗いへ行きかけた足を止め、ばあさんは食堂へ入ってきた。

「どうも孫がお世話になりまして」

ばあさんが伏し目がちにゆっくり頭を下げると、「いえいえ」と答えて勝子さんと清子さんが割烹着を畳みながらいそいそと近づいてきた。

「いーえ、菜緒ちゃんのおかげで助かりましたよ。でも、二人とも田舎からいらしたというわりに、訛《なま》りがないんですねえ」

「ご出身は……？」

切り出したのは清子さんのほうである、たぶん。菜緒の出身地をしきりに気にしていたのは清子さんだ。菜緒がちゃんと答えなかったので、今度はばあさんから聞き出そうと思ったにちがいない。おっとりしているが、つかんだ魚は放さないしぶとさがある。ばあさんはなんて答えるだろう。菜緒は夕飯用の食器を出しながら聞き耳を立てた。すると驚いたことに、

「どうも孫がお世話になりまして」

ばあさんが同じ台詞《せりふ》を繰り返した。

「こちらこそ助かりましたよ」

今度は勝子さんが反応した。が、ばあさんは顔を歪めて耳に手を当てると、

「え？」

聞き返したので、

「こちらこそね！　助かったんですよ！」

勝子さんが声の音量を倍ぐらいにして言い直した。するとばあさん、

「ああ。内村かずこと申します」

しばしの静寂。まもなく勝子さんがまた大きな声で、

「私はね、北山勝子、こっちは妹の清子です」

「双子なんですけどね」

清子さんが半笑いをしながらつけ加えると、

「え？」

ばあさんがまた顔を歪めた。

「双子！」

二人が同時に叫んだ。

「ああ」

ようやく理解したと言わんばかりにばあさんが頷いて、勝子さんと清子さんもホッとしたように顔を見合わせて、そして二人は苦笑いをしながらばあさんのそばを離れると、上着とバッグを手に抱え、

「じゃ、みなさん、私らはお先に失礼しますよ。お疲れ様でした」

全員に挨拶をした。作業場や台所の各所から、「お疲れ様でしたぁ」という声が返ってきた。その声の中を勝子さんと清子さんはばあさんのほうを振り返ったり二人で

ヒソヒソ話し合ったりしながら、作業場横の出口から出ていった。

皿洗いをしながら治子ねえさんが「聞かれても黙ってりゃいいのさ」と言ったのは、そんなばあさんと清子さんたちの光景を思い出してのことらしい。治子さんはちゃんと気づいていたのである。

「あの二人、世話好きないい人たちなんだけど、ときどき他人様《ひとさま》の領域にずけずけ入る癖があってさ。好奇心が強いっていうか。まあ、親切のつもりなんだろうよ。でもさ、こういう職場って、いろんなところからいろんな事情を抱えた人が集まってくるからね。必要以上のことは探り合わない。それが暗黙のルールってもんなのよ」

治子ねえさんの言葉を、菜緒は皿を拭きながら黙って聞いた。

治子さんの声は決して美声とはいえず、ガラガラと濁っている。でも、その声を聞いているとなぜか菜緒は心が落ち着いた。

治子ねえさんが水道の蛇口を止めて、エプロンで手を拭いた。それから顔を上げ、給湯器のレバーを回し、口火を消し、さらにガスの元栓をひねり、指さし確認をした。

「ガス、よし、戸締まり、よし！　ゴミの始末、よしっと」

菜緒は治子ねえさんのすることをそばでじっと見守った。ところどころ汗で化粧が剥げた白い横顔を見つめるうちに、告白したくなってきた。言ったらどんなに楽になるだろう。驚かれるかもしれないが、もしかするとこの人ならわかってもらえそうな気がする。実は私とばあさんはね……。

「あのう、治子ねえさん……」

治子さんが振り返った。たちまち口元が横に伸びた。

「いいんだよ。無理しなくて。でも、話したくなったらいつでもおいで。なんでも聞いてあげるよ」

菜緒は頷いた。いつかこの人に本当のことを話したい。でもやっぱり今はダメだ。

菜緒は目を閉じて、心の中で謝った。

〈治子ねえさん、ごめんなさい〉

「そういえばさ」

横に広がっていた口がたちまち縦長になった。反射的に菜緒は、

「すみません」

すると、

「なに謝ってるんだい。それより菜緒ちゃんのおばあさん、少し耳がご不自由なんだねえ」

「ああ、まあ、そう、かも?」

菜緒は慎重に言葉を選ぶ。また一つ、嘘が増えた。メモしておかないと、忘れてしまいそうだ。足の捻挫、田舎出身、道に迷った、内村かずこという偽名、そして耳が

遠い……っと。

「そう。じゃ、明日、弁当のお手伝いしてもらうときも注意しなきゃいけないね。みんなに言っとくよ、大きな声で話しかけるようにってね」

「ありがとうございます」

菜緒は治子ねえさんに頭を下げた。そのとき、食堂に次平さんが現れた。

「お風呂、先にいただきましたよー」

頭にタオルをのせて下はズボンをはいて気持よさそうに歩いているが、上半身は裸である。菜緒はギョッとした。ギョッとしながら次平さんの上半身に目が吸い寄せられる。小柄ながら、かなりの筋肉質だ。白衣を着ているときはぜんぜん気づかなかった。腕なんか筋肉で盛り上がっている。ジムにでも通っているのだろうか。それとも包丁一本で鍛えた成果かしら。見惚《みと》れる菜緒には目もくれず、次平さんは前を素通りし、

「じゃ、おやすみー」

作業場横の出口を出て行った。

「あの恰好で、ウチに帰るつもりか……？」

菜緒が呟くようにそう言うと、治子ねえさんが噴き出した。

「次平さんとたか坊は、この裏の男子寮に寝泊まりしてるんだよ」

「びっくりしたあ。私はまた、あんな恰好で電車に乗る気かと思いました」

「へっへ。あんな恰好で電車に乗ったら、風邪ひくだべ？」

それまで菜緒たちの会話にはいっさい加わることなくずっと静かに食器を棚に収めていたみど里さんが、急にケタケタ笑い出した。

みど里さんの金歯だらけの顔を見て、菜緒もつられて笑い出す。

「そりゃ、そうですね」

そのとき菜緒はピンと来た。

「じゃ、私たちの部屋のお隣に寝ているのは、もしかして……？」

「あたしとみど里さんだよ」

ようやく納得した。夜、寝ていると、隣室からときどき話し声が聞こえたり、ゴソゴソ動く音がしたりする。薄い壁一つ隔てた和室の隣同士。いったい隣には誰がいるのだろうかと菜緒は気になっていたのである。なるほど治子さんとみど里さんだったのか。

もしかして、私とばあさんの会話は筒抜けだったか……。この部屋に来てから何を喋ったか、菜緒は急いで記憶を巻き戻す。告白するまでもなく、もはや知られているのかもしれない。でも、断片的な二人の会話だけで、まさかタイムスリップしてきたとは思いつかないだろう。いや、どうかしら。

「菜緒ちゃんたちの部屋……」

治子ねえさんが一転、低い声で話しかけてきた。

「え？」

菜緒は焦る。が、治子ねえさんはそのまま言葉を続けた。

「前の住人は、若い娘さんだったんだけどね」

なんだ、そういう話？　菜緒は安堵する。「ある朝、ぷいっといなくなっちゃったの。置き手紙だけ残して。あの娘にもきっと、のっぴきならない事情があったんだろうねえ。そう思うと不憫《ふびん》でねえ」

しみじみとした口調でそう言ったかと思うと、今度は声を張り、

「さ、おしまい！　みど里さんもご苦労さんでしたね。先にお風呂、入ってね」

寡黙なみど里さんは菜緒と治子ねえさんの後ろで最後の大皿を食器棚に収めると、

「じゃ、お先にお風呂、いただきますよ」

のんびり答え、静かに食堂をあとにした。

菜緒はみど里さんの後ろ姿に「お疲れ様でした」と声をかけた。どう見ても、二人とも菜緒とばあさんのことを不審者と疑っている様子はない。でもこれからは部屋の中でも言葉に気をつけなきゃ……。

「みど里さんが上がったら、次、菜緒ちゃんとおばあさん、お風呂どうぞ。すんだら、

壁を叩いて教えてちょうだい」

「わかりました。じゃ、お先に」

治子ねえさんに挨拶し、自分の部屋へ戻った菜緒は、ふすまを開けて仰天した。

たか坊がいる。たか坊とばあさんが膝をつき合わせて座っている。

たか坊、なにしにきたんだ？　私に会いに？　ってわけないよな。

二人の間に小ぶりのトランプが並べられている。まさか二人でこっそりトランプ遊びをしていたのか？

「ずるーい」

菜緒が口を尖らせて二人を見つめると、ばあさんが菜緒を睨み返した。

「あんた、お風呂、行ってきなさい」

「なんで。今、みど里さんが入ってるから行けないよ！」

菜緒がトランプに目を落としながら答える。いや、これはトランプではない。縁が黒くて、数字が書かれていない。派手な色の花や鳥や月の絵ばっかりだ。タロットカードか？　しかもばあさん、頭から風呂敷なんかかぶっている。

「なに、その恰好？」

「いいから、歯でも磨いておいで」

「歯は寝る前に磨きます。ね、なんだっけ、このカード。見たことある気がする！」

菜緒が聞いているのに、ばあさんは返答せず、かわりに大きな溜め息をついた。

「じゃ、あっち向いてなさい」

手をひらひらと振って菜緒を追い払った。それからたか坊のほうへ向き直り、謎のカードを慣れた手つきで切りながら、ひそひそ声で話の続きを再開した。

あっちを向いていたって話し声は届く。菜緒は所在なく窓を開け、へりに腰を下ろして夜空を見上げた。

今夜は星と東京タワーの間に

月が出ている。ほそーいほそーい三日月だ。東京の街を見下ろして、月は何を感じているだろう。

おや、菜緒ちゃん、こんなところにいる。時代がずれてるんじゃないの？……なんて驚いているかな。いやいや、驚いてないだろう、月に感情はないだろうからなあ。でも万が一、感じているならば、ウチのお父さんとお母さんに伝えてください。私はここで無事に生きています。ばあさんも元気です。二人でもうすぐ帰りますよって。お願いします、お月さま！　菜緒はできるだけ、ばあさんとたか坊の声が耳に入ってこないよう、瞑想に集中した。

でも、無理だ。どうしてもばあさんの声が聞こえてしまう。ばあさんだけではない。たか坊の低い声と、カードをめくったり畳の上に置いたりするときのパチパチという音も気になる。

どうやら二人の会話は深刻そうだ。カード遊びをしているとは思えぬ暗さが漂っている。ばあさんが語りかける言葉に対し、たか坊はひたすら「はい」と「いいえ」で反応している。と思っていたら、突然、

「それはおばあさん、違います！」

語気強く否定するたか坊の声が響いた。何が違うんだ？　菜緒は少しずつ耳と顎を二人のほうへ移動させ、いつのまにか身体も二人の方向へ傾き出す。しかしどうして

も肝心なところは聞こえない。もどかしく感じているうち、たか坊がやおら居住まいを正したと思ったら、ばあさんにお辞儀をし、菜緒のほうへ顔を上げた。

「ごめんね、菜緒ちゃん。お待たせして」

菜緒ちゃん！　名前で呼ばれたのは初めてだ。そう思った途端、菜緒の顔が急に火《ほ》照《て》った。

「いえいえ。私には何も聞こえませんでしたから。大丈夫大丈夫」

弁解してみたが、たか坊の表情は変わらない。信じていない感じ。たか坊は改めて、「いろいろ、ありがとうございました」とばあさんに会釈をし、すっくと立ち上がるとふすまを開けて部屋を出て行った。

菜緒はたか坊が階段を下りる足音を確認した上で、ばあさんの前に座り込む。

「なにしてたの？」

恐る恐るばあさんに詰め寄る。

「このカードで、もしかして占いでもやってたの？」

ばあさんは黙秘権を行使するつもりらしい。何も答えず、黒いカードをかき集め、四角くきれいに整えると、傍らに置いてあった箱に収めた。

口をきかないと決めたらテコでも動かなくなる性格を菜緒は昔からよく知っている。もしかして前世はスパイだったんじゃないかと思うほど、黙り始めたらその意志はかたい。これ以上、攻撃しても無駄だ。菜緒は観念した。怪しいカード問題については時期を改めるとして、目的の遂行へ移ることにする。

「ねえねえ、今日さあ、誰に会ったと思う？」

たか坊と何を深刻そうに話していたのか知りたい気持は山々なれど、なにより昼間の話を早くばあさんに伝えたいという焦りのほうが強かった。この家に帰ってきた直後からずっと我慢していたのである。食事中も喋りたくてウズウズしたが、なんとかこらえた。そしてやっと話せるチャンスが訪れたのだ。菜緒は身を乗り出してばあさんに語りかける。

「ねえ、誰だと思う？」

「誰って。せっちゃんと出かけたんだろ？」

「そうなんだけどさ。そうそう、江波杏子そっくりのマダムがいる喫茶店に行ったの。ステキな人でさ。ばあさん、会ったらきっと好きになるタイプ。スイートポテトを作るのが上手《うま》くてね」

　スイートポテトのことを思い出したら、条件反射的に鼻の中で甘い香りが蘇った。おばあさんのお土産に持って帰りなさいよとすすめられたのに、菜緒は遠慮した。それはさすがにずうずうしいと思ったのだ。でも今、そのことを深く後悔している。あ、もらってくればよかった。

「そりゃよかったね」

ばあさんの冷たい声で、菜緒は我に返る。横道に逸れている場合ではない。

「そういうことじゃなくて。その店を出てせっちゃんと別れたあと、私一人で東京タワーに行ってみたのよ。そしたらさ、会っちゃったんだよお」

「誰に？」

ばあさんはさして関心のなさそうな顔で風呂の支度を始めている。菜緒は笑いが止まらない。見てろ、ばあさん、驚くぞ。

「西原！　西原ってさ、私の中学のクラスメイトで野球部の子なんだけどね」

ここで菜緒は一息つく。ばあさんの反応を待った。が、ばあさんは、風呂から戻ったら即座に寝ようという魂胆か、今度は立ち上がり、押し入れから布団を出してきて、自分の分だけを敷き始めた。

「中学のクラスメイトだよ、中学の」

立ったり座ったり移動したりするばあさんのお尻を菜緒は追いかける。ばあさんは、敷き布団を畳の上にドンと下ろすと、

「それがどうした」

普通の顔でそう答えた。

「それがどうしたって。驚かない？　だって西原、平成時代の人間なんだよ。つまり

さ、西原も二〇一九年からタイムスリップしてきたってこと。すごくない？」

「そいつもこっちに来てたのか？」

ようやくばあさんが興味を示した。目が真剣になっている。

「しかも西原ったら、タイムスリップするの、今回が初めてじゃないんだって。だから時代を行き来する方法を知ってるんだよ」

「時代を行き来する方法？」

「そう。だから教えてもらったのよ。どうやったら平成に戻ることができるのかって方法を！」

「へえ、たいしたもんだね。ちょっとそっち、引っ張って」

ばあさんはシーツを広げると、片方の端を持ち、もう片方を菜緒に放ってよこした。

「で、わかったのかい？」

「なにが？」

「だから平成に戻る方法よ」

ばあさんが、もっとピンと張らしてからシーツを布団に巻けと顎で菜緒に指示する。

「わかったんだ！　西原がバッチリ教えてくれた」

ばあさんは敷き終えたシーツの表面を手でパンパンと叩いてから、背筋を縦に伸ばし、ぐっと胸を張った。口をへの字にし、目を閉じた。まるで大河ドラマに出てくる戦国武将が戦いに挑む直前に覚悟を決めるときの顔みたいだ。

「どうよ、すごいでしょ？」

菜緒は畳みかける。

「これでようやくウチに帰れるんだよ！」

菜緒は膝で布団の上を歩いてばあさんに近づいた。

「やっとパパとママに会えるんだよ！」

ばあさんは目を閉じたまま、微動だにしない。

「ちょっと、嬉しくないの？」

たまらず菜緒がばあさんの肩を揺すると、

「でかした、よくやった」

さほど嬉しそうとも思えぬ顔で吐き捨てるようにそう言った。それから意を決したかのように立ち上がると、白いカバーで覆われた掛け布団を押し入れから取り出してきて、自分の布団の上に広げた。

「だったら、帰ろうよ！　明日の朝、この家を出て、東京タワーに行こう！」

爽やかにそう宣言し、菜緒は押し入れに向かう。今度は菜緒の布団を敷く番だ。自分の敷き布団を抱きかかえ、ばあさんの布団の隣に並べる。畳んであったシーツを広げ、片方の端をばあさんに放った。しかしばあさんは菜緒の要望には応じず、自分の布団の横に座り込んで考え事をしている。菜緒はしかたなく、一人でシーツを敷きながらばあさんに語りかけた。

「明日、朝ご飯を食べて……、まあ約束したから少しだけお弁当作りの手伝いしてさ、それからせっちゃんに相談して。そうだ、田舎から連絡が来てすぐに帰って来いと言われたとかって言ってさ。若奥様とか大奥様にもお礼のご挨拶しなきゃまずいよね。丁寧にお礼を言えば、わかってもらえると思うよ。そいでさ……」

菜緒は布団を敷き終わる。あとは枕を置いて、完了だ。

「急にそんなこと言われても……」

ばあさんが、ふてくされた子供のように呟いた。反射的に菜緒は振り返る。

「急にって。じゃ、いつ帰る気よ？　ばあさん、ウチに帰りたくないの？」

菜緒は思いもよらぬばあさんの反応に驚いた。てっきりばあさん、大喜びして跳び上がるだろうと予測していたのに。なんだこのしょぼくれ具合は。理解しかねる。

菜緒は自分の布団の上にあぐらをかいて、憮然《ぶぜん》とした面持でばあさんを見つめた。考え事をしていたらしきばあさんがゆっくり動き出した。

寝間着代わりとして借りている浴衣を枕の横に置き、窓のそばに干しておいたタオルを取り込んで丁寧に畳み、再び布団の傍らに座り込んで風呂敷を広げ、その上に歯ブラシとヘアブラシとタオルと下着類を載せ、包んで上でしっかり結んだ。まるでこの家に長年、住み慣れた人のような、この家での日常にすっかり溶け込んでしまったような立ち居振る舞いである。まさかもう平成に戻る気はないのか。

「じゃ、帰る日は、いつがいいの？」

　菜緒は沈黙を破り、敢えて落ち着いた声でばあさんに問いかけた。ばあさんはしばらく反応せず、そこらへんに散らかったものを片づけたり、紙ゴミをゴミ箱に捨てたりしていたが、菜緒とは目を合わせない程度に振り向くと、

「ちょっと、帰る前にどうしてもしなきゃいけないことがあってね……」

　ばあさんにしては珍しく、しおらしい声でそう言った。

「しなきゃいけないことってなによ？」

　菜緒が問い返したとき、コンコンと壁を叩く音がした。隣の部屋からの合図らしい。

「お風呂、空きましたよー」

　みど里さんだ。

「ありがとうございます」

　返事をしながら菜緒は思い出した。

「ヤバッ」

　つい話に夢中になって、またもや声が大きくなっていたような気がする。対するお隣さんはずっと静かだった。もしかして、ばあさんとの会話をぜんぶ聞かれてしまっ

たかもしれない。どうしよう。ついでに「ヤバッ」と口走ってしまったが、ばあさんに聞こえたか。こっそり振り向くと、ばあさんは、窓の外を遠い目で見つめているだけだった。

作業場棟の奥にある従業員用の風呂に入ってすっかりさっぱりした菜緒が鼻歌を歌いながら廊下を歩いていると、母屋のほうでなにやら騒ぐ音がした。

「遅くなるとわかったら、一本電話してくれなきゃダメじゃないの。心配するでしょ？」

あれは若奥様の声だ。誰が遅く帰ってきたのだろう。ダンナ様かしら……。

「だって公衆電話が見当たらなかったんだもの」

若奥様の少しあとに高めの声が廊下に響いた。まだ聞いたことのない女性の声だ。誰だろう。菜緒は好奇心を抑えることができず、抜き足差し足、母屋との間の簀の子板を渡り、柱の後ろからそっと中の様子を窺った。薄暗い廊下の奥からこちらへ向かってくる二人の影が映る。左は着物姿の若奥様だろう。そして右を歩くパンツルックの女性は、もしかして……。菜緒がそう思ったとき、ちょうど照明の下をその女性が通りかかり、一瞬だけ顔が明るく照らされた。

「キャッ！」

　思わず菜緒の声が出た。ベリーベリーショートに刈り上げられた頭、鋭くて大きな目、長細い手足。大きなリュックを背負って肩にはスキー板を担いでいるにもかかわらず、なんという颯爽《さっそう》とした歩き方だろうか。そうか、やっと帰ってきたんだ。菜緒は確信した。あのシルエットは間違いなく、十五歳のばあさんだ。私と同い年の山口和である。褒めるのは悔しいが、ばあさん、めちゃくちゃカッコいい。興奮しているうちに、どんどん二人がこちらへ接近してきた。ヤバい。退散しよう。振り返った直後、菜緒は足を止める。一言ぐらい、挨拶を交わしておこうかと思ったのである。

「あら、まだ起きてたの？」

　若奥様が菜緒の姿を認めた。菜緒は恐る恐る簀の子板から上がり、小走りで二人のそばへ近づいていく。

「すみません。お風呂上がって、ちょっとここで涼んでいたら、声が聞こえたもので……」

　上目遣いで十五歳のばあさんを覗き見ると、ばあさんがキョトンとした顔で菜緒を見つめている。雪焼けした肌が美しい。

「この子、菜緒ちゃんと言ってね。昨日からウチのお手伝いをしてもらってるの。たしか和と同い年だったのよね、菜緒ちゃん？」

「はい！　十五歳なんで、同い年……ですよね？」

菜緒は和に向かって微笑みかけた。

「そう。じゃ、同い年ね。和です、よろしく」

どこかの国のプリンセスのようなエレガントな言い方、スマートな物腰。菜緒はすっかり圧倒された。

「私は内村菜緒と申します。皆様には大変お世話になっておりますです」

負けじと大人っぽく自己紹介をしたあと、その勢いで、

「スキーはいかがでしたか？」

無邪気に声をかけてみる。

「まあまあ、楽しかったけど」

菜緒とは目を合わさず、若奥様のほうに視線を向けて和が答えた。

「いいなあ。私も一度、スキーしてみたい」

菜緒は嘘をついた。一度だけしたことがあるが、あまり上手にいかなかった。

「したことないの？」

和が反応した。

「スノボはできるんですけど」

「スノボ？　スノボってなあに？」

和の目が一瞬、輝いた。が、すぐに、

「菜緒ちゃんのお家はいろいろ大変なの。優雅にスキーなんかしてる暇はないの」

若奥様が話をさえぎった。そしてしばしの沈黙。

「じゃ、おやすみなさい」

菜緒から切り出した。

「おやすみなさい」

和の表情がかすかに和らいだように見えた。もっと話したい。きっと和もそう思っているにちがいない。

「じゃ」

菜緒は後ろ歩きで何度も会釈をしながら、簀の子板の上に飛び降りると、別棟のほうへ一気に駆け出した。

「大変、大変！」

菜緒はまたもやふすまを勢いよく開け放ち、ばあさんのところへ駆け寄った。

「なんだい、騒々しいねえ」

「とうとう会ってしまいました！」

「今度は誰に？」

「あなた様ですよ、な、ご、み、さん！」

菜緒は声を潜めてそう言った。すると、

「え？　帰ってきたの、あの子？　っていうか、あたし？　まずい。そりゃまずい」

たちまちばあさんが挙動不審に陥った。

「会ったの？　見たの？　話したの？」

ばあさんが慌てれば慌てるほど、菜緒は楽しくなる。

「ちょっとだけ、お喋りしちゃった」

「いやだねえ。どうしよう。あー、いやだ」

立ったり座ったり、あっちへ行ったりこっちへ行ったり、狭い部屋の中をオロオロ歩き回るばあさんに、菜緒は告げる。

「とりあえず、お風呂行ってきたら？」

「やだよ。下で会ったら困るだろ？　今日はあたし、お風呂やめとく」

「行かないの？　きったねえ」

「放っといてちょうだい」

歩き回っていたと思ったら、すばやく布団の中に潜り込み、掛け布団を頭からかぶって背中を向けた。

「変なばあさん。どうせ明日、顔合わせると思うけど？」

もはや布団の中から返事はない。しかたなく菜緒は壁をコンコンと叩く。

「治子ねえさーん。お待たせしました。お風呂、どうぞー」

いけないこととはいったい何だろう。明日、帰るつもりだったのに……。
　菜緒は首を回して隣のばあさんの背中を見つめた。ばあさんがどうしてもしなきゃい。とんでもなく面白い旅だった。帰ったら旅行記でも書こうかな。
る。ちょっとばかり珍しい海外旅行をしたようなもの。いや、ちょっとばかりじゃなしかし、この生活が生涯続くわけではない。もうすぐ帰れるのだ。そう思えば楽にな頭の中で箇条書きにする。少し慣れたとはいえ、小さなストレスは日々溜まっていく。エアコン、自動給湯器、プリペイドカード、ペットボトル……。なくて不便なものを
　菜緒は指折り数えてみる。携帯電話、洋式トイレ、ハンドドライヤー、コンビニ、
〈不便だなあ、もう〉
はドライヤーってものはないのか。
戸を閉めると、パジャマに着替えて寝床についた。まだ髪の毛は濡れている。昭和に
　菜緒はタオルで濡れた頭をクシャクシャになるまで拭き取って、拭き取りながら雨
ってね。
「昨日の夜はうるさくしてすみませんでした。ばあさんが元気になりすぎちゃって」
こう言ってやろう。
　治子ねえさんとみど里さんに、今のドタバタは聞こえただろうか。明日、会ったら
「はあーい。ありがとう」

でも、とここで菜緒は考え直す。ばあさんが用事を済ませるまで、十五歳のばあさんと仲良くするという手はある。今度、せっちゃんと和さんと三人でセルヴァンに行ったら楽しいだろうなあ。三人で焚き火をして、マダムにスイートポテトの作り方をちゃんと教わって……。

菜緒がマダムの横で見ていたかぎり、スイートポテトの作り方はさほど複雑ではなさそうだった。ホクホクに焼けた焼き芋の皮を剝くのが、ちょっと面倒だったぐらいで、あとはさつまいもをボウルの中で丁寧に潰し、そこへ牛乳と砂糖とバターを少しずつ加えていく。しかし、マダムは計量という作業をまったく無視した。牛乳をカップで量ったりせず、牛乳瓶から直接タラタラと芋の上に垂らしていく。砂糖もそうだ。ときどき味見をしながら適当にさらさらっと入れてしまう。料理は目分量でも通用するが、お菓子作りは計量をいい加減にすると必ず失敗します。家庭科の授業で先生に厳しくそう習った菜緒としては、見ていて不安になった。

「分量、量らないんですか？」

訊ねると、江波杏子似のマダムは涼しい顔で、

「だいたいでいいのよ」

平然と言いのけた。そのあと手でさつまいもを成形するとき、「この、丸めるときの感覚がだいたいこれくらいのかたさって覚えればいいの。軟らかすぎたら牛乳の入

れすぎ。かたすぎたら牛乳が足りないってことだから」

補足説明をしてくれたが、「だいたい」だけでは怖くて作れない。もう一度、マダムにコツを詳しく教えてもらいたい。

ただ、セルヴァンに行けるとしたら、来週のせっちゃんのお休みまで待たないとダメか。それは長すぎる。それにしてもばあさん、なんの用事があるのだろう……。

いろいろ考えているうちに、いつのまにか菜緒は眠りについていた。

「菜緒、菜緒！」

誰かが呼んでいる。

「今、行くから。ちょっと待って！」

菜緒は大きな声でそう答え、左右のオレンジ色の鉄柱を手でつかみ、前屈みになってみるものの怖くて足が動かない。

「皆様、タイムスリップに不具合が生じて、エレベーターが故障しました。ここから先は各自、飛び降りてください」

エレベーターガールの指示に従って、背中にパラシュートをつけた乗客が菜緒の隣から次々に外へ飛び出していく。

「私にもパラシュートください！」

エレベーターガールに訴えると、

「煮魚を残した人には権利がありません」

きっぱり断られる。そんな。私だけパラシュートなしで飛び降りろと言うのか。

「菜緒、菜緒！」

地上でパパとママと、ばあさんが手招きをしている。ばあさんの隣にボケナス西原もいる。なぜか西原は白いレフ板を両手に掲げ、「これに向かって飛び降りろ。大丈夫だ！」と叫ぶが、どう見ても大丈夫そうには見えない。その隣にせっちゃんとキンプリの平野君が手を繋いで立っている。え、洋介じゃないの？　と思ったが、あの涙袋のあるセクシーな瞳はどう見ても平野君だ。せっちゃんの本命は平野君だったか。

「電話一本、くれればよかったのに！」

せっちゃんがこちらに向かって叫んでいる。そんなこと言われても、ここに電話器はない。携帯もない。どうしよう。足が動かない。重くて動かない。

「菜緒、起きなさい！　菜緒！」

しだいに声が大きくなり、菜緒は目が覚めた。

〈なんだ、夢か……〉

重いと思っていたのは、足の上にばあさんの両手と全体重が乗っていたせいだ。

「痛いよ、ちょっと」

菜緒は目をこすりながらばあさんの手から足を抜き出す。そのまま振り返り、枕元に置いてあった目覚まし時計に目を遣ると、

「まだ五時じゃない。早過ぎるよぉ」

もう一度、布団の中に潜り込もうとする菜緒を、ばあさんががむしゃらに止め、菜緒の身体に覆い被《かぶ》さった。

「ちょっと話があるから。起きてちょうだい」

間近にばあさんの険しい顔がある。

「なに？」

よからぬ気配を感じて菜緒が布団の端から目だけ出して訊ねると、ばあさんは菜緒から離れ、薄暗がりの中、自分の布団の上に浴衣姿で正座をし、手の平を使って手前の畳を二回ほど叩いた。

「ここに、座りなさい」

「えー、なによぉ」

菜緒はしかたなく掛け布団の端をつかんだまま布団から這《は》い出すと、ばあさんの前で体育座りをする。まだ眠くて目が開かない。

「はい、なんでしょう」

菜緒は半開きの目をばあさんに向けた。

「昨日、あたしが言ったこと、覚えているかい？」

「なんだっけ……」

寝ぼけた頭で菜緒は考える。ばあさんが昨日、言ったこと。たくさんあってわからない。

「あたしが、どうしてすぐにはウチに帰れないかっていう理由だよ」

「ああ」と菜緒は記憶を呼び戻す。そう、なんか用事があるって、たしかばあさんは言っていた。

「で？　なにしたいの？」

ばあさんはそこで大きく息を吐いた。

「そのことを、今日、この家の人たちと顔を合わせる前に、あんたにきちんと話しておかなきゃいけないと思って」

菜緒は膝の上にかけた掛け布団を整えて居住まいを正す。どうやら長くなりそうだ。

「菜緒には申し訳ないと思うけど、昨日も言った通り、一つ、大事な用を済ませてからじゃないと平成には戻れないんだよ」

「いや、別に……」

菜緒が反射的に言葉を挟んだ。たしかに一刻も早くウチへ帰りたい気持はある。しかし、ばあさんがどうしてもその前にやることがあるというのなら、しかたない。ばあさんの用事が済むまでこちらにもそれなりに過ごし方はあると菜緒は考えていた。一緒にセルヴァンへ行くのは無理としても、和お嬢様ともう少し、仲良くなっておきたい。

十五歳のばあさんの潜在意識の片隅に、のちのち自らの孫となる菜緒という名の同い年の女の子と出会った記憶が残れば、もしかして今後、ばあさんの孫に対する態度が改善されるかもしれない。「菜緒」という名前を聞くと反射的に優しい気持になるとか、お小遣いをあげたくなるとか、そういう変化が生まれたら面白いではないか。せっかくタイムスリップしたのだから、それぐらいの爪痕を残してもかまわないだろうと菜緒は企んだ。

遠くを見つめ、珍しく真剣な表情で言葉を選んでいるらしきばあさんを見るうちに、昨夜、廊下で会った十五歳の和の顔が重なった。スポーツ好きらしい、いかにも健康そうな容姿とは裏腹に、容易に人を寄せ付けない警戒心というか、影のようなものが感じ取れた。

裕福な家に生まれ、お嬢様お嬢様とまわりから大切にされ、顔にもスタイルにも恵まれているのに、いったいなにが不満なのだろう。案外、学校でいじめに遭っているとか、先生とうまくいっていないとか、人に言えない悩みを抱えているのかもしれない。なんなら相談に乗ってあげてもいいぞ。菜緒は和と向き合って縁側で語らっている自分の姿を想像し、つい、にやけた。

にやけた気分でばあさんを見直すと、虚ろな表情のまま動かない。なにが原因かは知らないが、今のばあさんの顔には、十五歳の和の憂いと共通する悲しみが漂っている。まあ、もともと同一人物なのだから、皺のあるなしを除けば似ているのは当たり前か。でも、あのピチピチとした肌が、老けるとここまで劣化するのだなあと、菜緒はまだ眠気の抜けない目で、目の前のばあさんの顔をしみじみ観察した。

〈私も歳取ったら、頬とか首とか、こんな七面鳥みたいになっちゃうのかな……〉

「その用事ってのはね……」

「あ、はい」

しばらく黙っていたばあさんが、ようやく口を開いた。と思ったら、またそっぽを向いて口を閉じた。よほどややこしい用事なのだろうか。

「それって、かなり実行困難な問題なの？　なんなら手を貸しましょうか？」

菜緒が軽い口調で問いかける。

「私が手伝ったほうが早く済ませられるかもしれないよ？　そしたらほら、早くウチへ帰れるじゃん」

ばあさんはちらりと菜緒のほうへ視線を戻し、また俯いて、こう言った。

「せっちゃんを、死なせたのは、あたしなんだよ」

「へ？」

たちまち菜緒は目が覚めた。

「死なせた？ ばあさんが？ だってせっちゃん、元気に生きてるじゃない！」

菜緒が問い質《ただ》すと、

「今の時点ではね。でも、もうすぐ、死ぬの、あの子。あたしのせいで」

「そんな……」

菜緒はなんと返していいか混乱する。この話を追及すると、とんでもなく恐ろしい物語に発展しそうで怖くなった。まさか、ばあさんがせっちゃんを殺したのか？ 殺人事件ですか？

「マジ？」

つい、言ってしまった。が、ばあさんはいつものように罰金を請求することなく、うなだれたまま言葉を続けた。

「初めてこの家にせっちゃんが来たのは、中学を卒業してまもない春だったから、ちょうど今のあんたと同じぐらいだったんだね。郷里は新潟の村上ってとこで、集団就職で上京してきて、ウチの弁当屋に勤めることになったんだ。あたしは一人っ子だったから、きょうだいができたようですごく嬉しかった。せっちゃんはあたしが持っていないものをぜんぶ持ってた。言葉に訛りはあったけど、人なつこくて明るくて働き者で、心がきれいで物怖《ものお》じしなくてね。家族から離れて一人で都会に来て働くなんて、さぞや心細かったろうと思うのに、そんな様子は微塵《みじん》も感じさせなかったし。実家は貧しい農家だそうで、七人きょうだいの長女だって話だから、しっかりせざるを得なかったのかもしれない。きっとたくさん我慢してたんだろうねえ。あの頃、あたしはせっちゃんの気持、ちっともわかってあげられなかった……」

むしろ和のほうが人見知りなところがあった。幼い頃から女の子同士で集まって騒ぐことにあまり興味を示さず、家に友達を招くこともめったにしなかった。学校から帰ってくると自室にこもって本を読むか、あるいは父親のアトリエに潜り込んで絵を描いたりレコードを聴いたりして遊ぶことを好んだ。

和が唯一、外に出かけるのを楽しみにしていたのは、父の弥太郎と月に一度、映画館へ行くことだった。映画館へ行って、父親好みの洋画を観て、帰りに二人で銀ブラをするのが、和にとっては何より心躍るイベントだったのである。

弥太郎、すなわち「ウメ徳」の三代目社長はことごとく商売に向かない人間だった。家業には見向きもせず、周囲の忠言に耳を傾けることもなく、もっぱら家の金を使って道楽（本人は芸術と言っていたが）へ走ることに執心していた。

そんな弥太郎を、家族の中で唯一慕っていたのが弥太郎の一人娘、和だった。

親密な父娘の関係を快く思っていなかったのは、和の母親、歌子《うたこ》である。歌子もまた、戦後急速に業績を上げた舶来品輸入会社の社長の娘であり、夫の弥太郎とは見合いで結ばれた。

歌子はいわゆるお嬢様育ちではあったが、実家と同じ商人の家に嫁ぐこと自体に抵抗はなかった。

新参とはいえ羽振りのいい弁当屋と評判である上、弥太郎自身の優しそうな性格や垢抜けたセンスにも好感が持てる。顔立ちも悪くない。それが初めての見合いであったにもかかわらず、歌子は弥太郎と会った瞬間に恋をした。歌子の両親もこの良縁を吉として快く受け入れ、両家の縁談は世にもあっさりとまとまった。

正式に付き合い始めた当初、歌子は弥太郎に誘われて、よくクラシックコンサートや文化人の集まるパーティに足を運んだ。歌子はそれまでまったく知らなかった景色を見る思いがした。まして、名だたる教養人の集う場において、三十路《みそじ》に届かぬ若い弥太郎が臆することなく社交している姿にも圧倒された。こういう人の妻になるのだ。歌子は自分の世界が急速に広がっていくことを実感し、心浮き立った。

しかし嫁いでみれば、厳しい現実が待っていた。仕出し弁当屋の日常である。姑《しゅうとめ》の容赦ない指導のもとで大家族の生活を切り盛りするだけでなく、歌子は作業場で働く従業員の管理も任された。商売に口出しすることは許されないが、一つまちがいが起きれば、叱責《しっせき》されるのはいつも現場監督である嫁の歌子だった。

歌子ばかりが叱られるのには理由があった。先代社長の徳三郎の妻、すなわちせっちゃんや店の者たちが「大奥様」と呼んでいるウメの次女、山口アキは内心で、商売とは女が裏で支えてようやく成り立つものという信念を持っていた。

　もちろん婿養子として山口家に入ってくれた夫の徳三郎に感謝する気持がないわけではない。よくぞここまで店を大きくしてくれたと評価はしている。しかしその陰で、アキ自身がどれほど徳三郎を支え、徳三郎と戦い、徳三郎を引き立ててきたか。他人様には言えない苦労や愚痴が山ほどあった。

　表向きの二代目社長は夫である。直系とはいえ、自分がしゃしゃり出るべきものではない。そのことをアキはじゅうぶんにわきまえていた。

　徳三郎がどれほど外で女遊びに走っても、隠し子を作って相手の女から認知しろと迫られても、黙って耐え、人知れず金の工面をするのが、店の暖簾《のれん》を守る自分の務めだと思ってきた。

　女にとってそういう時代でもあった。だからこそ、息子の嫁には抜かりなく務めてもらわなければならないのである。

「あなたがしっかりしてくれなきゃ、店は潰れるのですよ。あなたが頼りなんだから」

　アキはことあるごとに歌子を呼んで発破をかけた。「はい、わかりました」と答えながら、歌子はどうにも腹の虫が治まらない。

お義母様はそうおっしゃるけれど、これは誰が見たって嫁いびりではないか。そもそも自分の息子を跡継ぎとしてちゃんと育て上げなかった母親が悪いのだ。自分の義務を怠って、息子をろくに叱ることもせずに、ひたすら嫁にしっかりしろと言うなんて、それは了見違いというものだわ。

歌子自身、商人の家に生まれ、女手がどれほど大変かを母親の姿を見て知っていたつもりだが、こと自分のこととなると、その理不尽さには承服しがたいものを感じていた。

しかし義母よりさらに納得いかないのは弥太郎の態度である。結婚前の甘い言葉はどこへやら、妻の労苦も見て見ぬふり。悩みを相談したところでいっこうに聞く耳を持たず、ただのほほんと自らの趣味の世界に浸って放蕩《ほうとう》するばかりだった。

娘が生まれたとき、これで少しは家族の将来について真面目に考えてくれるようになるかと期待したが、弥太郎の生活態度が変わる様子はほとんど見られなかった。この世代の男にしては育児に協力的で、和の世話をよくすることは有り難かったものの、仕事への無関心ぶりは相変わらずである。

いっぽう出産直後から、「次は是非、跡取りとなる男の子を」と、その頃はまだ健在だった義祖母のウメを始め、親族、さらに取引先などからもことあるごとに圧力をかけられて、歌子はしだいにノイローゼ気味となっていく。

とうとう思い余って弥太郎に泣いて訴えたところ、「そんなにつらいなら、俺から母さんに話してみるよ」と、珍しく優しい声で慰めてくれた。そして数日間、弥太郎は、まるで新婚時代が戻ったかと思うほど妻を気遣った。歌子はようやく気が晴れた。つらい気持を理解してくれる人間が、ただ一人でも、そばにいると思うだけで女はたちまち元気になれるのである。歌子は打って変わって周囲に愛想良く、店の切り盛りにも精が出た。

　ところがどういうことか、いつまで経っても状況の改善される気配がない。

「いったいお義母様にはいつ話してくださるおつもりですか？」

　歌子は遠慮がちに何度か催促を試みた。しかし、弥太郎から返ってくるのは、

「よし、来週、話してみるか」

　あるいは、

「今ちょっと、美術雑誌から頼まれた原稿で頭がいっぱいなんだ。書き上がったら、必ず母さんに話しにいくよ」

　弥太郎は本質的には優しい性格だった。だからこそ母親にもの申すだけの勇気がないのである。こんなことでは埒《らち》が明かない。もう我慢の限界だ。いっそ娘を連れて里に帰ろうかと、歌子が思い立ったことは一度や二度ではない。

　結局、歌子が実家に戻らなかったのは、和の存在があったからである。

和を悲しませることだけはしたくなかった。歌子にとって唯一のなぐさめが我が子、

和の笑顔であったのだ。ところがその大事な和を、あるときから弥太郎に取られてしまった。

和が小学校に上がるあたりからだったと思われる。歌子は心穏やかではいられなかった。その鬱憤《うっぷん》はしだいに和本人にもぶつけられるようになる。和を夫から取り戻したいと願えば願うほど、和のやることなすことが気に障《さわ》り、そして和の心は少しずつ母親から離れていった。娘の和にとっても、口うるさい母親より、映画や絵の話のできる鷹揚《おうよう》な父親のほうを好ましく思うのは無理もないことであった。

そんな頃、せっちゃんが現れたのである。

「じゃあ、せっちゃんとばあさんは、仲良かったってこと？」

菜緒が合いの手を入れた。

「ああ。よかったさ。最初の二年ぐらいはね。ものすごく仲良かった。たか坊も誘って三人で、よく遊んだねえ。オープンしたばかりの富士五湖国際スケートセンターっていう、今の富士急ハイランドに行ってスケートしたりゴーカートに乗ったり、夏は千葉の館山に海水浴に行ったりね。三人で出かけることには母親も寛容だったのよ。たか坊は真面目だったから、いざというとき、女の子二人より安心だと思ったんじゃないの。少なくとも父と銀座で遊んで帰ってきたりするよりははるかに健全だって、はっきりそう言ってたもの」

「へえ。たか坊も仲間だったんだ。いいなあ……。それで二年経ってから、大喧嘩でもしちゃったわけ？」

「喧嘩というか……。あたしがせっちゃんを避け始めたというか……」

ばあさんは、苦いものを嚙んでしまったように顔をしかめた。

「なんで、避けたの？」

菜緒が静かに問いかけた。

「なんでかねえ……」

昔のことを思い出すかのように頭を傾けたばあさんが、急に菜緒の顔を覗き込んだ。

「あんた昨日、セルヴァンで、洋介っていう早稲田の学生に会ったんだろ？」

「え、なんで知ってんの？」

洋介のことを、ばあさんに言ったものかどうしようか菜緒は迷っていたのである。もしかしてせっちゃんは、この家の人たちに内緒でつき合っているかもしれない。不用意に洋介の名前を口に出してせっちゃんが責められたら可哀想だ。様子を見てから話そうと思っていたのに、なんだ、ばあさん、知っていたのか。

「アイツのせいで、せっちゃんがおかしくなったんだよ」

ばあさんの声に張りが出た。

「なんか言ってたか？　あのバカは」

「うーんと、ニーチェの話とか神の存在とか、難しい話、してた。でもけっこう面白かったよ」

「それがアイツの手なんだよ。ろくにわかってもいないくせに、ちょっと大学で習ったからって知ったかぶりして、ニーチェとかヘーゲルとかサルトルとか、偉そうに語り出すから女の子はコロッと参っちまう。ただのナンパ好きのフーテン野郎だよ」

　さっきまでしょぼくれていたばあさんがたちまち威勢を取り戻した。あまり大きな声を出すと、また隣に聞かれてしまう。

「ばあさん、声が大きいよ」

　菜緒が小声で注意する。ばあさんは声だけ潜め、でも怒る顔はそのままにして続けた。

「あたしだってまだ子供だったからね。洋介がインチキ野郎なのか、キザだけどそれなりのインテリ左翼なのか、あのときはよくわからなかった。ただ直感的に、いけ好かない男だとあたしは思った。このままコイツのそばにいたら、せっちゃんは壊れてしまう。それだけはわかったんだ」

　菜緒は昨日の洋介の姿を思い起こしながらばあさんの言葉を反芻《はんすう》した。たしかにせっちゃんは、家にいるときとは違ってオンナ度が高かった。ファッションにも化粧にも力が入っていたし、声のトーンも普段より高めだったような気がする。

「でもせっちゃんは結局好きなんでしょ？　洋介のこと。だったらしょうがないじゃない。恋ってまわりが反対するとなおさら燃えちゃうものらしいよ」

言ってから、菜緒は自分でも照れた。こういうところを感度のいいばあさんは決して見逃さない。

「ほお、そういうものですかねえ。菜緒にもそういう経験がおありでございますか」

ばあさんが意地悪そうな笑みを浮かべて迫ってきた。

「いや、そういうことじゃないけど」

バツの悪そうな顔で睨み返しながら、菜緒はかすかにホッとした。いつものばあさんが帰ってきた。

「でもさあ」

菜緒は言葉を継いだ。聞かなければならないことがある。しかし言葉を選ぶ必要がある。菜緒は慎重になった。

「ばあさんがせっちゃんの恋を邪魔したから、その……？　だいたい、せっちゃんはなんで、いつ、その……」

「死んだ」という言葉を使うことが憚《はばか》られる。この家で生き生きと立ち働いているせっちゃんが、まもなく死んでしまうなんて、菜緒にはとうてい想像がつかなかった。

昨日、セルヴァンでスイートポテトを食べていたせっちゃんの顔が蘇る。洋介が到着したときの、せっちゃんの嬉しそうなことといったら……。切符の買い方も電車の乗り方も、せっちゃんは親切に教えてくれた。あれほど元気で心優しいせっちゃんが、もうすぐ死んでしまうのかと思うだけで、菜緒は胸が苦しくなった。

「まさか、ばあさんがナイフかなんかで刺しちゃったとか？」

勇気を振り絞って囁くように菜緒は聞いた。するとばあさんがいきなり噴き出した。

「あたしが？　ナイフで？　このバカまごが」

菜緒の目の前で、ばあさんが呆れたと言わんばかりに笑い転げている。なにその反応。菜緒はムッとした。

「だって、さっきばあさんが言ったんだよ。あたしがせっちゃんを死なせたって」

「ナイフで刺してたら、あたしゃ今頃、牢屋にいるよ。やれやれ、お前は正真正銘のバカまごだ」

「そこまで笑うことないでしょ。こっちはわかんないから聞いているんだよ！　せっちゃんが死んじゃうなんて、あたし、ぜったい信じられないもん！」

菜緒は駄々をこねる幼児のように顔をしかめてばあさんに食いついた。ばあさんは笑いの余韻を残しながら、しだいに真顔に戻っていく。そして、

「せっちゃんはね……」

ばあさんがまた語り始めた。

もともとセルヴァンにせっちゃんと和を紹介したのは、たか坊だった。神楽坂の料理屋に奉公しているたか坊の幼馴染みに連れていかれたのが最初だったという。せっちゃんはセルヴァンをすっかり気に入って、その後、和も誘って三人でちょくちょくお菓子を食べに通うようになる。

しかしまもなく、たか坊は次平さんの仕事や料理人組合の会合などに同行する用事が増え、まとまった休みのとき以外は、せっちゃんや和と遊ぶ機会が少なくなっていった。

ある日の午後、和とせっちゃんがセルヴァンでクリームソーダを飲んでいるときだった。早稲田の学生服を着た洋介が隣のテーブルから声をかけてきたのだ。

「君たちも早稲田の学生？」

「いえ、違います」

せっちゃんが俯きながら恥ずかしそうに答えた。そしてそれが洋介とせっちゃんの出会いとなった。

和は自分でも、なぜこれほどに不快な気持になるのかわからなかった。恋をするせっちゃんが羨ましいのか。大事なせっちゃんを取られてしまうかもしれないという恐怖心のせいか。あるいは、自分の知っているせっちゃんが男の前で豹変《ひょうへん》する姿を見るのが嫌なのか。それはたしかにあった。しかしそれ以上に、和はたか坊のことが気になった。たか坊の見ていないところで自分たちがグルになって悪いことをしているような後ろめたさを覚えたのである。

まして和は、前々からせっちゃんとたか坊が結婚してくれればいいと秘かに願っていた。仲の良い二人の様子を見るにつけ、似合いのカップルだと確信した。たか坊とせっちゃんが結婚して、二人が後ろでずっと支えてくれるなら、私は「ウメ徳」を継いでもいい。三人が力を合わせて「ウメ徳」を守れば、今よりもっと評判のいい仕出し弁当屋に発展させることができるだろう。

あるいは二人が独立して小さな料理屋を出すというのも悪くない。実家の仕事が終わったら、私は毎日のようにその店に通って三人で語り合うのだ。新しい弁当のネタについて相談したり、あれこれ作って試食をしたり、とにかく三人はずっと一緒に生きていく。私は結婚しなくてかまわない。たか坊とせっちゃんがそばにいてくれさえすればじゅうぶんに幸せだ。十代半ばの和は、せっちゃんとたか坊と遊びながら、将来の夢をあれこれ思い描いていた。

そこに、予期せぬ邪魔者が現れた。立花洋介である。

このままではせっちゃんが堕落してしまう。和はしだいにセルヴァンで見るせっちゃんのことを不潔だと思い始める。こんなせっちゃんは見たくない。そばにいるのも嫌になり、なにかと理由をつけてせっちゃんの誘いを断った。

なぜ和の態度が急に変わったのか。せっちゃんにはとんと理解できなかった。なにか和の気に障ることでも言っただろうかと、考えてみるがいっこうに思い当たらない。和に直接、聞こうと試みてもさりげなく無視される。しばらく悩んだが、まもなくあきらめた。放っておくしかない。きっと年頃の反抗期に入ったのだろう。そのうちケロリと機嫌を直すにちがいない。そもそも和とはお嬢様と奉公人という身分の違いがある。友達ではないのだ。勘違いした自分が悪かった。せっちゃんは自らをいましめた。そして奉公人らしく、どれほど冷たい視線を向けられても平然を装い、与えられた仕事に集中することを決めたのである。

「昭和三十九年の東京オリンピックの開会式の日にね」

ばあさんが思い出すように目を上げた。

「つまり来年ってこと?」

菜緒が確認すると、

「昭和三十九年の東京オリンピックは十月十日が開会式だった。前の日もその前の日も雨でね。こりゃ開会式、どうなるんだろうと心配してたんだけど、一夜明けたら見事な秋晴れだ。あのとき、テレビのアナウンサーが『世界じゅうの青空をぜんぶ東京に持ってきたかのような素晴らしい秋日和でございます』とか叫んだので、アナウンサーってのは、うまいこと言うもんだと、感心したのを覚えているよ」

「へえ。でも、世界中の青空は持ってこられないでしょう」

菜緒が突っ込みを入れると、

「比喩だよ、比喩。情緒がない子だね、まったく」

ばあさんが菜緒を一喝した。そのあとばあさんは咳払いをして、また話を続けた。

「奥の和室で家族揃って開会式のテレビ中継を見てたら、廊下でせっちゃんが叫んだんだ。『奥様、旦那様、空に五輪が浮かんでます！』って。テレビでも『これからブルーインパルスによるアクロバット飛行が上空で披露されます』って解説してたんだけど、まさか本物が見えるとは思ってなかったからね。慌てて玄関から飛び出して空を見上げたら、たしかに五色のひこうき雲みたいな煙がぐんぐん輪を描いて」

「この家から見えたの？」

菜緒が目を輝かせた。

「そうだよ。玄関出たとこからじゅうぶんに見えた。ブルーインパルスっていうのは航空自衛隊のジェット機らしいけど、日本人のパイロットがあんな曲芸、できるなんて、誰も思ってなかった時代だからねえ。真っ青な空に、まあるく、きれーいに五つの輪がゆっくり重なっていって。驚いたねえ。気がついたら店の従業員も家族も全員、外に出てきてて。ご近所の人たちも。家の屋根に登って見てる人もいたよ。空を見上げてみんなで拍手したもんだ。見事だねえって」

「いいなあ。二度目のオリンピックでもやってくれないかなあ」

「さあ、それはどうかね」

「でも学校は？　お休みだったの？」

ふと菜緒は思う。そのときばあさんは高校二年生になっていたはずだ。ばあさんも菜緒の母親の万里も、中学高校がつながった同じ私立の女子校に通っていたと聞いている。実は菜緒もそのミッションスクールを中学のときに受験したのだが、見事に落ちた。それ以来かもしれない。ばあさんが菜緒のことを「バカまご」と呼ぶようになったのは。菜緒はさして気にしていないが。それはさておき、

「学校？　どうだったかね。はっきり覚えてないけど、とにかくウチから見た記憶があるよ」

ばあさんは目を細めて懐かしそうに微笑むと、それから再び暗い表情に戻った。

「空を見上げていたら、隣にせっちゃんが近づいてきて言ったんだ。『お嬢様、長らくお世話になりました。私、明日の早朝の列車に乗って国へ帰ります。この三年間、お嬢様にも奥様旦那様にも本当によくしていただいて、私は幸せ者でした。このご恩は一生忘れません。ありがとうございました』って」

菜緒はばあさんの顔を黙って見つめた。悲しい顔になると、ばあさんのへの字になった口のまわりの皺がさらに深くなる。

「あたしはそのとき、何も返事をしなかった。ただ空を見上げて、聞こえないふりして、わざと歓声を上げたりして、無視してやったの。そしたら……」

「そしたら？」

菜緒がそっと問い直す。

「せっちゃん、しばらくして、野良猫抱えて、すうっといなくなっちゃった。猫がいつまでもミャアミャアってね、鳴いてた」

ばあさんが俯いて、両手で顔をおおうと、小さな声で嗚咽した。

猫じゃない。ばあさんが泣いている。ばあさんがこんなに泣いているところを菜緒は初めて見た気がする。菜緒は慌てた。ティッシュ、ティッシュと思いながらあたりを見回すが、そうか、この時代にティッシュペーパーはないことを思い出す。

しかたなく、手元にあったお風呂用のタオルを差し出すと、ばあさんはそれを受け取って、思い切り鼻をかんだ。やめてよ、それ、私のタオルなのにと菜緒は内心で思ったが、それは言い出せない。

「せっちゃん、新潟に帰っちゃったの？」

　文句を言うかわりに菜緒は質問した。

「少し前から話には聞いてたんだけどね。せっちゃんのおじいさんが脳溢血で倒れて寝たきりになっちゃったんで、戻ってきてほしいって。新潟の実家から連絡があったらしい。せめてオリンピックが終わるまでいたらどうかって、母が引き留めたらしいんだけど。申し訳ありませんの一点張りでね……」

　しかし、山口家の者は従業員でさえ、せっちゃんが国へ帰った理由がそれだけではないことをなんとなく察していた。

　年頃の不機嫌が理由であったなら、誰に対しても反抗的になっていただろう。しかし和が冷たく当たる対象は、せっちゃんに限られていた。口うるさい歌子に向かってニコニコすることはさすがに少なかったが、弥太郎とは相変わらず楽しそうに映画や美術の話をしたし、祖母のアキや他の従業員に対しても、ごく普通に接していた。ところがせっちゃんがその場に現れるとたちまち表情がかたくなる。

学校から帰宅して「おかえりなさいませ」とせっちゃんに声をかけられても返事をせず、廊下で向こうからせっちゃんが歩いてくるとわかるとすっと姿を消し、できるだけ和はせっちゃんと関わらないようにした。あれだけ仲良くしていた二人が急に口をきかなくなったのである。まわりが不思議に思うのは当然だった。

「どうした、せっちゃんと喧嘩でもしたか」

弥太郎が、ことのついでのように声をかけたが、和は、「別に」と答えるだけで、感情的になるでもない。その問題については触れてほしくないとばかりに口をつぐむだけである。まあ、いずれまた仲直りするだろう。弥太郎も他の家族も、それ以上突っ込むことはできなかった。しかし、家族の期待に反して二人の仲は、修復される様子のないまま月日が過ぎていった。

そんな状態が一年あまり続くうち、せっちゃんはしだいに痩せていった。

いつもと変わらずアキや歌子の呼ぶ声にはハキハキと返事をし、よく働き、仕事を怠るようなことはなかったが、憔悴《しょうすい》しているのは誰の目にも見て取れた。思い余って歌子がせっちゃんを呼び出した。

「悩んでいることがあるなら正直に言いなさい。和となんかあったの？」

歌子が優しく問いかけたが、せっちゃんは和同様に、「いえ、何もありません。ご心配をおかけして申し訳ありません」と答えるだけで、それ以上、何も語ろうとはしなかった。

せっちゃんが自分から暇乞《いとまご》いを申し出たのは、オリンピックの年の、お盆を過ぎた頃である。歌子は驚いた。しかし、無理に引き留めることをしなかった。これ以上この家にいたら、この子は本当に心身を壊してしまう。

せっちゃんがいなくなることがこの家にとって大いなる損失であるのはまちがいないが、彼女のためを思えばもう限界だろう。和との気まずい様子を見るにつけ、歌子も承諾せざるをえなかった。

「そう……。じゃ、せっかくだからオリンピックだけしっかり見て、それからお国へ帰ることにしたら？　ご両親もそれくらいは許してくださるでしょう？　私から手紙を書いてお願いしてみますよ」

歌子が切り出すと、せっちゃんは歌子の目を見てきっぱり言った。

「いえ。私はお家の皆様が楽しい気分でいらっしゃる間にそっといなくなりたいんです。そのほうが、私も気が楽なので」

せっちゃんの決意は固かった。

　オリンピック開会式の翌日、日曜日の朝早く、和が寝ている間にせっちゃんは出ていった。見送りに出たのは歌子と、作業場の次平さん、たか坊、治子ねえさん、みど里さんの五人だった。大奥様のアキと弥太郎には前夜に挨拶を済ませておいたという。そのことを和はあとで聞かされた。せっちゃんがいなくなった日の午後、食堂に姿を現した和は歌子から分厚い封書を手渡された。

「これ、せっちゃんから託《ことづ》かったわよ」

受け取りはしたものの、和はそれを開けようとしなかった。開けたら必ずや自分の心が折れるだろうと思ったからである。

　せっちゃんに冷たく接していたこの一年半あまりの間、和は和でつらかった。いっそ何ごともなかったかのように、気楽に声をかけようか。そう思ったことは何度もある。でも、できなかった。

　すべてをなきものにするには遅すぎた。せっちゃんに対する感情はこじれ切っていた。もはや自分がなぜこれほどまでに意地を張らなければならないのか、その理由さえ、にわかに思い起こすことができないほど、和にとってせっちゃんは近づきにくい存在になっていた。

　もしかしてせっちゃんはすでに洋介と別れたのかもしれない。そんな気配を和は少し前から感じていた。

ここ数カ月、せっちゃんは、休日もお下げ髪のままだった。お洒落な恰好をしているところを見たことがない。和はせっちゃんと目を合わせないようにしていたが、そのくせ、遠くからこっそりせっちゃんの動向を観察していることがあった。

もう洋介とは会っていないのではないか。さんざん弄《もてあそ》ばれたあげくに捨てられたのかもしれない。可哀想に。でもそれでよかったのだ。だとしたら、自分がわだかまっていた問題は解決したことになる。なぐさめてあげようか。いや、今さらそんなことはできない。和は思い直す。

そういう単純な話ではない。たとえせっちゃんと仲直りができたとしても、もう以前のように無邪気に笑い合ったりふざけ合ったりすることはできないだろう。十五、六歳の少女にとって、一年半の気まずい関係はあまりにも長すぎた。

和は心に決める。せっちゃんやたか坊と過ごした時間は、人生の「楽しかった思い出」としてそのまま箱に詰めて封印しておこう。今は思い出したくない。

和は歌子から手渡されたせっちゃんの手紙の、表にせっちゃんらしい伸び伸びとした大きな字で「和お嬢様へ」と書かれているのを一瞥《いちべつ》したのち、それを持って弥太郎の書斎へ飛んで行った。はしごを使って書架を上り、いちばん上に横積みされていた厚ぼったい美術全集の間に、その手紙を無理やり押し込んだ。

作業場のほうから歓声が上がった。オリンピックのために、大奥様が特別にアンテナ付きのトランジスタテレビを作業場にプレゼントしたからだ。従業員が白黒画面の中継を見て騒いでいる。合間にアナウンサーの甲高い声も混ざる。

「取ったぞ、取ったぞ。重量挙げで今大会、日本初の銅メダルだってよ！」

次平さんの高い声が家中に轟いた。みんなオリンピックに興奮している。誰もが喜んでいる。でもせっちゃんは、そこにいない。

せっちゃんが住んでいる新潟県村上市近辺が大洪水に襲われたという記事をアキが新聞で見つけたのは、それから三年後の八月末のことだった。和はすでに大学生になっていた。

新潟から山形にかけて豪雨による川の決壊が続出し、田畑は冠水、人家が流され、あちこちで山崩れも起こった。後に羽越《うえつ》豪雨と呼ばれる大災害である。

たちまち山口家の作業場や廊下の隅や、台所や勝手口やあちこちから、ヒソヒソと囁く声が絶えなくなった。どうやらせっちゃんはその洪水に巻き込まれたらしい。まだ若いのに気の毒なこと。赤ん坊が生まれたばかりだったという話じゃないか。まさか一家全員が犠牲になったわけじゃあるまいねえ。でも新聞によると、死者不明者は七十人を下らないってよ。いや、まだこれからきっと増えるよ、犠牲者は。命が助かっても、家が流されちゃねえ。稲作だって全滅だろうよ……。

歌子がすぐにせっちゃんの実家へ電報を打ったが返信は届かなかった。地元の役所に問い合わせても結局、せっちゃんの消息をつかむことはできなかった。

せっちゃんは山口家を辞してまもなく、見合いをして結婚した。相手は村上市から少し離れた村で代々続く米作農家の五男だという。同じ農家ながら、せっちゃんの実家よりはるかに裕福だと聞いていた。現金書留で祝い金を送ると、せっちゃんの両親から丁寧な礼状が届いた。東京で厳しく育てていただいたおかげで節子はいい縁に恵まれました、すべては山口家の方々のおかげですと、一家を挙げてこの祝儀を喜んでいることが窺われた。

歌子やアキがそんな話をする横で、和は疑った。せっちゃんは本当に喜んで嫁入りしたのだろうか。ろくに好きでもない人と結婚したのではあるまいか。

しかしそれからほどなく、せっちゃん自身から出産の便りが届いた。懐かしいせっちゃんの字で、「男の子が生まれました。母子ともに元気です。名前は誠《まこと》です」と書かれた手紙の間に、二枚の写真が同封されていた。一枚は、まだ猿のように赤い顔をして目をつむった赤ん坊と、その赤子を胸に抱くせっちゃんの、風呂上がりのようなさっぱりとした笑顔の写真。もう一枚は文金高島田で白無垢に包まれた、見間違えるほどに美しいせっちゃんの花嫁姿であった。花嫁の隣には紋付き袴《はかま》を着た体格のいい色黒の若者が怒ったような顔で突っ立っている。

——分に余るご祝儀を頂戴しながらお礼が遅くなって申し訳ありません。新しい生活が始まってバタバタしているうちに妊娠し、つわりがひどく、病院へ行って診てもらったところ、妊娠中毒症だということがわかりました。一時はどうなるかと思いましたが、なんとか無事に元気な赤ん坊を産むことができました。主人からも山口家の皆様にくれぐれもよろしくと申しております。ありがとうございました。富樫五郎《とがしごろう》　節子

「へえ、せっちゃん、富樫さんになったのかい？　富樫ってのはいいお家柄だよ。でも五男坊なら、さほど責任はないだろうから、せっちゃんも気楽だろう」

せっちゃんからの手紙を歌子に手渡しながら、アキが老眼鏡を外した。

「そうですねえ。あのせっちゃんがお母さんになるなんてねえ。無事に生まれて何よりでした。しかも男の子なんて。せっちゃん、立派だわ」

手紙を受け取った歌子が、同封の写真をしばらく見つめ、まもなく隣の和の前に差し出した。

「ほら、和。見てごらんなさいよ、この写真。出産直後よ、きっと。妊娠中毒症って苦しいらしいけれど、頑張ったのねえ、せっちゃん」

せっちゃん、幸せそう……。和は二枚の写真を見つめて、低く呟いた。そのときは本心からそう思った。東京にいた頃より、生まれ育った土地にいるほうがせっちゃん

は活《い》き活《い》きとして見える。

この体格のよい旦那さんと子供に恵まれて、せっちゃんはずっと新潟で生きていくんだ。それでよかったんだ。せっちゃんにとってはそのほうが、きっと幸せなんだ。和はかすかに安堵した。自らをなぐさめるように、安堵した。

「やっぱりダメだったのかねえ……」

あらゆる手立てを講じた末のある晩、祖母のアキがふと、食後のデザートの梨を食べる手を止めて呟いた。その瞬間、和の中でこらえていたものが爆発した。

せっちゃんが死んじゃった。せっかく生まれた赤ん坊と一緒に死んじゃった。私のせいだ。私があんなに冷たくしなければ、せっちゃんは国に帰らないでずっとこの家で幸せに暮らせたはずなのに。なぜ引き留めなかったのだろう。私が死なせたんだ。私が殺したんだ。せっちゃんは死んじゃった。死んじゃったんだ、せっちゃんは！

和は引きつったように食卓の上を睨みつけた。青磁の平皿に置かれた赤や黄色や緑色をした干菓子が滲んで揺れる。瞼に溢れた涙が決壊し、一粒、和の手の甲に落ちた。まばたきをすると皿の上の干菓子がまた揺れた。まるで東京オリンピックの開会式の日の、青空に浮かんだ五輪のようである。あのとき、せっちゃんは和に挨拶に来た。この家にいたことを一生忘れないと言った。和はその言葉を聞いたとき、自分は忘れてやると思った。せっちゃんと仲良くなったことを忘れてやると。でもそれは嘘だった。

せっちゃんがいなくなったあと、和はずっとせっちゃんのことが頭から離れなかった。なぜあのとき、振り向いて、ちゃんと応えてあげなかったのだろう。なんで「帰らないで」と言わなかったのか。本当は帰ってほしくなかった。本当は仲直りをしたかった。でも、せっちゃんが見合いで結婚し、赤ちゃんに恵まれたという便りを耳にしたとき、和は吹っ切った。いや、吹っ切ることにしたのである。

もうせっちゃんは自分の幸せを見つけたのだ。私やたか坊より大切なものを見つけた。だったらいいじゃない。それでよかったと。

でも、せっちゃんは死んじゃった。せっかく幸せになったのに、死んじゃった。やっぱり私がいけなかったのだ。

和はいつのまにか両手で顔をおおい、声を出して泣いていた。泣き始めたらさらに涙が溢れ出し、食卓に打ち伏して泣き続けた。

「あらあら、どうなさったんですか、お嬢様」

せっちゃんのあと、この家に来た家政婦の加藤さんが驚いて、食卓を囲むアキや歌子、弥太郎へおろおろと視線を向けながら和の背中をさすろうとしたが、和はその手を振り払い、走って食堂を出て行った。

「お嬢様、お嬢様〜！」

加藤さんが和のあとを追おうとするのを歌子が止めた。

「加藤さん、いいから。一人にさせておいて」

家内の異変に反応したかのように、勝手口の外で猫が鳴き出した。せっちゃんが可愛がっていた野良猫だ。黒白まだら模様のその猫は、せっちゃんがいなくなったあとも、この家にちょくちょく姿を現した。あんまり家のまわりをうろつくので、ときどき加藤さんや和が少し離れたところから食事の残りや牛乳を平たい器に入れて手招きするが、懐いてくることはない。地面に置かれた器をじっと睨みつけ、人間の気配が消えてのち、用心深く器に近づいてくるのだが、それでもなお器には口をつけず、顔を上げて甘えたような、切ないような声で鳴き始めるのが常だった。まるでかつての主を探すかのように……。

結局、せっちゃんの行方はわからないまま時は経ち、そして和は大学を卒業した次の年、たか坊と結ばれることになる。

「えっ？　ばあさん、たか坊と結婚したの？　それって、じいさんと結婚する前の話？」

菜緒が驚いて聞き返す。

「あたしゃ、一度しか結婚してないよ」

「意味わかんない。まさか、たか坊イコールじいさんってことですか？」

目を丸くする菜緒の前でばあさんは頷いた。

「嘘でしょぉおおお？」

菜緒は隣の部屋への配慮も忘れ、大声で叫んだ。

「声が大きい。隣にご迷惑だろ」

ばあさんに注意される。が、菜緒の興奮は収まらない。よりによってこの時代に来てほのかに心を寄せた相手が自分のじいさんだったとは。ショックである。ガーンである。それはないだろう。息が荒くなりながらも、菜緒は頭の中を整理しようと試みる。

「いや、でもママは、じいさんって、博多の大きな旅館の息子だって言ってなかったっけ？　長男じゃないから『ウメ徳』の婿養子になれたって。しかもお見合い結婚だって聞いてたけど。違ったの？」

「違わないよ。博多にある大松っていう古い料亭旅館の三男坊だったからね」

「でしょ？　じゃ、じいさんとたか坊は別人ってことじゃない」

「そういうことにしたんだよ」

「は？　意味、わかりませんけど」

「だから。家の跡取りと従業員が結婚したってことになれば、あとあと面倒なことを言い出す人がいるかもしれない。方違《かたたが》えもしなきゃいけないし。商売人はそういうことには細かいんだよ。だからいったんたか坊を実家に戻して。しばらくしてから改めて仲人を立てて見合いをさせて……って、あたしがしたんだけどさ。それで、めでたしめでたしってことよ」

「えーと、まだよくわかりませんけど」

「だって、わかんないもんはわかんないもん」

「ホントにお前はバカまごだね」

「つまりあたしは、たか坊と見合いをして結婚したんです！　さっきからそう言ってるだろう」

菜緒はショックを隠しきれない。雨に濡れた小犬のように肩を落とし、上目遣いでばあさんを見つめる。

「どうしても？」

「どうしてもって？」

「どうしても、たか坊と結婚しなきゃいけなかったの？」

するとばあさんは、一瞬、菜緒のことを睨みつけ、それから俯いた。

「そりゃ、あたしだって悩みましたよ。そんなことでいいのかってね……」

和の結婚相手にたか坊がいいと言い出したのは祖母のアキだった。本音としては男子継承が望みであったが、歌子が男の子を産まないからいたしかたない。となれば、一人娘の和に継いでもらうしかないだろう。

アキは和の本質を見抜いていた。多少愛嬌に欠けるものの、芯がしっかりしていて頭の回転が速い和は、案外、商売に向いているのではないか。しかも和は弥太郎と趣味嗜好が近いように見えながら、実のところ「ウメ徳」の弁当に興味を持っている。小さい頃から作業場にちょくちょく顔を覗かせて、何時間でも飽きることなく弁当作りを観察しているのを、アキは何度も目撃していた。

いっぽうの弥太郎は、表向きは「ウメ徳」の三代目社長であるが、家業に興味を向ける素振りはほとんど見られない。徳三郎亡き後、後ろ盾となってなんとか店の暖簾を守って来たものの、アキはまもなく七十歳を迎えようとしていた。はたしてあと何年、まともに店を切り盛りできることか。自分の目の黒いうちになんとか弥太郎の後のことまで定めておかないと、「ウメ徳」の将来はないとアキは懸念した。

和が大学を卒業したら早々に社長の座を交代させて、和に采配を任せることが肝心だ。そんなアキの内心を察したのだろうか。せっちゃんがいなくなったあと、何を思い立ったか弥太郎が急に商売に目を向け始めた。

「金王八幡宮の裏手に手頃な売り地が出たので買うことにしました。そこに新しい弁当工場を建設するつもりです。今の作業場は手狭すぎますから。デパートに出店する話も来ていることだし、もう少し広い工場と人手を確保しないと、早晩、生産が追いつかなくなりますよ」

弥太郎の目が珍しく真剣味を帯びていた。

「このオリンピック景気のうちに相応の設備投資をして店の基盤を強化しておかないと、あっという間に大型店につぶされてしまいます。先手を打つのが商売の鉄則だと、先代も言っていたじゃありませんか、お母さん」

気弱に見えた弥太郎が、突然、そんな意欲的な話を持ちかけてきたので、アキは驚きながらも、正直なところ嬉しかった。やっと息子がその気になってくれたのだ。実際、弥太郎の主張には理があった。渋谷のデパートに売り場を持たないかという話が来ていたのも事実である。が、今の生産体制で出店するのは現実的でないと、逡巡《しゅんじゅん》していたところだった。

「なるほど。で、あなた、その設備投資に必要な資金をどこから工面するつもり？」

自分の言い分を頭ごなしに反対されなかったことで、弥太郎は勢いづいた。

「もちろん資金繰りについては目処が立っています。喜んで投資してくれるという確かな人物がいましてね。信頼できる人間です。僕がちゃんと話をつけてありますのでどうかご心配なく」

弥太郎は得々と自らの構想を披瀝《ひれき》した。すると、

「わかりました。あなたに任せましょう」

思いのほか簡単にアキが首を縦に振った。が、その頷きは決して弥太郎の言い分を百パーセント受け入れて、この新たな事業計画に期待したからではなかった。

アキは覚悟を決めたのである。もちろんこの計画がうまく運んでくれたなら、それほど喜ばしいことはない。が、失敗する確率は高いと見ていた。そもそも弥太郎が言う「確かな人物」なるものがいかなる素性の者か、極めて怪しい。弥太郎はその手の輩《やから》に今まで何度も騙されてきた前歴がある。しかし、だからといってここで弥太郎の提案に水を差したら、今度こそ商売への興味を完璧に失って、死ぬまで浮き草のような人生を送り続けることだろう。

失敗してようやく学ぶことはある。一度やらせてみて、そして弥太郎がいよいよ商売の難しさと面白さに目覚めてくれたなら、もしかして「ウメ徳」の未来は明るいかもしれない。リスクはさておき、賭けてみるだけの価値はある。

アキには徳三郎が残してくれた貯金があった。たとえ負債を抱えたとしても、それは母親の自分個人がかぶればいい。私はもう歳だ。自分の財産に執着はない。従業員たちに迷惑のかからない範囲で一度やらせてみてはどうだろう。今まで夫婦で息子を

甘やかしてきたツケと思えば、私が人生最後に背負うのも道理というものだ。

そう達観したアキではあるが、ただ漫然と弥太郎の意向に従う気はなかった。アキには長年、徳三郎の陰で店を支えてきたという自負がある。弥太郎の後ろに強力な補助となるべき手立てを用意しておこうと考えたのだ。そしてふと、和の顔を思い浮かべた。

和なら、弥太郎の味方になりつつ、ときにブレーキをかけることもできるはずだ。あの気の強さは私の性格を受け継いだとしか思えない。まだ学生ではあるけれど、今から鍛え上げていけば、数年先には弥太郎のいい右腕となり得る。いや、待てよ。いくら和がしっかりしているとはいえ一人ではつらかろう。和に寄り添い、和の力になって、同時に店の暖簾を大事にしてくれそうな伴侶が……。そのとき、アキは閃いた。

〈たか坊だ。たか坊と和は子供の頃から慣れ親しんでいるし、しかもたか坊は真面目で性格も穏やかだ。育ちも悪くない。口数は少ないが、不思議と目上の人間に可愛がられる質《たち》である。商売には必要な資質といえよう。その上、料理人として、次平を超えたという評判も聞いている。そうだ、この店は、たか坊と和が夫婦となって継いでくれるのがいちばんだ〉

「あなたは、どう思うの？」

歌子から、たか坊との縁談を持ちかけられた和は憤った。そんな政略結婚のような話があるものか。だいいち、たか坊が好きだったのはせっちゃんである。私ではない。せっちゃんだって、本当はたか坊が好きだったのだ。二人が結婚するべきだったのに、せっちゃんが死んだからといって、埋め合わせみたいに私がたか坊と一緒になるなんて、そんなこと、ぜったいしたくない。

「いやです！」

和はきっぱり断った。

「もうこの話はいいよ」

ばあさんが突然、話を中断した。

「いいよって、そんな。でもばあさん、『いやです』って言いながら、結局、たか坊と結婚したんでしょ？」

菜緒が食い下がる。

「だから、そうならないようにするんだよ」

「そうならないようにって？」

「今ならまだ間に合う。せっちゃんを死なせるわけにはいかないんだから」

「もしかして、せっちゃんを死なせないために、なにかしようって魂胆？」

「この計画が無事に成功したら東京タワーへ行くからさ。悪いけどもう少し待ってくれないかね？」

「いや、でも……」と菜緒は考える。しかし、次の言葉が浮かんでこない。

「計画っていうのはつまり……？」

ばあさんに問いかけようとしたとき、ゴンゴンと音がした。隣からの合図だ。

「そろそろ下へ行きますよぉ」

「はあーい。今、こちらも降りていきまーす」

返事をしながら不安がよぎる。まさかこれまでのばあさんの話が筒抜けだったのではあるまいか。時計を見ると、もう七時を過ぎている。

「ヤバいヤバい。急がなきゃ。ばあさんも、今日はお弁当作り、手伝うんだからね」

「わかってるよ」

ばあさんは立ち上がって、菜緒と一緒に布団を畳み始めた。

菜緒とばあさんがタイムスリップをしてこの山口家に転がり込んで四日目の朝を迎えていた。

「おはようございまーす」

「おはよう」

「おはようございまーす」

次平さんとたか坊のカランカランという下駄の音が交互にこだまし、勢いのいい水音が作業場全体に響く。大鍋に水が張られ、ガスの火に掛けられた。そこへ、ひとり、またひとりと従業員が加わって、それぞれ定められた位置に立つ。冷え切っていた作業場の空気は湯気と人気《ひとけ》でしだいに暖められていく。

「おはようございまーす」

「遅くなりましたあ」

勝子さんと清子さんも出勤し、作業場の前室の隅に自分の荷物を置くと、手早く白い仕事着に着替えて三角巾を頭に巻いた。

「あらあら、おばあさんも今日はお手伝いしてくださるんですか？」

清子さんが、階段を下りてきたばあさんに気づいて声をかけた。またいろいろ詮索するつもりではないか。一足先に作業場に入っていた菜緒は心配になり、ばあさんのほうへチラリと目を向ける。

「おはようございます」

ばあさんは勝子さんと清子さんに会釈をし、それから作業場手前に正座をするや両手を床について、けっこう通るしゃがれ声でみんなに挨拶を始めた。

「不束者《ふつつかもの》ではございますが、本日はご指導のほど、よろしくお願い申し上げます」

菜緒は思わず米をとぐ手を止めて、顔を上げた。まるで歌舞伎役者の襲名披露の口上みたいだ。ちょっと大げさではないか。口上だけでなく、よくよく見れば、ばあさんの恰好も変である。

せっちゃんが用意してくれた割烹着をかけているのはいいけれど、三角巾を首の後ろでなく、顎の下で結んでいる。なにやってんだ、ばあさん。赤ずきんちゃんじゃあるまいし。三角巾の結び方を知らないのだろうか。それともできるだけ顔を隠したいのかもしれない。昨日の夜も、ぜったい十五歳の自分とは顔を合わせないようにすると宣言していた。すでにせっちゃんや自分の親たちにはしっかり顔を知られているくせに。今さら隠したところで意味がないだろう。菜緒は呆れた。

その日、菜緒が任されたのは大量の米とぎ作業だった。まず一升枡《ます》という、日本酒を飲むような四角い木の枡の巨大版を手渡され、相当に使い込んだ跡のあるアルミ製のバカでかいボウルにその枡いっぱいの米を二杯入れる。

「そこへ蛇口から水を注いで、手の腹を使って丁寧にとぐの。濁ってきたら水を替えて。　水がだいたい透明になるまでね」

勝子さんの指示に従ってとぎ始めてみたものの、二回ほど水を替えたあたりですっかりくたびれた。

くたびれるだけでなく、手が冷たくてたまらない。この米とぎを今日は全部で八升分やれというお達しである。米一升が十合で一キロ半という話だから、つまり一回三キロの米とぎを、四回やれってこと？　ひえー、死んじゃいますよぉ、と菜緒は心の中で悲鳴を上げた。

「あのー、これ、泡立て器でといじゃ、ダメなんっすかね？」

及び腰で勝子さんに伺いを立てたら、間髪入れず、

「ダメ。そんなことしたら、米がつぶれるだろ！」

「はあ……。じゃ、せめて、お湯で洗ってもいいですか？　手が凍えそうなんですけど」

めげずに食い下がってみたところ、

「贅沢は敵だよ！　それくらいで手は凍えない、凍えない！」

「いや、私の手なんで、凍えます」

「いいから言う通りにとぎなさい！　上手くといだら、あとでおいしい揚げ饅頭、やっからさ。ウチの近くで売ってるの。おいしいよ。それまで、ほれ、頑張れ！」

お尻を思い切りはたかれた。

「痛っ」

菜緒がお尻をさすりながら水場に戻り、しぶしぶ米とぎを再開していると、白ずきんばあさんがぬうっと近づいてきた。

「菜緒、米は腰でとぐんだよ。もっと腰から動かして。そうそう。手だけでといでるから疲れるの！　冷たいのもだんだん慣れるよ」

「慣れない。だし、半端ないよ、このお米の量、ほら」

菜緒がアルミのボウルを指さして振り向くと、改めてばあさんの滑稽な姿が目に入った。

「どうでもいいけど、なに、その頭。怪しすぎない?」

赤ずきんちゃんというよりは、魔法使いのおばあさんか、はたまたコソ泥のようだ。

そういえば、昨日の夜、たか坊と向き合ってカード遊びをしていたときは、着替えを包むための風呂敷を頭にかぶって顔を隠していた。

「却《かえ》って疑われるよ、そんな恰好してたら」

赤く腫れ上がった手をさすりさすり、菜緒が鼻で笑うと、

「うるさい。変装だよ、変装」

「変装して、今さら意味ある?」

「だって、いつ和がここに来るかわからないじゃないか? アイツは勘がいいからあたしに気づくと思うんだ。用心に越したことはない」

「自分で言うか、勘がいいなんて」

菜緒とばあさんがヒソヒソ声で話しているところへ、次平さんが通りかかった。

「おばあさん、仕事早いねえ。もうぜんぶやっちゃったの?」

そこへ勝子さんと清子さんも寄ってきた。

「へえ。もう？」

勝子さんが目を丸くすると、

「だってよ。俺が菜っ葉類の水洗いと、煮染めの下準備をお願いしたんだけどよ。頼んだ分、すっかり終わってんだもん。その上、ほうれん草の胡麻和えもちゃちゃっと作ってくれて。その味付けがまた、いい感じなんだ、上品で。驚いたもんだ」

「いえ、あれは残ったほうれん草の端っこで皆さんの昼のお菜用に作っただけで……」

ばあさんが照れて言い返すが、

「すごいねえ、おばあさん。さすがベテラン。って、もしかしてこういう仕事、前にどっかでやってたの？」

案の定、清子さんが突っ込んできた。

「まあ、若い頃に、ちょっと」

「あら、どこで？　やっぱりお弁当屋さんとか？　どこに勤めてらしたんですか？」

お、始まったぞ、と菜緒は視線を鋭く左右に動かして成り行きを窺う。

「いや、弁当屋ってこともないんですけどね」

「ダーメダメダメ、ごまかしても！　この手さばきの良さはシロウトじゃないよ。ねえ、次平さん」

「そうだけど、あんたたちも油売ってねえでよ、仕事に戻れって」

次平さんに止められても、双子姉妹の好奇心は収まらない。

「もしかしておばあさん、どこかのお料理屋さんの女将《おかみ》さんだったとか？」

「そうだそうだ、そんな雰囲気あるねえ」

「わかった！　そんでしかたないから自ら身を引いて、黙って家を出てきたとか。そしたら息子が心配して、こっそり孫を付き添わせて、しばらくあちこち放浪しているとか、そういうことなんじゃないの？」

よくそんなでたらめな話を思いつくものである。菜緒は感心して聞き入った。

「そういえば、おばあさん、こないだは耳がちょっと不自由だったのに、今日は調子が良さそうだねえ」

勝子さんに気づかれた。しまった、忘れていたと、菜緒がばあさんのほうへ目を向けると、

「え？」

ばあさんが急に聞こえないふりをした。もう遅くないか？

「あら、また聞こえなくなっちゃったのかい？」

「変だねえ」

勝子さんと清子さんが疑わしげに首を傾げた。そこへ、

「おらおら、いいから、仕事仕事！」

次平さんが手を振って、二人を追っ払った。勝子さんと清子さんは、まだ何か聞き出したそうな顔をしていたが、未練たらたらの様子でその場を去って行った。

「危なかったね」

二人が離れていったあと、菜緒がばあさんに近づいてそっと囁くと、「ああ」とひと言答え、ばあさんは白ずきんの頭を俯き加減にして、野菜の洗い場へ向かった。そこへちょうどたか坊が、下駄の音も軽やかに、バットに並べた湯気立つ玉子焼きを抱えて駆け寄ってきた。たちまちばあさんがたか坊に背中を向け、またこちらに戻ってきた。部屋に呼んで向き合ってカード遊びまでしていたくせに、今さら避けて何になる。右往左往しているばあさんを菜緒は目で追いながら考えた。

ばあさんはいったい何を企んでいるのだろう。なんとかせっちゃんを引き留めて、洪水に遭わないようにしようとしているのはわかる。そうすれば、せっちゃんは死ななくてすむ。でもそれで留まらず、最終的にせっちゃんとたか坊を結びつけようとしているのではないか。

たしかにせっちゃんとたか坊は仲が良い。さっきもたか坊のところへせっちゃんがやってきて、玉子焼きの切れ端をつまみ食いしながら楽しそうにお喋りをしていた。

洋介の前でのせっちゃんとは違い、女っぽさはないけれど、たか坊と話しているときのせっちゃんは自然だ。いつもの優しいせっちゃんがそこにいる。たか坊も、せっちゃん相手だとよく笑う。なんかちょっと妬《や》ける。でも、ばあさんの言う通り、せっちゃんとたか坊が結婚したらどんなにお似合いの夫婦になるだろうかと菜緒は想像する。

しかし、待てよ。もしばあさんの作戦が成功し、本当にせっちゃんとたか坊が結ばれたとしたら、私はどうなるんだ？

菜緒はここで突然、我に返った。冗談じゃない。私はこの世から抹消されてしまうではないか。ヤバい、ヤバいよ、それはヤバい！

今朝早く、ばあさんの切ない昔話を聞きながら、何かが引っかかるとずっと思っていたが、それが何であるか、今、判明した。

過去を勝手に変えてはいけないのである。もしここで過去を変えてしまったら、その後の歴史がぜんぶ狂ってしまうではないか。ばあさんがたか坊、つまりじいさんと結婚しなかったら、娘の万里は生まれてこないわけで、当然、孫の私も生まれることはない。もしばあさんがたか坊以外の人と結婚し、半分、ママと似た娘を産んだとして、そのママみたいな人が、たまたまパパと結婚したとしても、その間に生まれた娘は、内村菜緒とはだいぶ違う人間になってしまう。それ、困ります、ばあさん。それはナシ。それだけはダメ！

「こら、菜緒ちゃん！　米といでる間は手を休めないの！　汚れの混ざった水を吸って、どんどん不味《まず》くなっちゃうよ！」

背中から勝子さんの声が飛んできた。

「あ、すみません！」

菜緒は慌ててとぎかけの米の中に手を突っ込んで、再びザクザクと、腰と手を動かして洗い始めるが、心は騒いだままである。

どうしよう……。

菜緒はその日、言われた量の米をすべてとぎ終わっても、そのあとサヤエンドウの筋取りをしているときも、夕ご飯の間も、ずっと考え込んでいた。凝った肩と腕を揉みながら、黙々と頭を働かせた。

「菜緒ちゃん、今日はバカに静かだね」

治子ねえさんや勝子さんたちにからかわれたが苦笑いで返すのがせいぜいだ。ましてせっちゃんが近づいてくると、菜緒はたちまち緊張してしまう。せっちゃんが、

「どうしたの、菜緒ちゃん？　具合でも悪い？」などと声をかけてこようものなら、涙が流れそうになる。この動揺を周囲に悟られてはまずい。本気で心配されたら、弱

気になって喋ってしまいそうだ。菜緒は夕食を済ませると、勝子さんからもらった揚げ饅頭を手に早々と二階へ上がり、一人静かに考えてみることにした。

「あんた、お風呂は入らないのかい？」

ばあさんが部屋に戻ってきて聞くので、

「今日はやめとく」

菜緒は窓のへりに腰をかけ、揚げ饅頭をかじりながら暮れなずむ街の景色に目を向けたまま答えた。

「きったねえ」

前夜の仕返しのつもりか。ばあさんが菜緒の声色を真似てそう言った。菜緒にすべてを語り尽くして気分がさっぱり晴れたのだろうか。あるいは作業場でみんなに仕事ぶりを褒められて気をよくしたのかもしれない。朝とは一転、ばあさん、バカに元気である。

誰かが元気をなくすと、誰かが元気になるもんなの。そうやって人間はお互いにバランスをとって生きているのよ。

母親の声が蘇る。

〈ああ、ママに会いたいよぉ〉

菜緒は心の中で叫んだ。普段は小言ばかりいってうるさいと思っていたけれど、今はたまらなく会いたい。どうすればいいのか、意見を聞きたい。ママならなんと言うだろう……。でも、ここでは誰も手を貸してくれる人はいない。一人でばあさんの計画を阻止しなければならないのだ。めげそう……。いやいや、めげている場合ではない。なんとしてもばあさんの計画を止めないと、ウチへ帰れないどころか、この世から私は煙のごとく消えてなくなる運命にある。

菜緒は揚げ饅頭の最後のかけらを口の中で咀嚼しながら部屋のほうへ向き直り、ばあさんをじっと見つめた。

まずは第一弾。ばあさんにきちんと説明する必要がある。バカまごバカまごと私のことをバカにするけれど、こんな歴史の常識を理解していないばあさんは、私よりずっとバカばあさんだ。

「なに、睨んでるんだい？」

風呂へ行く支度をする手を止めて、ばあさんが菜緒を睨み返した。菜緒は手についた饅頭の油を干してあったタオルで拭くと、ばあさんのそばへじりじりと寄っていき、畳の上に正座した。

「あのさあ。ちょっと聞いときたいことがあるんだけど……」

「なんだい」

ばあさんは、風呂敷を畳の上に広げ、そこへ着替えやタオルを重ねて置いた。

「せっちゃんをね。死なせたくないんだよね、ばあさんは？」

「そりゃそうさ」

「ってことは、せっちゃんを新潟へ帰さないようにしようってこと？」

「ま、できればね」

「でも、ばあさんさ。もう歴史的にせっちゃんは昭和三十九年に新潟へ帰っちゃったわけ。その過去の事実を今さら変更することはできないんだよ。わかる？」

「そうかね？　大丈夫だろ、ちょっとぐらい」

「ちょっとぐらいって。あのね、ばあさんさ。その『ちょっとぐらい』ってのが、後々、大幅な誤差を生んじゃうんだからね」

菜緒がこんこんと説明している横で、ばあさんは手持ち無沙汰になったのか、傍らに置いてあった箱を手に取って、中から黒いカードを取り出して切り始めた。

「それ、何のカードなの？」

菜緒が聞く。

「花札だよ」

「ああ、花札かあ」と納得したついでに、

「そういえば、ばあさん、昨日の夜、この花札やりながらたか坊と何の話してたの？」

菜緒が改めて問うと、

「ああ……」

ばあさんは花札を畳の上に一枚ずつ並べながら、

「花札占い」

「占い？　ばあさん、占いなんかできたっけ？」

「あんなのはどうとでも言えるんだよ。どのカードが出たって、それなりに理屈つけりゃ占いっぽくなるんだから」

「ずいぶんいい加減だね。でもなんでまた、たか坊を占うことになったの？」

「晩ご飯のときにたか坊が隣に来たから、ひょいと見て、あなたの顔に恋わずらいの相が出ていますよって言ったら、乗ってきて。それで、ご飯のあと部屋に呼んで、花札を適当に並べてさ。あなたとせっちゃんは結ばれる運命にある。そういうカードが出ている。こんなに相性のいい関係はそうそうないですよ。悩んでいるようだけど、お互いに好き合っているんだから、遠慮してないで男から先に告白をするべきだ。そうすれば末長く二人は幸せになれますよと。そう言ってやったんだ」

「そしたら？」

「そしたら、たか坊、ムキになりやがって、『それは違います』って、急に大きな声で否定した。なにが癇《かん》に障ったのか知らないけど。きっと照れたんだよ、図星を突かれたと思ってさ」

「たか坊、たしかに大きな声出してたね。そこだけ聞こえた」

菜緒は答えながら、ふと、セルヴァンでの洋介の言葉を思い出す。

――路地で変なばあさんに捕まっちゃってさあ。あなたの顔に不吉な相が出ていますって……。

どうも手口が似ている気がする。まさか……。菜緒はピンと閃いた。

「もしかしてその占い詐欺、昨日、神楽坂の路上で洋介にもやった？」

菜緒は慎重に問い質す。すると、

「占い詐欺とはなんだ！」

たちまちばあさんの顔がこわばった。

「いや、じゃ、親切な占いばあさんもどきって言うんですか？　洋介に、髪の長い女性と付き合うなって言ったの、もしかしてばあさん？」

「どうだろうねえ」とはぐらかしながらもばあさんは、「アイツ、相変わらずC調で、スカしやがって。久しぶりに会ったけどやっぱりいけ好かないヤツだね。あんないい加減な生き方がいつまでも通用するから不思議だよ。どうしてあんな男がテレビなんかに出るようになったかねえ」

「なに？」

菜緒の頭にビックリマークがダブルで点火した。まず、あの日、セルヴァンの外で洋介が会った占い師は、ばあさんだったのか。あのときは、まさかばあさんだなんて想像もしなかった。

そしてもう一つの驚きは、洋介のその後の話である。

「テレビに出てるって？　洋介が？　洋介って、タレントになったの？」

菜緒が問い直すと、

「よく昼のワイドショーなんかに出てるだろ、立花洋介って。最初は経済アナリストとかいう肩書きで紹介されてたけど、今じゃただの通俗コメンテーターみたいなもんだよ。芸能人の結婚離婚なんかに偉そうに意見しちゃってさ。なにが哲学者になりたいだ。ニーチェかぶれのなれの果てがあれだからね」

ばあさんの話を聞きながら、菜緒の頭に少しずつ記憶が蘇る。そういえばテレビで見たことがある。白髪交じりの髪の毛を妙に長く伸ばし、ときどき白ぶち眼鏡なんかかけて出てくる派手なじいさんコメンテーターだ。あれは洋介だったのか。驚いた。笑える。あの変な笑い方をする軽薄コメンテーターの若い頃が、セルヴァンで会った洋介だったとは。そりゃ、ばあさんの勘はたしかに鋭かったと言える。せっちゃん、あんなヤツと結婚しなくて本当によかった。

そこまで思考が巡ったとき、菜緒はかすかな焦りを感じた。それにしてもばあさんの企みは思った以上に周到である。ばあさんは、着々と目的に向けて動き始めていたのだ。これ以上、計画を先に進めさせないためにも、ここでしっかり釘《くぎ》を刺しておくことが必要だ。

「で、話を戻すとね」

菜緒が居ずまいを正して改めてばあさんに話しかけた。

「なんだよ。あたしゃ、お風呂行きたいんだから」

ばあさんが迷惑そうに顔を歪めた。

「あと三分で終わるから。あのさ、ばあさんがせっちゃんを死なせたくない気持はよくわかります。私だって死なせたくないよ」

「そうだろ？」

「でもね」

「でも、なんだい」

「仮に、仮にですよ。せっちゃんが新潟に帰らないことになって、洪水に遭わなくて、命が助かったとするじゃない？　そしたらせっちゃんは富樫さんって人とお見合いもしないだろうし、誠君っていう赤ちゃんも生まれないことになっちゃうんだよ」

「それは産めばいいだろう」

「産めばって？」

「命さえ助かれば、誰と結婚しようが、せっちゃんの自由さ。洪水のあと、新潟に帰って富樫さんと見合いすりゃ、赤ちゃんは生まれるだろ？　そうすればずっと富樫節子として生きていけるさ」

「でも……」

菜緒はばあさんの、あっけらかんぶりに気《け》圧《お》される。ここで負けてなるものか。

「でも、もしせっちゃんが新潟に帰らなかったら、たか坊と結婚する可能性もあるわけだよね？」

「まあ、それも本人の自由だろ」

「じゃ、たか坊とせっちゃんが結婚したら、私はどうなるの？　私は生まれないことになっちゃうじゃない」

菜緒が前のめりになる。

「そうなったら……」

ばあさんが考え込んだ。ようやく話の趣旨を理解してくれたか。

「そうなったら、お前はせっちゃんの孫になりゃいいんじゃないのかい？　じいさんは変わらないし。お前だってあたしの孫でいるより、せっちゃんの孫になったほうが嬉しいだろ？　おばあさんが優しいと、孫はよく育つっていうからねえ」

「そういうことじゃないでしょうが！」

とうとう菜緒が爆発した。膝立ちになり、拳に力を込める。

「そうなったら完璧に歴史は変わっちゃうんです！　これはタイムスリップの鉄則なんだからね！」

「鉄則？　誰が決めたんだい？」

「誰がって、常識でしょう、そんなこと！」

菜緒がとうとう立ち上がって、ばあさんを見下ろした。そのとき、勢いよくふすまが開いた。菜緒とばあさんはすばやくふすまのほうへ顔を向け、目を見張った。そこには治子ねえさんとみど里さんが目と口をへの字にして立っている。

反射的にばあさんが立ち上がり、頭を下げた。

「すみません。このバカまごが騒いでご迷惑を……」

隣で菜緒も頭を下げる。恐縮する菜緒とばあさんを無視して、二人は静々と部屋へ入ってきた。

「そうじゃないんだよ」

治子ねえさんが後ろを振り向き振り向き、ばあさんの近くへ寄ってきた。みど里さんもそのあとに続く。

治子ねえさんがばあさんの耳元で何やら囁いた。たちまちばあさんが「え?」と驚いた反応をした。

「え、なに?」

菜緒がばあさんに近づく。治子ねえさんがばあさんにもう一度、耳打ちした。

「でも、そんな……」

ばあさんが顔を歪めた。

「どうしたの? なにかあったの?」

菜緒が焦って聞き出そうとしたら、治子ねえさんとみど里さんとばあさんが、三人揃って、

「シー!」

人差し指を立てて、自分の唇に当てた。

「だって……」

菜緒はふくれ面をする。するとみど里さんが菜緒のそばへ寄ってきて、小声で言ったのだ。

「下にポリ公が来てるんだよ」

「ポリ公って、警察のこと⁉」

思わず菜緒が大声を上げた。

「シーッ！」

菜緒の前にいる三人が、再び唇に人差し指を当てた。

そのとき、階段を駆け上がってくる足音がした。次は誰だ⁉　菜緒とばあさん、治子ねえさんとみど里さんが互いに顔を見合わせる。そこへ、

「治子さん、みど里さん。もう大丈夫。お巡りさんは帰ったよ」

開いていたふすまの外に顔を現したのは、和ではないか。

「ああ、よかったあ。でもなんでこんな時間に来たんだろ、ポリ公は」

「んだな。久しく音沙汰なかったのにな」

治子ねえさんとみど里さんが胸をなでおろしているところへ、和も加わって、

「なんか、菜緒ちゃんとおばあさんのこと、聞き込みにきたみたい」

「私たちのこと？」

菜緒が反射的に声を上げ、隣を見ると、ばあさんの顔が固まっていた。目が死んで

いる。和がばあさんをバンビのような大きな目で見つめながら、続きを語り出した。

「母が対応してたのを、私、廊下の陰でこっそり聞いてたんだけど、誰かから通報があったらしいわ。未成年の子供を連れた怪しい老婆がお宅に滞在しているという噂を聞いたんですが、事実でしょうかって」

「怪しい老婆って……」と、ばあさんのかすかな声が菜緒の耳元に聞こえたあと、

「それで？　若奥様はなんて？」

治子ねえさんが話を促す。

「お母さん、案外上手にかわしてたわ。『たしかに一度、訪ねてこられました。道に迷ってお困りのようで、夜遅かったからとりあえず一泊していただきましたけど、そのあと出て行って、今日はお戻りになっていません。どこへいらしたのかもわかりませんねえ。でも悪い人ではなかったように見えましたけど』って。けっこう母、自然な感じで話してたから、お巡りさんも信じたみたいで、『そうですか、じゃあ、今度、二人が戻ってきたら署にお知らせ願えますかね。今の段階で捜索願は出ていないようですが、一応、万全を期すということで』って。そう言って、敬礼して帰っていった」

和が改めてばあさんを見つめた。ばあさんはいつのまにか床に置いてあった風呂敷を拾い、頭にかぶって顔を隠している。風呂敷の隙間から、半開きにした目で遠慮が

ちに和のことを見つめ返した。

「おばあさん、心配しないで。大丈夫ですよ。私たちが守ってあげるから」

和の手がばあさんの肩にそっと置かれた。ばあさんがビクッと身体を震わせる。

「そうだよ。大丈夫さ。あだしんとぎも、和お嬢様やこのウチの方がみんなで守ってぐれてさ、大丈夫だったんだがら」

みど里さんが静かに言った。

「みど里さんのときもって、みど里さんも……？」

菜緒が恐る恐る訊ねると、

「人にはいろいろ事情があるんだよ」

治子ねえさんが封じ、さらに言葉を続けた。

「でもね。ポリ公、また来るよ。いつまでも嘘は通用しないからさ。とりあえず一度この家を出たほうがいいかもね。明日ぐらいには」

「明日⁉」

突然、ばあさんが素っ頓狂な声を発した。

「明日は無理です！」

ばあさんがきっぱりと言い放つ。和も治子ねえさんもみど里さんも、ばあさんの反応に少なからず驚いた様子である。菜緒は焦った。

「わかりました。今夜、二人で相談して、明日のことを決めます。すみません、皆さんにご心配をおかけして。ご迷惑はかけないようにしますので」

「ご迷惑ってことはないけどさ。ポリ公に見つからないうちに、なんかしないとね」

「そうですね、治子ねえさん」

菜緒は同意して、改めて、ありがとうございましたと頭を下げた。

「じゃね、おやすみなさい」

「心配しなくて大丈夫だから」

「よく寝んだよ」

和を先頭に、治子ねえさんとみど里さんが一言ずつ言い置いて、部屋を出て行った。

風呂敷頭のばあさんが米つきバッタのように何度も頭を下げている。

そのあと、ばあさんは頭に風呂敷をかぶったまま、風呂へ行った。部屋に一人残された菜緒はしばらく考えごとをしていたが、にわかに思い立つ。そして急いで階段を下り、せっちゃんを探した。せっちゃんは母屋の台所で片付けをしていた。

「あら、菜緒ちゃん。どうしたの？」

せっちゃんが振り向いて、ニッコリ笑った。

「少し元気になった？」

菜緒に優しく声をかける。菜緒は無言で頷くと、せっちゃんに近づいた。

「ちょっと手紙を書きたいんですが、便箋と封筒を貸してもらえないでしょうか」

「手紙？　お家に出すの？　それはいいことだわ。ちょっと待ってね」

　せっちゃんは台所の小抽斗へ駆け寄って、中から波の地模様が入った便箋の束と、お揃いの封筒を一枚、さらにエプロンのポケットから銀色のボールペンを出して、得意げにかざした。

「これ、ボールペンっていうのよ。まだ日本にはあんまり売ってないんだって。若奥様がお友達に外国のお土産でいただいたものなんだけど、二本あるからあなたに一本あげるって、くださったの。私の大事な宝物なの。失《な》くさないでね」

「わかりました。必ず返します」

「すっごく書きやすいのよぉ。菜緒ちゃん、きっと驚くわ」

「ああ、そうですか」

　菜緒は思わず泣きそうになる。なんて無邪気な人だろう。ボールペン一本でこんなに嬉しそうになれるんだ。こんないい人がなぜ死ななければならないのだろうか。でも、過去を変えることはできない。できない、できない、変えてはいけない。でも、変えないと、この人は死んじゃう。だからなんとかしなければいけない。

　菜緒がせっちゃんのことを見つめて考えていると、

「どうしたの？　そんな思い詰めたような顔して。菜緒ちゃん、可笑しい！」

せっちゃんがケラケラ笑って菜緒の髪の毛を手でクシャクシャッとかき混ぜた。

「あ、あと、手紙を出すときは教えてね。切手がいるでしょ。明日、買い物行くついでに投函《とうかん》してきてあげる」

せっちゃんの優しさに、菜緒は声がつまりそうになり、こくんと頷くのが精一杯だ。

「……じゃ」

菜緒は左手に便箋と封筒を持って、銀色のボールペンを右手で掲げ、涙が出てくる前に急いで台所をあとにした。

「何してるんだい、そんなとこで？」

風呂から出てきたばあさんが、浴衣姿で菜緒のそばへ近づくと、上から覗き込んだ。たちまち菜緒は便箋に両腕をのせ、隠す仕草をした。

部屋の隅に置かれた小机に向かうのは、この家に来て初めてのことだ。高さ四十センチほどの使い古した木製の文机である。昔はこういう小さな机の前に正座して、手紙を書いたり本を読んだりしていたのだろうか。テレビの時代劇などに出てくる武士の姿を思い浮かべ、菜緒は背筋を伸ばす。その拍子に足がびりびりしびれてつりそうになったので、足を崩そうとしたところに、またばあさんが首を突っ込んできた。

「やめて。見ないでよね！」

菜緒が背中を丸めて手元を隠すと、

「なんだ、手紙を書いてるのか。この家の人たちへのお礼状ですか？　でもあたしはまだ、出て行かないよ」

そう言いながらばあさんは、覗くのをあきらめてその場を離れると、押し入れを開け、布団を取り出した。

「ダメだよ。さっき、和ちゃん、っていうか若きばあさんの話、聞いてたでしょ？」

「聞いてたけど。あたしには、まだやらなきゃいけないことがあるんだよ」

「そんなこと言ったって……。明日またポリ公が来たら、どうする？　下手すると逮捕されちゃうよ。そしたら計画もなにもなくなるんだよ」

「ほれ」

ばあさんは返事をするかわりに顎で菜緒に合図する。シーツを広げて仁王立ち状態。反対側からシーツを引っ張って敷きなさいという無言の命令だ。菜緒はしかたなく立ち上がり、シーツの端を持ち上げた。

「そうなったらまずいでしょ？　だからとりあえず……」

言いかけて、菜緒は逡巡する。ばあさんは、一度やりかけたことはよほどのことがないかぎり途中で止《や》めない性格である。無理強いをすると却って意固地になりかねない。菜緒は急いで頭を巡らせた。

東京タワーに直行すると言ったら、ぜったいにこの家を出ないだろう。ばあさんが納得する方法を探して、何とかこの家から出さなければならない。

「とりあえず……、避難しよう！　朝のうちに出かけて、途中で公衆電話から電話を入れてときどき様子を窺ってさ。ポリ公来ましたかって。それで大丈夫そうだったら、戻ってくればいいじゃん」

思いつくまま言葉にして、菜緒はさらに閃いた。

「そうだ、セルヴァンに行かない？　江波杏子に似ているマダム、ばあさん知ってるんでしょ？　会いたくない？　私はマダムにもう一度、スイートポテトの作り方を習ってから帰りたいんだ」

「ほら、シワが出ないようにもっとピシッと引っ張って！」

反論しないところを見ると、同意したとみていいだろう。よし、明日はとりあえず、警察から身を隠し、ついでにばあさんの、せっちゃんやたか坊との接触時間を少なくして、これ以上、計画を進めさせないようにしよう。なんだか逃亡者のような気分になってきた。サスペンスドラマのようだ。菜緒は別の意味でちょっとワクワクする。

ばあさんと自分の分の布団敷きをすませると、菜緒は再び小机に向かった。

せっちゃんから借りたボールペンを小鼻や顎に押しつけて考える。洋介のことはさておいて、たか坊に愛の告白をしろと説得する作戦が不発に終わったとするならば、ばあさん、次はどんな手を使ってせっちゃんをこの家に留めようとするだろう。でも、今の時点では、せっちゃん自身に新潟へ帰ろうというほどの悲壮感は漂っていない。まだそこまで思い詰める段階には入っていない気がする。帰るなと言ってみたところで、せっちゃんはピンと来ないだろう。となると、残るは和に直談判か？　あれだけ十五歳の自分と対面するのを嫌がっていたばあさんが、そんなことをするだろうか。また風呂敷をかぶって花札占いに誘い出し、和に、「せっちゃんと仲直りをしなさい。さもなくば、ばあさんに……。いや、背に腹は代えられない。腹に背を代えられないんだっけ？　どっちでもいいけど、そんな感じだ。ばあさん、やるときゃやるからな。

「じゃ、あたしは先に寝ますよ。電気、消していいかい？」

「いいよ。スタンドの明かりで大丈夫」

菜緒が答えた直後、ばあさんの顔がすぐそばに来ていた。

「ああ、びっくりした！」

菜緒はまたもや慌てて便箋を両腕でおおう。

「ふん。隠すほどの名文かい？　あんたもあんまり夜更かしすると、明日がつらいよ」

そう言うと、ばあさんは布団に潜り込み、背中を向けた。

「はあい。おやすみなさーい」

まあ、あとのことは、あとで考えよう。その前にこれを片づけないと。菜緒はボールペンを握り直す。それから黄色い電球の明かりの下、夜遅くまで手紙を書き続けた。

翌朝、菜緒は早くに目が覚めた。ばあさんより先に布団を出ると、パジャマ姿のまま部屋を出て、階下でお手洗いと歯磨きをすませたのち、階段を上がって自分の部屋の前を通り過ぎ、隣室のふすまの外から声をかける。隣の二人はいつも早起きであることを菜緒は知っていた。

「それがいい。そうしなさい」

菜緒が、今日はばあさんと二人で外へ出かけてこようかと思う、お弁当作りの手伝いができないけれどすみませんと断りを入れると、治子ねえさんが賛成してくれた。

「公衆電話から電話するときは、この番号にかけなさい。こっちならせっちゃんか若奥様しか出ないから。せっちゃんには私から話しておくよ」

治子ねえさんがメモ用紙に新しい電話番号を書き留めている横で、みど里さんがつけ加えた。

「疑うのもいけねげど……」

「ん？　なにを？」

　菜緒が問い返す。

「通報したのは勝子さんと清子さんなんじゃないかなあと思うんだべ。あだしんときもそうだったもの」

「通報って、警察に？」

「悪気はねえのよ、あん人だつ。ただ、心配なんだべ。おめさのごと。大丈夫かなあって、心配してんだべ。だがら、恨むなよ。な、根はいい人だつなんだがら。な！」

　いつも口数の少ないみど里さんが、民話を語るおばあさんのように念を押しながら訥々《とつとつ》と語るので、菜緒は大きく頷いた。

「わかってますよ、みど里さん。恨んだりしませんから大丈夫！」

　笑って返し、そっと部屋を出た。

　それから菜緒は自室に戻り、ばあさんを起こそうと思ったら、すでに布団は片づけられ、ばあさんが鏡台の前で化粧をしていた。バッグに口紅とコンパクトを入れていたとは知らなかった。この家に来て以来、ずっとスッピンだったばあさんの、久しぶりに見るよそいきの顔である。考えてみれば、ばあさんがこの家に来て外出をするのは今日が初めてなのだ。あ、違う。風呂敷をかぶって占い詐欺には出かけていた。でもそのとき化粧をしていたかどうか、菜緒は知らない。

　それはさておき、ばあさんは浴衣も着替えて、とはいえ、この家に来たときの黒いパンツスタイルではなく、せっちゃんが用意してくれたピンクの花柄ワンピース姿である。上から自分の藤色のカーディガンを羽織っているものの、借り着で出かけるつもりだ。このまま東京タワーには行きませんからね、ここに戻ってきますからという、ばあさんのささやかな抵抗の意思表示と思われる。

「え、もう支度できてんの？」

菜緒が慌てると、

「早いほうがいいんだろ？」

「そりゃ、そうですけど」

とりあえず外出しようと言ったのは菜緒だが、こんなに早く出かけるつもりはなかった。セルヴァンもまだ開店していないだろう。もしかして、ばあさんも落ち着かないのか。意地を張るわりに、警察を意識しているのかもしれない。

「雨戸は？　開けていく？」

「開ける音でお隣さんを起こしちゃいけないからそのままでいいよ。ほら、急ぎなさい」

お隣さんはもう起きてるよと言いかけたが、菜緒は黙ってパジャマを脱ぎ捨てた。自分のデニムパンツとロンTに着替え、上からモッズコートを羽織ると、ポシェットの中身を確認する。

　菜緒自身、この家に戻ってきたい気持は大いにある。しかし、この先、何が起きるかわからない。ポリ公がこの家に居座ってしまったら、戻ってこられなくなる。最悪、このまま東京タワーに直行できる準備もしておこう。忘れ物はないかしら。

　そう思って部屋を見渡したとき、小机に置いた手紙が目に入る。そうだ、これをせっちゃんに渡さなければいけなかったんだ。でも、まだ完全に書き終えていない。最後に多少の補足説明が必要だ。

「ううう。よし、持っていこう！　セルヴァンで完成させよう！」

　何があったとしても、とにかく一度はこの家に戻る。そしてせっちゃんの目につくところに置いていく。菜緒は心に決め、手紙とボールペンをポシェットに入れて立ち上がる。

　菜緒はこの家に来てから、自分が少し強くなったような気がした。今までは、父親と母親とばあさんに守られて、できるだけ穏便に生きていくことを人生のモットーとしていたきらいがある。でも、今は違う。菜緒が主体的に考えて、決断して行動を起こさないと、とんでもないことになりそうだ。人間、切羽詰まるとなんでもできるようになるんだなと菜緒は自覚する。

　菜緒はふすまを開けて、ばあさんより先に部屋を出る。階段を下り、母屋の廊下を抜き足差し足、歩を進め、台所へ踏み込む。母屋の住人を起こしては申し訳ない。

　せっちゃんはすでに起きているはずだ。今頃、家のまわりの掃除をしているのではないか。朝早くにせっちゃんの、自転車に乗ってくる牛乳配達の人やご近所さんと、「おはようございます！」と挨拶を交わしている声が、牛乳瓶のぶつかり合う音や、スズメやウグイスの鳴き声に交ざって、二階で寝ている菜緒の部屋まで雨戸越しによく届いていた。

　せっちゃんは家の誰よりも早くから働き始める。せっちゃんに黙ってセルヴァンへ行くのは申し訳ない気もしたが、ここは緊急事態である。他にゆっくりできそうな場所が思い浮かばない。あとで報告すればせっちゃんも許してくれるだろう。台所の時計が鳴り出した。ボーン、ボーン、ボーン。七回鳴り終えたところで、菜緒とばあさんは勝手口から家を出た。

　ミャオーと猫が一声鳴いて、二人を見送った。

　表通りに出て、まだ冷たさの残る朝の風を受けながら渋谷駅に向かってしばらく歩くと、渋谷駅手前の大きな交差点の角に立つ建物を見上げ、菜緒は一瞬、身を引いた。

「なに、ここ渋谷警察署だったんだ」

　入り口に、いかつい制服を着て、長い棒を持った警察官が立っている。

「ん？　そうだよ、ここは昔から警察署だよ。知らなかったのかい？」

　ばあさん、ぜんぜん驚かない。驚かないどころか、門番の警察官をじっと睨みつけたりしている。

「やめなさいって、ばあさん。目を合わせないほうがいいよ」

菜緒は慌ててばあさんの手を引っ張り、足早に先へ進む。

朝早いせいか、まだ工事現場に作業員の姿はない。車と都電が行き交う音以外は静まり返った渋谷の交差点を過ぎ、都電のターミナルを抜けてハチ公前の広場まで辿着く。そのまま国電の切符売り場へ向かう。せっちゃんに連れられて初めてセルヴァンへ行った日と同じ道順だ。

駅が近づくにつれて人の往来も増えてきた。ふと、菜緒は通勤客が大勢行き交う改札口の横に、白いマス目で仕切られた黒板を見つけた。

「これが、西原の言っていた伝言板か……」

「あんた、小銭ある？」

ばあさんが路線図を見上げながら財布を開けている。

「小銭？　あるよ。西原からもらったから。飯田橋まで大人二枚買ってくれる？」

菜緒は自分の財布をばあさんに手渡しながら、伝言板に目を通す。右から順に読み始め、真ん中あたりで視線が止まった。なんじゃこりゃ！

——内村菜緒へ。言い忘れた！　タイムスリップしょう味期限は五日。元にもどれなくなるぞ、気をつけろ！　これ業界のウワサ。西原。

〈五日？　五日って……、ヤバ！　今日が五日目じゃん！〉

菜緒はすばやく切符売り場へ駆け寄り、今まさに窓口に向かって「飯田橋まで大人二枚」と言いかけているばあさんを強引に身体ごと横へ押しのけて、

「いいです。キャンセルです！」

窓口の向こうの駅員にそう言うが早いか、ばあさんの手を引いて走り出す。

「なんだよ、急に。そんなに引っ張らないでちょうだい。転ぶじゃないか！」

ばあさんの文句も菜緒の耳には届かない。よたよたと小走りでついてくるばあさんの手を引っ張って、菜緒は走り続ける。都電のターミナルを縦横に抜け、道路工事の柵の横を突っ切って、高速道路の下をくぐり、信号が青に変わるのをじりじりと待ち、青になった途端に走り出して横断歩道を渡り、再び渋谷警察署の前に来た。

さっきばあさんが睨みつけた門番の警察官が気づいたか、長い棒を身体の前に立てて顔を突き出した。こちらを観察している。菜緒は警察官と視線が合わないようにして一心に走り続ける。横でばあさんが声を震わせながら相変わらず文句を言っている。文句がしだいに途切れ途切れとなり、間に咳が交ざり始めた。

「もう無理だ。もう走れない。いい加減にしてちょうだい！」

とうとうばあさんが菜緒の手を振り切って立ち止まり、その場に座り込んだ。座った体勢で顔を上げ、菜緒に向かって怒鳴り散らした。

「あんた、あたしを殺す気か！」

「違うよ。そうじゃないけど、急がないと、間に合わなくなっちゃうんだよ！」

菜緒も腰を屈め、膝に手をついて息を整えながら叫ぶ。

「説明しなさい！　なにが起こったんだい！」

ばあさんの声が裏返っている。

「説明してる暇はないんだよ。お願いだから立って。急いでください！」

「急いでどこへ行くんだい」

「ウチに決まってるじゃない、この方角なんだから」

菜緒が思わず金切り声をあげたとき、

「どうしましたかあ？」

警察官が二人、近づいてきた。ヤバい！

「いや、何でもないんです。ちょっとウチに忘れ物しちゃって。急いで取りに帰らないと……」

菜緒が咄嗟《とっさ》に弁明すると、

「じゃあ、おばあさんはここで休んでいかれたらいかがですか。無理に走らせたら気の毒だ。なんならあなたがお戻りになるまで、署でお預かりしましょうか。だいぶお歳なんだし、かなりお疲れのご様子ですよぉ」

ばあさんが、ハアハア息を切らしながら警官を横目で見上げた。

「お歳とはなんだ、お歳とは。警察で休むつもりなんかありませんよ。冗談じゃない。それほど老いぼれちゃいないんだから」

急に立ち上がると、

「年寄りを舐《な》めるんじゃないよ、まったく」

警察官に啖呵《たんか》を切った。それから、

「ほれ、菜緒、行くぞ」

さっさと走り出すではないか。

「え？　走れるんじゃん。あ、どうもすいません。大丈夫そうですので。じゃ」

菜緒は警察官に愛想笑いをしながら頭を下げ、再び走り出した。

危ないところだった。菜緒はばあさんのあとを追って走る。もう走れないと言っていたはずのばあさんは、菜緒の前をけっこうなスピードを出して走っている。

「ちょっと待ってよ」

「まあ、どうしたの？　大丈夫、おばあさん？」

山口家の勝手口に辿り着いたとき、ばあさんと菜緒は、せっちゃんの質問にすぐには答えられないほど息が切れていた。続いて若奥様が現れると、

「あらあら、ほら、お水を飲んで。お上がりなさい」

水を張ったコップ二つをお盆に載せて差し出した。二人が一気に水を飲み干すあいだ、若奥様が小声で言った。

「話は治子さんから聞いています。とにかく落ち着いて。なにかあったの？　なんで戻ってきたの？」

ようやく息ができるようになった菜緒がコップをお盆に戻しながら、

「ちょっと、忘れ物しちゃって。用事を済ませたら、また出かけますので。すみません」

「また出かける？　冗談じゃあないよ。あたしは出かけませんよ。もう疲れちゃった」

ばあさんが口を挟んだ。

「ばあさん！　とにかく上がって！」

菜緒がばあさんを思いの外、きつく叱りつけたので、ばあさんはしぶしぶ靴を脱いで板の間に上がった。

「まあまあ。ひとまずここにお座りなさいな。お紅茶でも淹《い》れましょう、ね！」

若奥様がせっちゃんに指示をして、台所のテーブルに紅茶の用意をさせた。菜緒はそれを横目で見ながら足早に台所を出ると、廊下を抜けて別棟へ向かい、階段を上がる。

呑気に紅茶を飲んでいる暇はない。菜緒の目的は一つだった。それだけ済ませたら、速やかにこの家を出て東京タワーへ直行しなければならない。名残惜しいけれど、今度こそこの家とはおさらばだ。

二階の部屋に入るや、菜緒はポシェットから昨夜書いた手紙と、せっちゃんから借りていた銀色のボールペンを出し、小机に向かう。

封筒の裏を上に向け、菜緒は気持を整理する。どういうふうに追伸を書けばいいだろう。しばらくボールペンの先をカチンカチンと出したり引っ込めたりした末に、いよいよ書き始める。

――この手紙は、私とばあさんがいなくなったあとで読んでください。信じられないことだらけかもしれないけど、信じてください。お願いします。私もせっちゃんのことを信じています。ぜったいまた会えますように！　お祈りしながら待っています。

最後に「内村菜緒」と署名をし、今度は表に返し、大きな字で「せっちゃん様へ」と書いた。封書の上に手を置いて深呼吸したあと、ポシェットを肩にかけて立ち上がる。

さて、これをどこに置いていこう。菜緒はせっちゃん宛の手紙を両手で持ちながら、部屋をぐるぐる見渡す。

そうだ！

菜緒は思いつく。せっちゃんに借りていた真っ赤なスカートと白いブラウスを入れた風呂敷包みの中に隠しておこう。この部屋にはせっちゃん以外の人は掃除に来ないはずだし、きっとせっちゃんは、私たちが帰ってこないとわかったら、ここの部屋を片づけにくるだろう。そのとき、風呂敷を開けて、この手紙に気づいてくれるにちがいない。よし！

菜緒が白いブラウスの上に手紙を置いて風呂敷を結び直していると、階段を駆け上がってくる音がした。振り向くと、

「菜緒ちゃん、急ぎなさい。ポリ公が来たよ！」

治子ねえさんが怖い顔で立っている。

「え？」

ずいぶん早い。菜緒は動揺する。さっき路上で会ったお巡りさんが不審に思って追いかけてきたのかもしれない。

「ばあさんは？」

「先にみど里さんが連れて行った。作業場の出口から出て、裏の木戸をくぐれば外の路地に出られる。菜緒ちゃんの靴は移しておいたから、そのまま作業場へ直行しな」

「ありがとうございます！」

菜緒はもう一度、部屋を見渡す。忘れ物はないか。手紙は風呂敷の中に収めた。自分の荷物は持った。あ、ばあさんの着替えはどうするんだ。着替えている時間はない。とりあえず、ばあさんの服は持っていこう。菜緒はばあさんの黒いワイドパンツとト

ップスを丸めてポシェットへ押し込もうと試みたが、所詮、無理である。入るわけがない。どうしよう……。

「ほら、急ぎなさい！　若奥様が玄関でポリ公を引き留めてるから、その間に、早く！」

治子ねえさんに急《せ》かされて、菜緒はばあさんの服をいい加減に畳み直し、干しておいたお風呂用のタオルでしばり上げ、片手にぶら下げて部屋を出た。

階段を猛スピードで下り、最後は四段飛ばしして飛び降りた。その勢いのまま作業場へ向かい、行儀良く揃えられた自分の靴を突っかける。

たか坊がガス台の前に立ち、玉子を焼いている。次平さんは奥の水場で飛び散る魚の鱗《うろこ》と格闘中だ。その隣で勝子さんが菜っ葉を洗い、清子さんは経木の弁当箱を丁寧に並べている。

「あら、どうしたの、菜緒ちゃん？」

勝子さんが菜緒に気づいて声をかけた。

「今日はおばあさんとお出かけかい？」

清子さんの声が続く。菜緒は「すいません」と頭を下げながら、作業場を小走りで通り抜ける。

「すいません……」

本当は「すいません」ではない。「お世話になりました」「ありがとうございました」「楽しかったです」「おいしかったです」「さようなら」。みんなに伝えたい言葉は山ほどある。ちゃんとお別れしてから出て行きたい。もう二度と会えないのだから。でも言えない。

菜緒の声に気づいてゆっくり振り向いたたか坊と目が合った。菜緒はたまらなくなって、走りながら腰のあたりで手を振って、こっそり呟いた。

「バイバイ、……じいさん」

作業場の奥の出口を出たところで、ばあさんとみど里さんが待っていた。

「警察に見つかったからって殺されるわけじゃあるまいし」

ばあさんがみど里さんに食ってかかっている。

「あたしはまだ、この家でやらなきゃいけないことがあるんですよ。お願いですから戻らせてください」

抵抗するばあさんを、小さなみど里さんが案外の逞しい腕力で押しとどめている。

「ダメだあ。ポリ公甘く見ちゃいげね。時間がないんだべ？　いいがら、はやぐ行げ！　ほらほら、菜緒ちゃんも来だ来だ。ささ、はやぐはやぐ！」

みど里さんが菜緒とばあさんの背中を押したり叩いたりして、庭木の後ろにあるブロック塀沿いの小さな勝手口のほうへ促した。

「ここから出て、右へ行って、坂をずんと下がったら大通りに出っがら。だども警察署の前は通っちゃダメだ。また見つかるべ。だば、気をづげでな」

みど里さんが説明する間も、ばあさんは抵抗を試みようとする。

「やっぱりあたしは戻るよ。菜緒、先に一人で帰りなさい。あたしはもう少ししたら自分で帰るから」

「なに言ってるの。帰り方知らないくせに。ダメダメ。今日、帰らないとダメなんだってば。今日が限度なの！」

菜緒が必死の形相で、手を上下させながら説得するが、ばあさんは木戸の両端を左右の手でつかみ、足を広げ、頑として動こうとしない。

「ダメだってば！　ほら、手を離しなさい！」

菜緒がばあさんの指先をつかんで木戸

からはがそうともがいていると、みど里さんがささっと近寄ってきて、踏ん張っているばあさんの足を思い切り蹴った。

「痛ッ。なにするんですか。いったぁぁ」

ばあさんが屈んで足をさすった。その隙に、菜緒とみど里さんが手と足を使ってばあさんを外へ押し出す。そしてみど里さんがばあさんに声をかけた。

「悪かっだな。だども、今日が限度だべ。五日が限度なんだがら。帰らねえと二度と家族に会えなぐなる！」

ん？　菜緒がみど里さんを振り返る。

「さあさ、行げって」

最後にみど里さんに思い切り身体を押され、菜緒とばあさんは完全に外の路地へ放り出された。外へ出てから菜緒はもう一度振り向いて、木戸の中に立つみど里さんの前へ歩み寄ると、小声で訊ねてみた。

「みど里さん……、まさか？」

するとみど里さんは、カッカッカと豪快に笑ったあと、

「期限をうんと過ぎちゃってね。帰れなぐなったんだぁ」

そしてまた笑いながら手を振って、「んだば、達者でな」と力強く言い放ち、勝手口の扉をぴしゃりと閉めた。

菜緒とばあさんは裏路地の坂を下り、まもなく明治通りへ出た。右に行けば渋谷駅だが、そちらへ向かうと、また渋谷警察署の前を通ることになる。左へ行くしかない。だいたい東京タワーは左のほうにあるのだからその方向でいいはずだ。でもどうやって行けばいいのだろう。歩くとしたら相当な距離になる。そう思ったとき、目の前を都電が左の方向へ向かって走り過ぎて行った。

「そうか、都電に乗る手があるぞ」

菜緒はタオルでしばり上げたばあさんの服を肩にかけ、都電が停まる場所を探す。並木橋停車場。

「あった。ほら、ばあさん。あそこから都電に乗るよ！」

菜緒はばあさんを引き連れて、停車場へ向かう。まもなく金杉橋行き34番の都電が渋谷駅方向からこちらへ近づいてきた。停車した都電の扉が開くと、菜緒は車内に向かって叫んだ。

「東京タワーへ行きたいんですが、これに乗って行けますか？」

すると、紺色の制服を着た車掌が身体を屈めて菜緒を見下ろし、

「これに乗って、赤羽橋で8番に乗り換えてください。築地行きの都電ね。それで飯倉一丁目で降りれば、すぐです」

丁寧に説明してくれた。

「ありがとうございます」

菜緒は車掌に礼を言い、乗り込む。ばあさんもあとに続く。

通勤ラッシュ時の都電は思いの外、混んでいた。ようやく空いたつり革を見つけ、菜緒はばあさんを奥へ促す。

「ほら、ばあさん、そこにつかまって」

「いいよ、あたしは大丈夫だよ」

菜緒とばあさんが一本のつり革を譲り合っていると、目の前の席で居眠りをしていた学生服姿の男子学生が小さな目を開けて、のっそりと立ち上がった。

「どうぞ」

「あ、いいのよ、大丈夫」

ばあさんが手を振って遠慮しようとするが、縦横ともに巨大なる男子高校生と思しき若者は、

「いや。すぐ、降りるんで」

鬼瓦のような武骨な顔が一転、満面の笑みとなり、照れくさそうに首だけで会釈をすると、人混みをのっしのっしとかき分けて前方へ消えた。

「ふん。どいつもこいつもあたしを老人扱いしやがって」

ばあさんは、鬼瓦の背中に届かない程度の小さな声で文句を言いながらも、譲られた席につく。親切にされたんだから感謝したらどうなんだ。

菜緒は口を尖らせてばあさんを軽く睨みつけた。が、

「ほら、あんたも座りなさい」

ばあさんは顎を上げ、隣に残った隙間を手で叩いて菜緒に勧めた。たちまち左右に座っていた人たちが少しずつお尻をずらしてスペースを広げてくれた。

「ありがとうございます。あ、すみません。ありがとうございます！」

菜緒はこれ見よがしに感謝の言葉を連発しながら、ばあさんの横にお尻を差し込んだ。

ときおりチンチンと車掌の鳴らす停車合図の音を聞きながら、車両の揺れに身を任せ、菜緒は昭和の風情を慈しんだ。さっきまでの怒濤《どとう》の勢いから解放されて、束《つか》の間とはいえ心が落ち着くひとときだ。この都電も乗り納めか。開け放たれた窓から春の柔らかい風が吹き込む。

外の景色を見ようと身体を回したとき、ばあさんの顔が目に入った。ばあさんは眉間に皺を寄せ、切なそうな目でじっと前方を見つめたまま動かない。

まだ諦め切れずにいるのだろうか。せっちゃんを救うことができなかったと、自分を責めているのかもしれない。まわりの人に悪態をつくのも、内心のイライラを処理

し切れないからだろう。

でもばあさん、しょうがないよ。ばあさんは精一杯のことをしたよ。だいいち、せっちゃんが死んだのは、ばあさんのせいじゃない。ばあさんがせっちゃんを追い払ったんじゃない。せっちゃんだってちゃんとわかってるよ。せっちゃんはそういう人だから。せっちゃんは、ばあさんを恨んだりするような人じゃないもの。

菜緒は半身をさらに回して、改めて外に目を向けた。木造二階建ての商店が次々に通り過ぎていく。腰にらくだ色の腹巻きをして自転車に乗っているおじいさん。割烹着姿で立ち話をする主婦たち。三輪のトラックがガリガリと怪しい音を立てながら都電を抜こうと近づいてきた。性能はどれほどのものか知らないが、昔の自動車はどれも顔に愛嬌がある。ご主人を背中に乗せて必死で走る忠実な家来のようだ。

三輪トラックの荷台で、お母さんの膝に乗って思い切り風に吹かれているおかっぱ頭の幼い女の子と目が合った。手を振ると、真っ赤な頬をひしゃげて遠慮がちに小さな手を振り返してきた。

「バイバーイ」

〈ばいばい、昭和さん。五日間、お世話になりました。ばあさんの目的は達成できなかったけれど。でも、私はたくさんの貴重な経験をしました。不便なこともたくさんあってつらかったけど、その百倍ぐらい、親切な人に出会えた気がします。道がわからなければ教えてくれる。みんなで協力して席を譲ってくれる。見ず知らずの人間を家に泊めてくれる。素性も聞かずにご飯を食べさせてくれて、お風呂に入れてくれて、服まで貸してくれた。昭和って、なんだか人間関係が近い。人口が少ないせいかな？いや、平成のほうが少子化してるのに。もしかして不便なほうが人は優しくなれるのかもしれない……〉

「次は赤羽橋～、赤羽橋～。東京タワーへ行くお客さん。乗り換えですよ」

車掌の声に菜緒はハッとした。

「次だ。ほら、ばあさん、立って」

菜緒はばあさんの手を引いて、乗客をかき分け降車口へ向かう。

赤羽橋で降りて、まもなく後ろから来た築地行き8番の都電に乗り換え、二つ目の停車場が飯倉一丁目だった。

菜緒とばあさんは都電を降りて顔を上げる。巨大な東京タワーが目の前にそびえ立っていた。

「ずいぶん昔のことのようだ……」

「いろいろあったからね」

菜緒は、タイムスリップをした初日の情景を思い起こした。この道を、今とは反対方向へ下って、上って、延々と歩き続け、三河台町の交差点のパン屋でパンを買ったっけ。ベンチに座り、パンをかじりながら泣いたことを思い出す。目に映るもの耳に入るものすべてが驚きの連続で、興奮と不安が入り乱れて自分の頭がどうにかなってしまうのではないかと思った。あれからたった五日しか経っていないのに、まるでこの時代に何年もいたような感覚がある。

はたして本当に平成へ戻れるのだろうか。菜緒は坂を上りながら、どんどん大きくなる東京タワーを前にして、緊張し始めた。看板に、東京タワーの営業時間は九時から二十時と書かれている。

「まだ、開いてないんだ。あと十分くらい待たなきゃ」

タワー入り口に掲げられた、八時四十八分を差す大時計を見て菜緒がそう言うと、

「あーあ……」

ばあさんが身体中の息を吐き出すかのような深い溜め息をついた。開館を待っている間にまた気が変わって、渋谷の家に戻りたいと言い出されても困る。菜緒はばあさんの背中を叩き、「ほらほら、元気出して。あと少しの辛抱だから」とさりげなく活を入れる。

あと少し。あと少し頑張れば、ウチへ帰れるのだ。菜緒はばあさんの背中を叩いた手をそのまま自分の胸へ移し、自らにも気合いを入れようと、二度ほど強く叩いてみせた。

十二分後、九時ぴったりに一階ロビーのガラス扉が開けられた。外で待機していた人々がそぞろに建物の中へ吸い込まれていく。その流れに沿ってチケット売り場に行き、入場券を買い、三基あるエレベーター前の、いちばん短そうな行列を選んでその最後尾に並ぶ。

相変わらず東京タワーは人気だ。朝だというのにすでにロビーは人で溢れ返っている。ことに今日は子供が多いように思われた。

あれはカブスカウトの遠足か。お揃いの紺色キャップをかぶり、同じく紺色の半ズボンとシャツを身につけて、首には黄色い布を細くして巻いている。総勢三十人近くはいる様子だ。三基のエレベーターそれぞれの前に、三つのグループに分かれて列を作っている。

カブスカウトというのは、集団活動のルールやマナーを学ぶところだと認識していたが、そのわりに秩序が保たれていない。列の前方に並ぶ子供たちが、大声を上げたり跳び上がったり笑い転げたりと、完全に興奮状態だ。

東京タワーに来たことがそんなに嬉しいか。ときどき引率のリーダーらしき、子供たちと色違いのカーキ色の半ズボンをはいた二十代ぐらいの青年が、手を叩いたり笛を吹いたりして注意をするが、ほとんど効果がなさそうに見える。

子供たちの喧騒に包まれながら、菜緒の胸の鼓動が速くなり始めた。西原に教えられたことは逐一、覚えているつもりである。でも、本当にそのやり方で成功するかどうかの確証はない。なにしろやったことがないのだから。菜緒は頭の中にエレベーター内の景色を思い浮かべ、ラップ調に手足を動かしながらシミュレーションをしてみる。

まずエレベーターに乗り込んだら、じりじりとあそこへ近寄って、さりげなく腰を下に落とし、ボックスの隣にあるダイヤルを確認し、帰りたい西暦の数字に上から順に合わせていく。つまり、菜緒が合わせるべきは、2、0、1、9。これを間違えたらえらいことだ。めでたくセットできた暁には、タイムスリップした当日の三月二十五日に戻れるはずだと西原が言っていた。

菜緒が手振り身振りを交えて予行演習している横で、ばあさんは憎々しげな目つきで前方を睨みつけている。何を睨んでいるのかと視線を辿ると、カブスカウトの少年たちだった。ばあさんの不愉快に満ちた顔がどんどん険しくなってきた。菜緒のシミュレーションの手が止まる。

やめてよね。お願いだからばあさん、ここで一悶着《ひともんちゃく》、起こしてくれるなよ。

嫌な予感がした。

以前にもそういうことがあったのだ。家族揃って近所の回転寿司の店へ行ったとき、隣のテーブルにうるさい若者グループがいた。流れてくる寿司の皿を指さして、「可愛いー」だの「でけえー」だの、いちいち驚いたり騒いだり、さらに寿司を口に入れるや、「うっめえええ！」とわめいたり、手を大げさに叩いて笑い合ったりと、まるでお祭り騒ぎである。

菜緒でさえうるさいと思ったぐらいだ。短気なばあさんがこのまま黙っていないであろうことは、薄々予想がついた。

そして案の定である。ばあさんが箸を置いた。紙ナプキンで口のまわりを拭いた。そして、ゆっくり立ち上がった。と思ったら、

「静かにしろ〜！」

店じゅうに響き渡らんばかりの大声で若者たちを叱りつけたのだ。一気にあたりが静まり返り、従業員を含めた全員の目が菜緒たちに注がれた。小さく拍手をしてくれた人もいたけれど、むちゃくちゃ恥ずかしかったことを菜緒は覚えている。

あのときの憎しみに満ちたばあさんの三角形の目と、今の目はそっくりだ。そろそろ限界点に達するぞ。

「ねえ、ばあさん！」

菜緒はあえて明るい声で語りかけた。

「セルヴァンのマダムって、まだ生きてるのかなあ？」

ばあさんの気を逸らすような話題を無理やり提供する。

「さあ、どうかね。もう長いこと、神楽坂になんか足を向けてないからね」

　ばあさんがそう答えた直後、また子供の高い声が響いた。たちまちばあさんがその声のほうへ顔を向ける。ヤバい。

「ばあさんは、あの店のスイートポテトの作り方、知ってるの？　あれ、めちゃくちゃおいしいよねえ」

「いや、知らない」

　会話が終わった。話が広がらない。困ったぞ。そう思っていた矢先、ぞろぞろと行列が前に進み始めた。とりあえず、ばあさんの怒鳴り声を聞かずに済んだのは幸いである。ホッとして前を見ると、エレベーターの扉が開いている。いよいよ乗り込む番が来た。

　エレベーターに向かって行列が順次、前へ進む。十人ほどのカブスカウト少年が、「僕たちのほうが早かったぜ～」「先に行ってるねえ」などと隣の列に手を振って乗り込んでいく。その後に大人の客が数人と、最後に菜緒とばあさんが続き、そこで締め切られた。

「ここから先のお客様は次のエレベーターをご利用願います」

　係員に止められて、後続の客は足を止めた。

〈……ということは？〉

菜緒は乗り込んだ乗客を見渡した。ほとんど全員がカブスカウトか。紺色の制服だらけである。

子供たちの騒ぎは乗り込む前よりさらに激しくなった。もはやエレベーター内は遊園地並みのにぎやかさである。でも、そんなことに気を取られている場合ではない。菜緒は西原に教えられた場所に移動しようとする。が、ちょうどダイヤルのある、エレベーターガールのいる位置と扉を挟んで反対側の壁の前にカブスカウトの少年たちがたむろしていて、思うように近づけない。困った。どいてとお願いするわけにもいかない。そう思ったとき、エレベーターがグイーンと音を立てて動き出した。

「皆様、本日は東京タワーへようこそおいでくださいました」

エレベーターガールが白い手袋を上下に振りながら、乗客に向かってアナウンスを始めた。すると、一人の男の子がこっそり彼女の真似を始めた。わざと気取った顔を作って、声は出さないが唇だけを大げさに動かして、エレベーターガールを演じてみせる。それを見てまわりの子がクスクス笑い出した。笑うのを我慢しようとするとなおさら可笑しくなるらしく、口に手を強く当てながら身体をねじっている。そしてとうとう笑いが爆発した。そのときである。

「う・る・さい！」

ばあさんが大声で怒鳴り散らした。たちまちあたりが静まり返った。それまで何度となくリーダーの青年が注意しても聞かなかった子供たちが、ばあさんを見上げてポカンとしている。エレベーターの中にいる他の乗客も、ばあさんと菜緒を振り返った。

ばあさんは多少、決まりが悪くなったのか、周囲の視線を避けるように顔を横に向け、

「楽しいのはわかるけど、こういうところで騒ぐのはよろしくない。他人の迷惑を考えなさい」

さっきの怒鳴り声よりだいぶトーンを落とし、改めて子供たちに注意した。すると、少し間を置いたのち、

「すみませんでした」

一人の男の子が帽子を脱いで謝った。

するとまわりにいた他のカブスカウトの子供たちも声を揃えて、「すみませんでした！」と同じく帽子を脱いで、頭を下げた。ばあさんは満足したか、大きく頷くと、

「わかればよろしい。あとは怪我のないよう、今日一日を思う存分、楽しみなさい」

校長先生か。菜緒は内心でばあさんに突っ込んだ。少年たちのリーダーらしき青年がばあさんのそばへ近づいてきて、改めて謝った。

「申し訳ありません。注意が行き届かずにご迷惑をおかけしました」

ばあさんはかすかに笑みを浮かべ、

「まあ、やんちゃ盛りだから統率するのも大変でしょうけどね、あなたにしっかりし

てもらわないとねえ」

「はい。まことにおっしゃる通りです」

リーダーはすっかり恐縮している。

こうしてようやく騒ぎは収まった。しかし、困ったのは菜緒である。ばあさんが派手な振る舞いをしてくれたおかげでますますダイヤルに手を伸ばしにくくなった。なにしろ乗客の全員と、加えてエレベーターガールにも存在を認知されてしまったのである。人知れず行動すること自体が困難になった。

それでもなんとかダイヤルのすぐ横まで近づいて、菜緒が少しずつ腰を落とそうとしたとき、エレベーターが止まり、前のドアがゆっくり開いた。

「展望台に到着でございます。皆様、どうぞごゆっくりお楽しみくださいませ」

エレベーターガールの案内に従って、一人ずつエレベーターを降りていく。菜緒の前をどんどん降りていく。

「ほれ、降りるよ」

ばあさんに促され、しかたなく菜緒も外に出た。

「もう！　ばあさんが余計なことしてくれるから、できなかったじゃないかあ」

「なにができなかったって言うんだい」

文句を言う菜緒をばあさんは睨み返した。

「だからさあ……」

思えばお巡りさんから逃げるのに必死で、西原に教えてもらった平成への戻り方について、ばあさんにきちんと伝えていなかった気がする。

菜緒は人気《ひとけ》の少ない展望台のガラス窓のほうへばあさんを引っ張っていき、小声で一部始終を説明した。

「へえ。じゃ、やり直せばいいじゃないか。下りのエレベーターでやればいいんだろ？」

「下りでもできるかどうか、西原に聞いてないから、わかんないけど」

「なら、試してみなさい。さ、行こう」

「急にやる気になられても。さっきまでぜんぜん協力的じゃなかったくせに」

「だってあんたがちゃんと説明してくれなかったからいけないんだろうが」

「そりゃそうですけど」

言い合いながら菜緒とばあさんは再びエレベーターの前へ向かう。展望台からの昭和の景色をいっさい見ることなく。もったいない。

さて、乗ってみると、今度はあまりにも乗客が少ないことに驚いた。というか、エレベーターガール以外、乗っているのは菜緒とばあさんだけである。まだ帰る時間帯ではないのだろう。後ろから乗ってくる客が一人もないまま、ドアが閉じられた。

「お待たせいたしました。それではこれよりロビー階へご案内いたします」

エレベーターガールが菜緒とばあさんを見てニッコリ笑いかけた。乗客が二人しかいないせいか、エレベーターガールの愛想の良さが尋常ではない。

無理だ……。

菜緒は観念し、ガラス越しに猛烈なスピードで上へ流れていくオレンジの鉄骨に目を向ける。ばあさんが一度だけ菜緒のほうへ視線を送ったが、何も言わず、前に向き直った。

下りエレベーターの扉を出た途端、菜緒は膨れてみせた。

「こんなに空いてちゃ、できないよ」

「そんなもんかね」

「もう一度、上りのエレベーターで頑張ってみる！　よし、ばあさん、これ、持ってて。邪魔なんだ」

菜緒はタオルでしばり上げたばあさんの服を差し出して、気合いを入れる。

「ほら、行くよ！」

「はいはい」

菜緒の後ろを、タオルの端を握って肩にひっかけたばあさんが続き、もう一度、行列の最後尾に並び、順番を待ち、そしてようやく三度目のエレベーターに乗り込んだ。

今度はほどよく混んでいた。ただ一つ、新たな問題が発生した。菜緒が合わせたいダイヤルのすぐ脇に、ダイヤルとほぼ同じ高さ、すなわち身長の女の子がいた。片方の手は母親と繋がれているが、クリクリした目はずっと菜緒のほうに向けられている。菜緒が腰を落とし、ダイヤルに近づいていくのを、じっと見つめたきり、目を逸らそうとしない。菜緒は女の子の視線をあえて無視しようとした。注視すべきはダイヤルである。2、0、1、9に、しっかり合わせなければならない。菜緒は手を伸ばした。

その瞬間、

「いけないんだよぉ」

女の子が舌足らずの、しかしはっきりとした声で菜緒に言った。

「そこ、触っちゃ、いけないんだよぉ」

菜緒の手が止まった。女の子に向かい、人差し指を立て、

「シーッ。大丈夫だから、ね！」

ニッコリ笑って黙るように促した。すると女の子が結んでいる手を前後に振って隣の母親を見上げた。

「ねえねえ、ママ〜。この人、いけないことしてる〜。あそこ、触っちゃいけないって、ママ言ったのにぃ」

「え？」と母親が反応し、菜緒のほうを見下ろした。そして、決まり悪そうに会釈を

した。菜緒も苦笑いをしながら会釈を返す。

「ダメだあ！　難しすぎるよぉ」

菜緒はエレベーターを降りてから、頭をかきむしった。

「諦めるな。はい、次！　行くぞ」

ばあさんが勢いづいている。菜緒とばあさんはまた、展望台からの景色を一瞥することなく四度目の下りエレベーターに乗り込んだ。

展望台からの帰りの客は前回より少し増えていた。子供連れの母親と年配夫婦。菜緒より少し若そうな中学生ぐらいの女の子の五人グループと、そして外国人カップルが一組いる。

適度な混み具合である。菜緒は再びダイヤルのある場所へ少しずつ近づいて、背中を壁に押しつけ、腰を徐々に低くした。コリをほぐすような振りをして首を回しながら、さりげなく周囲の視線が自分に向いていないことを確認し、それから手をダイヤルの方向へ伸ばす。顔は動かさず、目玉だけをダイヤルに向け、数字を確認する。いっぽうばあさんは菜緒の前に立ちはだかり、特にエレベーターガールの位置から見えないように身体を張って菜緒を隠した。その隙に菜緒は思い切って屈み込み、ダイヤルに正対した。正確を期し、かつ猛スピードで、2、0、1、9に、合わせる。

合わせたぞ。どうだ！

菜緒はダイヤルを睨みつけ、大きく息を吸い込む。まもなく、天井のライトがパタパタと点滅を始めた。続いて、エレベーターの箱全体が二度ほど大きく揺れた。

「キャア！」

一斉に悲鳴が上がった。女の子のグループが身体を寄せ合って怯えている。

「なにこれ！　地震か？」

「やだ、やめてくださいよ」

「怖い〜」

不安に満ちた声が飛び交う。わかっているつもりだが、菜緒もちょっと怖くなる。

もしかして本当の地震だったらどうしよう……。菜緒は隣のばあさんの顔をそっと窺う。ばあさんは相変わらず無表情である。無表情のまま、左右をゆっくり見渡している。

「皆様、落ち着いてください。大丈夫ですから。落ち着いてください。只今、確認中です。どうか、落ち着いて」

決して落ち着いているとは思えない声でエレベーターガールが反復した。そのうちに、天井のライトが再び点滅し始めた。と思ったら、完全に消えた。

「なになに、どうなってんの？」

「怖い、怖い、怖い！」

女子中学生たちがとうとう泣き出した。ちょうど外壁に囲まれている場所でエレベーターが止まったせいで、朝にもかかわらず、室内はほぼ真っ暗な状態となったからなおさらだ。

「ママー、怖いよぉ」

幼い男の子のか細い声がした。

ごめんね、怖い思いをさせて。少しの辛抱だからね。菜緒は申し訳ない気持でその少年のほうにゆっくり目を遣って、思わず二度見をした。乗り込んだときは、たしか前髪を短く切り揃えていたはずだ。その少年の髪の毛が心なしか全体的に伸びたような気がする。服装も、こんなに洒落ていなかったと思うけれど……。

〈もしかして、エジソン少年？〉

菜緒がもう一度、薄暗がりの中、目を凝らして少年を見直そうとした直後、エレベーターが再びぐらりと大きく揺れ、それからグイーンと音を立てて動き出した。

「大変お待たせいたしました。只今、エレベーターは復旧いたしましたので、どうかご安心くださいませ。まもなく、ロビー階に到着いたします。皆様、お忘れ物のないよう、お降りくださいませ。ご来場、まことにありがとうございました」

女性アテンダントが、まるで何ごともなかったかのように、ときどき裏返るいつもの声で見送りのアナウンスをした。

そして、扉が開いた。

菜緒とばあさんは他の客に押されながら慎重にエレベーターの外へ出る。互いに別々の方向へ目を向けて、あたりを恐る恐る見回した。

「どうなんだい？」

ばあさんが呟いた。

「どうだろう……」

菜緒が答えた。周囲を行き来する人々の恰好は、現代的なようにも見えなくはない。しかし、ものすごく現代的かどうかはわからない。着物姿の人はたしかに見当たらないが、若者たちの様子は、昭和とさほど違いがない気もする。昭和に馴染みすぎたせいか、平成の人混みがどんな感じだったか、菜緒には思い出せなくなってしまった。しかし、

「あ、あった！　あったよ、ばあさん！」

菜緒は前に走り出した。ロビー階切符売り場の後ろの壁に、大きなポスターが貼られているのを見つけたのだ。

『東京２０２０　オリンピック・パラリンピック』と大きく書かれた、東京タワーとレインボーブリッジが映り込んだ写真入りのポスターである。

「ほら、見て！　これはまちがいなく平成だよね？」

振り向いて叫んだが、ばあさんの姿がない。

「あれ、ばあさん？」

今まで菜緒の後ろにいたはずなのに。

「あれ？」

菜緒がキョロキョロしていると、ばあさんがいたあたりに人だかりがしている。菜緒は駆け寄った。すると、人だかりの真ん中で、ばあさんがタオルの端とバッグを左右の手で握りしめたまま床に倒れ込んでいるではないか。

「ばあさん！　どうしたの⁉」

「どうしましたあ？」

警備員らしき制服を着た男性が二人やって来て、ばあさんのそばに屈んだ。一人がばあさんの手を取って脈を測ると、

「救急車！」

もう一人に指示をし、指示された若いほうの警備員が頷いて、走り去った。残った警備員が菜緒のほうへ顔を向け、

「ご家族の方ですか？　どうなさいましたか？」

そう聞かれても、菜緒にはわからない。気がついたらばあさんは倒れていたのであ

る。

「いや、今、展望台からエレベーターで降りてきて。ついさっきまでピンピンしてたんですけど」

菜緒の声は自分でもわかるほど震えている。まさか死んでしまうのではあるまいか。

「ばあさん、ばあさん！」

何度、声をかけても反応がない。

「脈はあるからなあ……。心臓疾患とかお持ちですか？」

「いや、どうだろう……。けっこう丈夫なほうだと思ってたんですけど」

「急に貧血を起こされたのかもしれませんねえ」

警備員が菜緒をなぐさめるように呟いた。菜緒は警備員に向かって軽く頷いて、ばあさんの白い顔を見つめた。タイムスリップしたことが身体の負担になったのだろうか。せっかく無事に帰ってきたのに、こんなところで倒れないでよ、ばあさんったら。

遠くからピーポーピーポーと救急車のサイレンが近づいてきた。

ほどなく水色の服を着てヘルメットをかぶった救急隊員が三人、ストレッチャーを押して走り寄ってきた。

「はい、どいて。どいてくださーい」

まわりの見物人を除《の》けて、素早く脈を取って容態を目視した上で、ばあさんの身体を上と下から抱きかかえ、ストレッチャーに移そうと試みる。そのとき、

「くすぐったい」

ばあさんが突然、声を発して身体をくねらせた。

「なんだ、ばあさんったら！」

菜緒は驚いた勢いで身をのけぞらせた。救急隊員たちも拍子抜けしたか、前屈みのまま動きを止めてばあさんを見つめている。しかしすぐに気を取り直し、

「意識が戻られてよかったです。念のため、病院に行って検査をしたほうが安心と思われますが、どうしますか？」

救急隊員に質問されたのに対し、間髪入れず、「けっこうです！」と答えたばあさんの声と、「お願いします」という菜緒の声が重なった。菜緒とばあさんが互いに目を合わせる。それから菜緒は救急隊員のほうへ視線を戻し、

「お願いします！」

もう一度毅然《きぜん》と言い放った。菜緒の声に反応し、たちまち救急隊員がきびきびと動き出す。ばあさんを乗せたストレッチャーの後ろを、菜緒は見物人の間をペコペコしながらついて行く。裏口の外で赤いランプを点滅させて待機していた救急車に、ばあさんとともに後方から乗り込む。

「平成三十一年三月二十五日、十八時十六分。患者の搬送を開始します」

救急隊員が電話でどこかに報告すると、救急車がサイレンを鳴らして動き出した。窓の外へ目を向けると、西の低い空が赤く染まっている。エレベーターに乗ったのは朝だったのに、平成に帰ってきたら夕方か……。

無事に戻ってきたと思って喜んだのも束の間、菜緒は生まれて初めての救急車乗車体験をすることになった。

「もう心臓が止まるかと思ったわよ。突然、『こちら都立芝浦病院ですが、山口和様のご家族の方ですか』って電話がかかってきたんだもの。『今からすぐいらしてください』って。何事かって思うでしょう?」

万里が食卓の上にティッシュを広げ、分厚い胡麻入りせんべいを手で割りながら夫の伸次に力強く語りかける。伸次はつい今しがた、戻ってきたところだ。慌てたのだろう、ネクタイを緩め、背広を脱ぎ捨てると、食卓のいつもの席につき、そのあたりに置いてあった台布巾でおでこの汗を拭った。

「ちょっとパパ、それで汗、拭かないでくれる？　だいたい菜緒もさ、事前に携帯で連絡してくれればよかったのに。どうしてかけてくれなかったの？」

ティッシュの上にこぼれた細かいせんべいの屑《くず》を指先でつまみ上げ、口に運びながら万里が聞く。

「だって充電が切れちゃって」

「で、どうなんだ、お義母さんの具合は？」

伸次が菜緒の顔を見て問うので、答えようとしたら、万里が割り込んだ。

「結局なんともなかったのよ。軽い貧血でしょうって。でも病院って親切よねえ。一応、ばあさんの頭のCTと胸のレントゲンを撮って、丁寧に解説してくれたの。パパも食べる、おせんべい？」

「ありがと。それで？　検査の結果はどうだったんだ？」

「血圧が少し低いけど、特に心配するほどのことじゃないでしょうって。頭も脳内出血してる痕跡はないの。まったくお騒がせなんだから。おかげで晩ご飯食べそびれちゃった。今夜はパパも菜緒もばあさんもいないから、一人でテレビでも見ながらゆっくり食べようと思ってたのに。その矢先にこの騒ぎだもん。そういえば菜緒、晩ご飯は？　食べたの？　あ、でももう九時過ぎてる。今から食べたら太るからやめときなさい。おせんべいぐらいで我慢して。はい。これ、お隣さんからいただいたの」

万里がせんべいのかたわれを菜緒に差し出す。

「そんなあ……」

せんべいを受け取りながら、菜緒は自分が激しく空腹であることを思い出した。ばあさん失神騒動で忘れていたけれど、考えてみれば朝から何も食べていない。いや、五十六年の時を経て、ずっと食べていないことになる。そう気づいたとたんにクラクラしてきた。

せんべい片手に菜緒は台所へ駆け込んで、炊飯器の蓋を開ける。

「空っぽだ！」

「ああ、ごめん。ご飯、ぜんぶママが食べちゃった」

「晩ご飯食べそびれたって、さっき言ってなかった？」

「だから、夜はパンですませようと思ったの」

「もお～」

菜緒はすばやく米櫃《こめびつ》を取り出して、ボウルにカップ二杯の米を入れ、流しに置くと水道の蛇口をひねった。

「やだ、菜緒ったら。今からご飯炊く気？」

「だってご飯、食べたいもん」

「面倒くさいからパンで済ませれば？　パンならあるわよ」

「やだ。だし、ぜんぜん面倒くさくない。二合なんってチャチャチャのパだよ」

昭和で私は一度にこの十倍の分量の米をといでいたんだぞと、万里に自慢したいところだが我慢する。かわりに、こんな米、小指の先でだって軽くとげるぞと言わんばかりに、腰をリズミカルに動かした。そのとき、ハッと思い出す。菜緒は濡れた手のままで食卓の横に出てきて、

「お医者さんが言ってた。ばあさん、今は何も異常がなく見えるけど、打撲の影響が数日後に出る場合もあるからしばらくは安静に過ごしてくださいって。じゃないと……」

伸次に向かって補足の説明を加えたとたん、

「こら、お米といでる途中で手を休めるな！」

万里から声が飛んできて、菜緒は慌てて流しに戻る。勝子さんに言われたことと同じだ。そういえば水が冷たくない。昭和の水は手が凍りそうなほど冷たかったのに、マンションの水道はぬるく感じられる。こんなにぬるいと米から緊張感が抜けて、まずくならないかしら。

「でも、珍しいわよねえ。ばあさんが貧血起こすなんて。なんたって強靭《きょうじん》だもん。じいさんが死んだときだって涙一つこぼさなかったのよ。だけどばあさん、低血圧だ

ったなんて知らなかったわあ。私はどっちかっていうとほら、高血圧気味だから。親子でも違うのねえ。たぶん、じいさんに似たのよ、私」

食卓で、万里は豪快に前歯でせんべいを割りながら自由気ままに話を広げていく。菜緒は米をとぎながら、背中で両親の会話を聞く。とはいえ、隣に座っている伸次は妻の話の合間にときどき相槌《あいづち》を打つ程度で、せんべいを噛む音がするだけだ。ようやく万里の話が途切れた隙を見て、伸次が珍しく口を挟んだ。

「しかし、本当に大丈夫なのか？　その、菜緒が言うように、数日後に後遺症が出るとかさ……」

「ないない！　そう簡単にへこたれる人じゃないの。きっと疲れたのよ。七十過ぎて東京タワーみたいな観光客だらけの人混みにいりゃ、疲れるに決まってるって。だいいち、あの高速エレベーターって、人体によくないんだってね。そうだ、それで失神したんじゃない？」

どこで仕入れた情報か知らないが、万里がしたり顔で両手をパチッと打った。

「そうかねえ……」

「そうよ。とにかく一晩寝りゃ、ばあさん、元気になるわよ。昔からそういう人なの、あの人」

「で、今、お義母さんは？」

「あっちで寝てる」

ばあさんの部屋に首を回し、そこで万里の発言がいったん止《や》んだ。たちまち室内が静寂に包まれた。バリバリというせんべいの音が交互に響くだけである。

しかし菜緒は、このマイペースな母親と無愛想な父親の、一見、相性が悪そうなのに、なぜか微妙にバランスの取れたやりとりを聞いているだけで心が安らいだ。

これが我が家だった。タイムスリップする前と、何一つ変わっていない。

もしかして、あの五日間は夢だったのではないか。両親の態度も家の景色もまわりの雰囲気も、いつもと同じ。健全な日常がそこにある。

〈よかった……〉

菜緒は、この胡麻せんべいがなぜおいしいのか、どれほど人気であるかについて、再び弾丸のように喋り始めた母親の声をBGMにして、とぎ終わった米を炊飯器にかけ、スイッチを押し、それから冷蔵庫を開けて何かおかずになりそうなものを物色しながら一人しみじみと、無事に帰ってこられた喜びを味わい、そして感謝した。

誰に？

誰にと言われれば、全般的な神様というかタイムスリッパー業界の方々というか西原というか、みど里さんと治子ねえさんというか、せっちゃんや若奥様や、とにかくこの事件に関わったすべての人々にですかね……。自問自答しつつ、菜緒は昭和三十八年に出会った人たちの顔を一人ひとり、頭に思い浮かべる。

あーあ、たか坊……。好みのタイプだったんだけどなあ。じいさんが若い頃って、あんなにいい男だったのか。生きているうちにもっとベタベタ甘えておけばよかった。菜緒は思い出して溜め息をついた。そのまま冷蔵庫の卵に手を伸ばす。たか坊の玉子焼きを思い出したからだ。玉子焼きは難しそうだから、目玉焼きにするか。ベーコンはあったかな。

でも……と、ここで思い至る。菜緒にとってこの家は何も変わりなく見えるけれど、両親は菜緒とばあさんの言動を、ちょっと変だとか思っていないのだろうか。今のところ、万里も伸次も気づいている気配はない。まさか菜緒とばあさんが五日間も昭和三十八年に行っていたなんて。話したところで信じてくれないに決まっているが、告白したら二人はどんな顔をするだろう。想像するだけでにやけてきた。

「なに、笑ってんのよ」

突然、隣に万里が立っていた。

「ああ、びっくりしたあ」

菜緒が驚いてみせると、

「だいたいさあ」

万里が冷蔵庫の前にいる菜緒を押しのけて、中から塩鮭を取り出した。

「なんか、作ってくれるの？」

菜緒が問うと、

「せっかく菜緒がご飯炊くなら俺も食べたいんだって。パパは鮭茶漬け」

「鮭茶漬け⁉ いいねいいね。あと私、ベーコンエッグ、自分で焼くわ」

「おお、パパもベーコンエッグお願いします！」

食卓から声が上がった。すると万里が溜め息をついて、

「二人ともこんな時間にそんなカロリーの高いもの食べて。太るぞ！」

そう言いながらも棚からフライパンを取って菜緒に手渡した。テフロンだ。

昭和のあの家にはテフロンのフライパンはなかった。だからすぐに焦げついて、洗うときに往生したっけ。菜緒は台所に来て、昭和との違いをいろいろ再確認する。

菜緒の隣で万里は塩鮭を二枚、魚焼きグリルの網の上に置いて、菜箸を握った手を腰に当てて口を尖らせた。

「まったくばあさんったら、なんであんな花柄のワンピース着てたのかしら？ 菜緒、なんか知ってるんでしょ？」

不意を突かれた。

「ああ、あれは……」

「だって出かけるとき、あんな恰好してなかったじゃない。いつもの黒ずくめパンツ

スタイルにカーディガン羽織ってたはずよ？」

「そうだけど……」

気づかれていたのか。万里が病院に到着する前にばあさんを着替えさせておくべきだった。しかしあのとき、そんな余裕はなかったし。菜緒は心の中で舌打ちする。

「あれはですね、東京タワーへ着く前に、途中で買い物してさ。ばあさんが気に入って、試着したまま着て歩いてたのよ」

フライパン片手に思い浮かぶまま、でたらめな話をする。

「どこで買ったの？」

万里の追及は鋭い。

「どこでって……、なんか古着屋みたいなとこ」

「古着屋？　そんなとこであのばあさんが服、買う？　あのブランド好きのばあさんが？　あり得ないでしょう」

万里の菜箸が指揮棒のように飛び跳ねる。菜緒は俯いた。俯いたまま、ボウルに卵を二つ、割り入れる。

「しかも、あのタオルはなんなのよ？　いくら古着屋でも、タオルでしばって脱いだ服を客に渡す？　あり得ないでしょう」

菜箸を振り回して熱弁する万里の気分はもはや小澤征爾らしい。

「そんなことないよ。タオルでしばるってのが逆にポップでお洒落だって今、流行ってんだよ。でも私は本当に知らないんだ。ばあさんが勝手に入った店なんだから。そのとき私は別の店に入ってたし……」

菜緒がムキになって言い返すと、

「なんか、アヤシいわねえ」

万里の菜箸指揮棒の動きが止まった。

「あのー、ビール一本、お願いします」

伸次が食卓で片手を挙げている。

「えー、ビールも飲む気？」

万里が伸次のほうを振り返り、露骨に眉をひそめた。

「だって残業終えて、会社の連中と居酒屋に入ってビールで乾杯した直後に君からメールが来たんだぜ。一口飲んでそれっきり。なんか中途半端な気分なんですけど」

「しょうがないわねえ。おつまみは昨日の残りの肉じゃがしかないわよ」

「いいねいいね。それでじゅうぶんです」

「なにが、『いいねいいね』よ。親子でおんなじこと言って。菜緒、ベーコンエッグ焼くの早過ぎる。今から焼いたら冷めちゃうでしょ！　私があとで焼いてあげるから、あんた、あっちに行ってなさい」

やれやれといった様子で菜緒を追い払うと、万里はいつものように台所の中をテキパキと動き始めた。

万里はあんなふうに言うけれど、菜緒の小さな不安は消えないままだ。高速エレベーターのせいかどうかは別にして、ばあさんが疲れたのは事実であろう。若い菜緒とて疲れを感じている。やはり最後に渋谷駅から走らせたのがいけなかったのかもしれない。多少の責任を感じる。

しかし、ばあさんについては単なる肉体的疲労だけではない気がする。病気らしい病気をしたことのないばあさんが失神するなんて。やはりせっちゃんへのいろいろな思いや後悔が重なって気落ちしているのだろう。

加えてタイムスリップの時差ぼけもあるはずだ。昭和三十八年に到着した初日も、ばあさんはだいぶ弱っていた。あれはあきらかに時差ぼけのせいだったと菜緒は思う。威勢はいいが、所詮七十を過ぎた老人だ。この五日間の旅は、心身ともにばあさんには酷だったのかもしれない。

菜緒は台所を出て、こっそりばあさんの部屋を覗きに行く。そっと扉を開けて首だけ突っ込むと、ばあさんは布団に潜り込んで、すでに寝息を立てていた。

翌朝、菜緒がパジャマ姿のまま、水を飲もうと台所に出てきたら、ばあさんがすでにリビングルームのソファに座って新聞を読んでいた。

「おはよう。どう、具合は？」

菜緒が冷蔵庫からペットボトルの水を取り出して聞く。

「どうってこともないよ」

ばあさんが新聞から顔を上げないまま低い声で答えた。

「ほら、私の言った通りでしょ。一晩寝りゃ治る人なの」

台所の奥にいた万里が菜緒の横を通り過ぎながら耳元で囁いた。伸次はすでに出勤したあとだ。食卓には伸次が使い終わった皿やコーヒーカップが残されている。

「菜緒もさっさと顔洗ってきなさい。パン、食べるでしょ？」

「うん」と返答しながらペットボトルを持って菜緒はばあさんのそばに歩み寄った。

ガラス戸の外にぽつぽつと、ピンク色の景色が浮いている。タイムスリップをする前と比べ、だいぶ開花が進んだようだ。すぐそばのお屋敷の老木など、日当たりがいいせいか、もはや八分咲きぐらいにはなっている。このマンション三階のバルコニーからでも、借景の桜でじゅうぶんにお花見を楽しめそうだ。

「うわあ、きれいだよ、ばあさん。ほら、見て。桜がけっこう咲いてる」

外を指さし、ばあさんに見るよう勧めるが、「そうかい」と小さく答えるだけで反応が薄い。菜緒はばあさんの隣に座り込む。

「どう？　たくさん寝られた？」

小声で語りかける。

「少しは元気になった？」

菜緒の問いかけに、ばあさんは開いた新聞を閉じて背筋を伸ばした。しばらく菜緒の顔を見つめたあと、

「ならない」

一言言うと立ち上がり、とぼとぼと自分の部屋へ向かった。

「あら、ばあさんったら。パン焼けたのに。食べないの？」

万里がトーストとサラダの載った皿を手にばあさんに声をかけたが、

「いらない」

「でも、昨日だって何も食べないで寝ちゃったのよ。お腹空いてるはずよ？」

「食欲ない」

最小限の言葉で返すと、ばあさんは扉を後ろ手にぴしゃりと閉めた。

普通ではない。さすがの万里も心配そうに顔を歪めた。

「じゃ、これ、あんた食べなさい」

万里がばあさん用に用意したトーストと、トマトとキュウリとレタスのサラダを菜緒の前に突きつけて、言った。

菜緒が万里から皿を受け取って自分の席に着くと、さっそくトーストにバターを塗り、上からピーナッツバターをたっぷり重ねた。久しぶりの大好きなクランチーピーナッツだ。これが食べたかったのだ。

「でもさあ」

万里が食卓に両手をついて、目玉だけを上にあげて考え込んでいる。

「なに？」

菜緒がバターナイフを動かしながら恐る恐る聞き返すと、

「あのワンピース。どっかで見た覚えがあるのよねえ」

「どっかって？」

「なんか昔に。渋谷の大おばあちゃまがああいう花柄のワンピースを着ている若い頃の写真を見た記憶があるんだ。白黒だから色はわからないんだけど、そのワンピースとすごく雰囲気が似てるのよ、ばあさんが着てたワンピース」

「へえ……」

「でもやっぱりおかしいと思うの」

「なにが？」菜緒はドキドキし始める。万里は何を感じ取ったのだろう。

「ばあさんって、ああいうフェミニンなワンピース、ぜったい嫌いだったはずなのよ。なのにどうして買ったのかしら……」

「懐かしくなったんじゃないの？　大おばあちゃまのことが」

菜緒は若奥様の顔を思い浮かべた。

「そうかなあ。だってばあさん、渋谷の大おばあちゃまのこと、ずうっと煙たがってたのよ。思想が合わないとかいって」

菜緒は万里の勘の良さを警戒し、その動揺を知られまいとひたすらパンに集中した。ピーナッツバターの上に、いちごジャムを塗る。昭和にいた間、これを食べたいとずっと思っていたのである。

「ちょっと塗りすぎ！　なにしてんの！」

突然、万里から文句が飛んできた。が、菜緒は無視してさらにたっぷりいちごジャムを上から塗り、急いでトーストにかぶりつく。

「菜緒ったら、糖尿病になるわよ！　まったくもう！　コーヒーいるの、いらないの？」

「はい、ください。あと牛乳も」

目を上げず、菜緒は自分のマグカップをまっすぐ前へ差し出す。万里がコーヒーポットを取りに戻ったとき、

「ほら、あんたの携帯、鳴ってるわよ！」

言われて菜緒は慌てて席を立つ。さっき冷蔵庫からペットボトルを出したとき、脇

に置いたきり忘れていた。昭和から戻って初めての着信である。

「ＬＩＮＥだ」

独り言のように呟いて画面を開くと、西原からだった。

昨日までの五日間で、携帯電話のない生活にだいぶ慣れたつもりではあったが、やはりあるほうが精神的に安心できる。もっとも、帰宅してすぐにバッテリーを充電し、復活させたらどれほどたくさんメールやＬＩＮＥが溜まっているだろうかと期待していたが、たいして届いていなかったことに菜緒はかすかに落胆した。親友の結理花《ゆりか》から「なにしてる？　美容院、行った？」というＬＩＮＥが一つと、クラスメイトのグループＬＩＮＥで菜緒以外の仲間が、好きなタレントの話や春休みに観た映画の感想など、下らないことを大量の絵文字を挟んで延々と、すべてに「既読」のつけられたやりとりのあとがあるだけだ。その他には業者の広告メールとゴミメールがいくつか。五日も菜緒が無反応なのに、誰も心配している気配がない。……と、そこで菜緒は気づいた。

〈そうか。彼女たちにとっては、たった半日のことなんだ……〉

ボケナス西原のＬＩＮＥは極めてシンプルだった。

「帰ったか？」

そして、

「昼過ぎ、お前んち、行ってもいい？」

ボケナスなりに心配してくれているらしい。ＬＩＮＥが届いたということは、西原も無事にこっちへ戻ってきているのだろう。

「いいよ」

菜緒は即座に三文字で返答する。そのあと追加して、

「ばあさんが、ちょっと時差ぼけ」

すると西原からすぐに、

「大丈夫か？」

「たぶん」

菜緒が返信したところで会話は終わる。菜緒はＬＩＮＥの画面を閉じると、万里に告げた。

「今日お昼過ぎに西原が来るって」

「なにしに？」

「貸してたノート、返しに来るらしい」

思いつきで言い返す。

「あら、ちょうどよかったわ。昨日の騒ぎで、あんたのために買っておいたチョコレートケーキ、食べそびれたでしょう。西原君が来たら、ろうそく立ててお祝いできる

じゃない？」

「は？」

すっかり忘れていた。昨日の夜はウチで高校進学祝いをするはずだった。昼間に東京タワーへ行って、そのあとばあさんにレストランでディナーをおごってもらい、帰ってきたら万里がケーキでお祝いしてくれる予定だったのだ。そんな約束をしたこと自体、まるで遠い昔のことのように思われる。

「わかった！」

万里が一つ、手を叩いた。

「西原君、菜緒の進学のプレゼント、持ってくるんじゃない？　ふふふ。いいわねえ、青春って」

両手を頰に当て、わざとカワイコぶっている万里を横目に菜緒は冷たく言い放つ。

「西原だって進学するよ」

「だからぁ、二人で一緒にお祝いしよってことなのよ～」

菜緒は万里を軽蔑に満ちた目で一瞥したのち、言い放った。

「バッカじゃないの？」

ボケナス西原とは幼稚園からの幼馴染みである。家が近所だったせいで、小さい頃はウチにもときどき遊びに来ていたが、成長するにつれ一緒に遊ぶことはなくなった。しばらく疎遠だったはずの西原と、中学ではいつのまにか同じクラスになっていた。幼い時代をともに過ごした経験があると、異性を意識する必要がなく楽でいい。他の男子生徒と比べてもはるかに声をかけやすい。何か男子に用事があるときは、「おい、西原！」と呼べば、喜んで……というほどでもないが、とりあえず嫌がらずに伝言を引き受けてくれるし、そういう気の置けない態度を取ったところで、「恋愛感情？ないない。あの顔、趣味じゃないし。だいいちおねしょ現場も目撃してるし」と言うと、女子の誰もが「だよねー」と心から納得してくれる。

あちらも菜緒を女とは思っていないらしく、一度などは西原がマドンナと慕い続けている菜緒のグループの絢奈《あやな》にバレンタインのチョコレートを託された。

「バレンタインデーって、男が女にチョコレートもらうんだよ。逆だろが？」

菜緒が呆れてそう言うと、

「いいんだよ。どっちだって」

西原が可愛いリボンのついた大きさの違う紙袋を二つ、差し出した。手作りのチョコレートだそうだ。これはお前の分、メッセンジャー代、大きいほうが絢奈の分で小さいほうが菜緒のだから、くれぐれも間違えないようにと、そこだけはしっかり念押しされた。

だから菜緒は西原のことを恋愛対象と思って意識したことは天に誓って一度もない。しかし、西原がときどき菜緒のことをさりげなく見守ってくれていると感じたときは、悪くない気分になる。一人っ子の菜緒にとって西原は、もしかしていちばん気を許すことのできる同い年の兄弟のような存在なのかもしれない。

今回のこともそうである。西原には感謝することが山のようにあった。伝言板に書いてくれたこと。小銭を貸してくれたこと。そして何より、西原のおかげでこの平成に戻ってこられたのだ。お礼を言わなければならない。

菜緒はばあさんの部屋の扉を開けて、明るく声をかけた。

「ばあさん！　西原がお昼過ぎに来るってよ。ばあさんのこと心配してた」

「え？　本当かい？」

喜ばそうとは思ったが、こんなに喜ぶとは思わなかった。昨日からずっと、何に対してもろくに反応せず、食事も摂《と》らず、ひたすら寝てばかりいたばあさんが、西原が来ると言った途端に目を見開いてあきらかに嬉しそうな表情を見せた。枕元に置いてあった自分の腕時計で時間を確認すると、そそくさと起き上がり、布団を畳んで部屋の隅に寄せた。

「まったくこの家は布団をしまおうにも押し入れが満杯なんだから」

いつものばあさんの愚痴が出た。菜緒はちょっとだけ嬉しくなる。ばあさんはこれでなきゃ。

「あ、いや。止《や》めた。寝てよう」

そう言うとばあさんは、畳んだはずの布団を引き寄せて、もう一度広げ始めた。

「なにしてんの？」

菜緒が呆れて問いかけると、

「あたしゃまだ、具合が悪いんだよ」

ばあさんは、それが本当か、あるいはわざとなのかわからない弱々しい声で、再び布団の中に潜り込んだ。

西原は約束通り、昼ご飯が終わってまもなくに現れた。ボケナスにしては、社会的常識をわきまえている。昼どきに他人様の家を訪れてはいけないと、厳しいお母さんに言われたのだろう。西原のお母さんは小笠原流マナー教室の先生で、昔から言いつけを守らない子供は他人の家の子だろうと叱りつけることで有名な人である。ちょっとばあさんに似ている。

「あら、いらっしゃーい」

玄関で出迎えたのは万里だった。

「どうも」

西原がぺこりと頭を下げ、万里に先導されてリビングルームへ入ってきた。

「おお」と菜緒が言うと、

「おお」と西原が答えた。ぶっきらぼうに見えて、互いに「無事に帰ってきたか」という深い感慨を込めた挨拶のつもりである。

「おばあさんは?」

西原が菜緒に訊ねる。

「昨日から寝たきりなの。西原君がお見舞いに来てくれるって言ったらものすごく楽しみにしてたみたい。部屋で待ってるのよ。どうぞ」

万里が説明する合間を縫って、

「これ、おふくろから」

西原が持っていた包みを差し出した。

「あら、いちご？　恐れ入ります。でも西原君も『おふくろ』なんて言うようになっちゃったのね。ついこないだまであんなに小さかったのに。でも、もう高校生だもんね。立派なジェントルマンよね」

包みを受け取りながら喋り続ける万里に苦笑いを返すと、西原は菜緒と一緒にばあさんの部屋へ入っていった。

「あらあら、こんな狭い部屋に。すみませんねえ」

ばあさんが布団に寝たまま顔だけ上げた。

「大丈夫ですかあ？」

西原がつっ立ったまま、問いかける。

「菜緒、あっちの部屋から座布団、持って来てよ」

ばあさんに言われて菜緒は部屋を出た。座布団を二枚持って戻ってくると、西原はばあさんの枕元へ顔を突き出して、何やら話し込んでいた。ばあさんと西原って、こんなに親しかったっけ？

菜緒は持ってきた座布団を西原と自分用にばあさんの布団の前に並べ、その上に座り込みながら、西原とばあさんの接点を探る。が、とんと思い当たらない。昔、西原がウチによく遊びに来ていた頃、ばあさんはまだこの家に住んでいなかったし、ばあさんと一緒にいるとき、外で西原に会った覚えもない。

「どうぞ」

菜緒が座布団を西原にすすめると、西原は「ちょっとお手洗い、お借りします」と言って部屋を出て行った。その隙に、ばあさんが菜緒を呼び寄せた。

「なに？」

ばあさんのそばに近づくと、ばあさんが小さい声で耳打ちした。

「悪いけど、駅前商店街の文房具屋さんに行って、ポチ袋買ってきてくれないかい？」

「今？　なんで？」

菜緒が怪訝《けげん》な顔をすると、

「あの子に、ちょっとお礼をしたいからさ」

「いいよ、西原には私がちゃんとお礼しとくから」

菜緒が言い返すが、ばあさんは聞かない。

「いいから買ってきてちょうだい。あんたにもお駄賃、あげるから」

「なにもそんなこと、今、言い出さなくても……。もう西原、来ちゃってるし」

「だから急いで。ね、お願いします」

ばあさんが菜緒に頭を下げた。よほど西原に感謝の気持を伝えたいらしい。菜緒はばあさんから小銭を受け取ると、しぶしぶ立ち上がって玄関へ向かった。

「あら、どこ行くの？」

「ちょっと、文房具屋さん」

「お紅茶淹れようと思ってたのに」

「すぐ帰ってくるよ」

万里とやりとりをしたあと、菜緒は玄関を出て行った。


十五分ほどして菜緒がポチ袋の入ったビニール袋を手に、ばあさんの部屋の扉を開けた途端、反射的に二人の顔が離れた。なにやってんだ、恋人同士でもあるまいし。菜緒は噴き出しそうになる。二人をからかおうかと思ったとき、万里が菜緒の後ろから顔を覗かせた。

「西原君にいただいたいちごとチョコレートケーキ、どうします？　そっちで召し上がる？　それとも食卓で食べる？」

万里がばあさんに問いかけたので、菜緒が、「食卓のほうがいいんじゃない？」と言いかけたら、ばあさんが、

「こっちに運んできてもらえると嬉しいね」

布団の上からきっぱり言った。

「あらそう。じゃ、お紅茶もね。菜緒、ちょっと手伝って」

「はあーい」

菜緒はまたもやばあさんの部屋を離れた。

お盆に載せたいちごとケーキと紅茶のセットを静々とばあさんの部屋に菜緒が運び込んだときも、ばあさんと西原は顔を近づけてなにやら話し込んでいた。その光景を見て、菜緒は閃いた。

「ちょっとばあさんったら、まさか西原にも花札占いするつもりじゃないでしょうね」

「なに、花札占いって……？」

西原が振り向いて聞いたので、菜緒は、「これこれ」と、ばあさんの小物があれやこれや置かれている小さな卓袱台《ちゃぶだい》から花札の箱を取り上げた。

ばあさんが渋谷の家から菜緒のマンションに移ってきたとき持ち込んだ荷物の一つに、箱の中に入った黒いトランプのようなものがあることに菜緒は気づいていた。しかし、それが「花札」というものだとは、きちんと理解していなかった。

渋谷の家の二階の部屋で、ばあさんがたか坊相手に畳の上に広げていたのを見て、初めてこのカードがなんであるかを知ったのである。未《いま》だに大事にしているということは、それだけばあさんはこの花札に思い入れがあるのだろう。

「ばあさんさ、あっちの家でね」

菜緒は花札を箱から取り出して西原に説明し始めた。が、念のため後ろを振り返る。

そして万里がいないことを確かめた上で、続けた。

「あっちって、つまり昭和のね、ばあさんの実家でさ……」

得々と語り出した菜緒の前で、ばあさんが半身を起こし、フォークを握り、チョコレートケーキに食らいついた。その豪快な食べっぷりたるや。驚いたものだ。

「なんだ、ばあさん、さっき食欲ないって言ってたくせに」

「だって、昨日から何にも食べてないもん」

子供みたいな言い種《ぐさ》だ。しかしそれだけ元気になった証拠だろう。

「まあ、よかったよかった」

菜緒は花札を切りながら、保護者ぶってみせる。そこへ、

「あらやだ。もう食べちゃったの？　ろうそくを立てようと思って持ってきたのに」

万里が誕生日用のカラフルなキャンドルセットとチャッカマンを持って駆け込んできた。

「ろうそく⁉」

ばあさんと西原の声が揃った。菜緒は反射的に座布団の下に花札を隠す。

「だってこのケーキ、菜緒の高校進学のお祝いに買っておいたんだもの。西原君用のもあるわよ」

万里が西原に微笑みかけると、

「高校の進学祝いにろうそく？　過保護な親のすることは理解できないね」

ばあさんが口のまわりについたチョコレートクリームを指先で拭いながら冷たく言い捨てた。しかし、

「おめでたいときはなんたってキャンドルよ！　ロマンチックでいいじゃない？」

万里はばあさんの嫌味にも動じない。嬉々《きき》としてろうそくを菜緒と西原のケーキの上に一本ずつ立てようとした。そのとき、

「やめてちょうだい！」

ばあさんが一喝した。

「火遊びは外。危ないだろうが。だいいち狭い部屋にこんなに人が集まっちゃ、ますます狭くて息が詰まりそうだよ。ほれほれ」

ばあさんが犬でも追い払うかのように片手を前後に振った。

「なによ、この部屋で食べたいって言ったの、ばあさんのくせに」

万里が口を尖らせて文句を言うが、ばあさんは平然としたものだ。食べ終わったケーキ皿を手の甲で前へ押し出し、ティーカップを持って熱い紅茶を用心深くすすり上げた。それから皆をゆっくり見上げて「ほれ早く」ともう一度、顎で追い払うので、しかたなく万里が紅茶セットの載った盆を抱え、菜緒と西原が自分のケーキ皿とばあさんの汚れた皿を持ってあとに続いた。

その西原の背中に向けて、

「西原さん、じゃ、ひとつ、お願いしますよ」

ばあさんが、いつのまに包んだか、ポチ袋を一つ差し出し、打って変わって優しい声を出した。

「いや、そう言われても……」

西原が分厚い唇を突き出してばあさんを振り返り、ポチ袋を見つめながら「なんですか、これ」と訊ねると、ばあさんは鋭い目で西原を睨みつけた。

「いいから持って行きなさい、西原さん！　どうか！　よろしく！」

有無を言わせぬ迫力だ。

「なに、よろしくって……？」

部屋を出てから菜緒がこっそり西原に訊ねるが、

「いや、ちょっと」

西原は眉毛の端を落としてポチ袋を見つめたまま、それしか答えない。

「ねえ、ばあさんになに頼まれたのよ」

菜緒がしつこく問い詰めても、西原は無視したまま食卓につき、ポケットから赤いマッチ箱を取り出して、勢いよく擦ると、ろうそくに火をつけた。あ、昭和のマッチだと菜緒が懐かしく思った途端、

「あら、西原君。ずいぶん古いマッチ持ってるのねえ。懐かしい～、これ。へえぇ、いまどきこんな古いマッチ、手に入るんだあ。どこで売ってるの？」

万里がすばやく西原のマッチに気がついて、愛おしそうに観察し始めた。

「このツバメの絵が可愛いのよねえ。BEST SAFETY MATCHって。あたしも欲しいなあ」

西原は何も反応せず、目を細めて静かにろうそくの火を見つめるだけである。

西原が訪ねてきたあと、ばあさんはみるみる回復していった。西原効果か。顔色がよくなり、食欲が出て、部屋にこもっている時間も少なくなる。それどころか、ちょくちょく一人で出かけるようになった。医者からしばらく安静にしろと言われたのに。菜緒はそう言って引き止めるのだが、ばあさんはまったく意に介さない。

「無駄よ、止めても。人の話を聞くような人じゃないんだから」

万里は相変わらずばあさんに冷たい。

しかし菜緒は気がかりだった。気がかりなのは、ばあさんの体調もあるけれど、それだけではなかった。今までの経験から見て、ばあさんが一人でコソコソ動き出すときは怪しいと思ったほうがいい。菜緒は西原との密談がクサいと思っていた。またなにか企んでいるにちがいない。

そのいっぽうで、菜緒は自分自身の計画についてもそろそろ詰めなければならないと考えていた。その日が迫っている。

菜緒はスマホで日にちを確認する。

〈あさってか……〉

二日後の三月二十九日に菜緒は一人で東京タワーへ行くつもりである。まだ春休み中だから時間的な制約はないけれど、万里に黙って外出するわけにはいかない。出かけること自体を反対されることはめったにないが、誰とどこへ行って何時頃帰るか、それだけは母親に告げてから出るのが親子の決まりになっていた。

勘のいい万里のことだ。一人で東京タワーへ行くと言えば、不審に思うだろう。なにか適当な理由を考えよう。嘘をつくにしても、すぐにバレないような口実が必要だ。

西原の名前を利用すれば、「あら、デート?」などと、また余計な勘ぐりをされそうで面倒くさい。結理花と出かけることにするのもいいが、結理花のお母さんと万里は普段から仲が良く、頻繁に電話でくちゃくちゃ長話をしている。下手な嘘をつくとすぐにバレてしまう。かといって、前もって結理花に「アリバイに使うけど許せ」と言えば、好奇心の強い結理花はしつこく追及してくるだろう。本当のことを言ったところで、理系思考の結理花が素直に信じるとはとうてい思えない。超常現象とかUFOとか、そういうたぐいを頭から否定する女である。うーむ、難しいところだ。菜緒は改めて考え込んだ。

スマホをいじりながらあれやこれや作戦を練っているところへ、ばあさんが帰ってきた。

「お帰り」

菜緒が玄関へ迎えに出ると、ばあさんはあたりをキョロキョロしながら、

「万里は？」

「ママは夕飯の買い物に行ってる」

「そうかい」

安堵したように答えると、ばあさんは足早に自分の部屋へ向かった。見ると、両手に重そうなデパートの紙袋を二つもぶら下げている。

「なに、買ってきたの？」

菜緒がばあさんの背中に質問するが、

「いや、別に」

後ろ手に扉を閉め、部屋にこもってしまった。ますます怪しい。これは一度、きちんと問い質す必要がある。菜緒は思った。

しかしその翌日の午前中、菜緒はタイムスリップする以前からの懸案事項でのびのびになっていた美容院へ行き、新生活に向けてイメージチェンジをし、そのあと中学

時代の仲間と集まって裏原宿へ繰り出す予定を組んでいた。

仲良し六人グループの全員と会うのは卒業式以来である。しかも髪型を変えていく。みんななんて言うだろう。あー、何を着て行こうかなあ。新しい生活が始まるという実感がにわかに膨らんできて、前の夜から興奮し、ばあさんのことなどすっかり頭から抜けてしまった。

「わおー、菜緒、すごーい！」

「かっこいいじゃん、菜緒！」

待ち合わせ場所に到着した途端、歓声があがった。ちょっと切り過ぎたかと後悔していたが、とりあえず友達の反応は悪くない。結理花、絢奈、心愛《ここあ》、愛海《あいみ》、華《はな》の五人に順繰りに頭をいじくり回されたのち、さっそく原宿から表参道に向けて散策を開始した。

その日の主たる目的はタピオカを買って歩きながら食べ、インスタ映えする場所を見つけてスマホで撮ることにあった。テーマを決めてコンテストをする。数カ月前から始めた仲間内のブームである。それぞれがいいと思う写真に一票を入れる。自分の写真に投票してもかまわないけれど、できるだけ客観的に評価する力を養うことも大事だと、リーダー格の愛海が言ったので、皆、納得している。

これまでのところ、撮影センスが抜群にいいと誰もが認めるのは絢奈だった。とはいえ順位は毎回、変えることにしていた。偏ってはつまらない。評価理由は上手下手ではなく、さまざまであるべきだと、それも愛海の意見だった。

そして、その日いちばん受けた写真の撮影者が仲間に好きなものを買ってもらえる約束になっていた。

ただし予算は五百円以内。ちょっとしたゲーム感覚だ。たいていがコンビニで好きなものを五百円分買う。が、今回はせっかく裏原宿に来たのである。自分がチャンピオンになったときのために、撮影をしながら途中で可愛いブティックやお店を覗き、自分の賞品を見定めておくのも、楽しみの一つになった。

いかにもティーンエイジャーらしい遊びをしながらバカ話で盛り上がり、立ち止まって腰を曲げるほど大笑いし、しかしその合間にときおり話題が真面目になることもある。火付け役はいつも結理花だ。結理花は将来、国際的ジャーナリストになるのが夢だという。だから中学の頃からよく新聞を読んだり専門書を読んだりして時事に通じている。その日も結理花は彼女の最近の関心事をみんなに持ち掛けた。

「ぜったいおかしいと思う。このところの地球の異常気象」

「どういうこと?」

菜緒が片手でタピオカを掲げて歩きながら、半分上の空で問い返す。それより背景をどこに定めようかと考えていた。

「つまり地球の温暖化って、ぜんぶ人間のせいだからね。去年の夏の各地の豪雨被害、覚えてるでしょ？　いくつあったと思う？　岡山、広島、愛媛だけで死者が二百人くらい出たんだよ。そのあと九月に台風で関空が水没したじゃん？　去年は地震も多かったし猛暑も尋常じゃなかったし。これって人間が好き放題にわがまま通してきたから、地球が怒り狂ってる証拠なんだよ。このままだとまもなく地球は壊れるな」

「地球が壊れたら、どうなるの？」

華ちゃんがストローをくわえたままとぼけた声を出した。

「まあ、人類は滅亡するだろうね」

「やだあ、怖いこと言わないでよ、愛海」

心愛が本気で悲しそうな顔をする。

「恐竜が全滅したのだってそうだから。諸説あるけど、恐竜が環境を破壊しまくったツケが回ったせいなんだよ。今、人間は同じ罪を犯してるんだ。わかる？」

結理花がしたり顔で問いかけた。

「よくわかんないけど、私たち、滅亡しないためにはなにすればいいの？」

仲間の中でいちばん末っ子的存在の華が結理花に質問すると、

「それはまあ、こういうプラスチックカップを使わないようにするとか、そこらへんにポイ捨てしないようにするとかさ」

「でもこれ、多すぎない？　もうあたし、飲めないんですけどぉ」

絢奈が甘え声でタピオカのカップを揺らし、ブロック塀の上に置こうとした途端、

「ダメ、絢奈！　そんなとこに捨てるな！」

リーダー愛海が叫んだ。

「捨てないよぉ。ちょっと置いただけ。手が冷たくなっちゃったんだもん」

絢奈が口を尖らせて言い返した。

「今年の夏も、また豪雨とか来るのかな。東京であんな豪雨になったら、ぜったい何万人とか死んじゃうよね？」

いつも穏やかな心愛が不安そうにみんなの顔を見渡して問いかけた。

「うん、間違いないね。東京って地面がほとんどアスファルトで固められてるでしょ。だから水を吸い込まない。だから地下鉄の入り口から鉄砲水みたいに流れ込む！」

結理花が自信満々に答えると、

「うちのおじいちゃん、昔、田舎ですごい大雨に襲われて危うく死にかけたんだって」

愛海が静かに呟いた。

「マジー？」

みんなの驚く声が揃った。

「川の増水って、すっごい速いんだってね。まだ大丈夫そうって思った一分後には、もう一メートルくらい増水しちゃうらしい」

「へえ」

「そろそろ避難しようかなと思ったときはもう手遅れなんだって。そうやって死んじゃった人はいっぱいいたらしいわよ」

「怖ーい」

話はますます盛り上がる。みんなの表情はどんどん暗くなる。しかし、やっていることは、ときおりタピオカを吸い上げたりブティックのウインドウを覗き込んだり。なんとアンバランスであることか。菜緒はみんなの会話に耳を傾けながら、せっちゃんのことを考えていた。せっちゃんも豪雨の犠牲者になったのだ。羽越豪雨。せっちゃんは本当にその雨で命を奪われたのだろうか。せっちゃんも、小さな赤ん坊を抱いてまだ大丈夫と思っているうちに流されてしまったのだろうか……。乳飲み子を抱いたせっちゃんが家の中で怯えている光景が目に浮かび、菜緒は鳥肌が立ってきた。

結局、その日、夕方五時頃までに帰ると言った万里との約束を大幅に破り、七時を

過ぎてウチへ辿り着いた途端、

「どこほっつき歩いてたの！」

　万里の怒声が飛んできた。実はみんなと別れたあと、菜緒は一人で図書館に立ち寄った。調べものに夢中になって時間が過ぎていることに気がつかず、そのせいで帰りが遅くなったのだ。

　菜緒はすぐさま反省した。万里の怒声に怖《お》じ気《け》づいたからではない。この流れで明日も朝から出かけると言えば、反対されるに決まっている。ますます入念に外出理由を固めなければならない。そのことをいつ言い出すかのタイミングも大事である。

　神妙な面持で食卓につくと、ばあさんの姿がないことに気がついた。

「あれ、ばあさんは？」

　箸を取り上げながら恐る恐る訊ねると、

「買い物に行くって。まったく菜緒もばあさんも、一度外に出ると糸の切れた凧《たこ》みたいに金輪際帰ってこないんだから。その放浪癖って隔世遺伝なんじゃないの？」

　いったん収まったはずの万里の怒りが再燃した。菜緒は背中を丸めて「いただきまーす」と呟くと、ご飯茶碗を片手に持ち、まず肉の載った大皿に箸を伸ばす。今日は豚の生姜焼きだ。久々に食べるママの生姜焼きだ。嬉しいね。

「なにその髪型？」

不機嫌な万里の視線が菜緒に注がれた。

「変？」

菜緒が豚の切れ端をつまみながら不安げに問い返すと、

「ずいぶん思い切って短くしたのね。まあ、私は嫌いじゃないけど、ロングヘア好きのパパが帰ってきたらなんて言うかしらね」

万里の口元にかすかな笑みが混ざった。

「昔、そういう男の子みたいに短い髪型が流行ったことがあるらしいわよ、外国映画の影響で。なんて名前の映画だったっけな。一九五〇年代の……、サガンの原作でさ。やだ、出てこない。ほら、なんだっけ。崖から女の人が転落して死んじゃう話」

菜緒の顔を見て訊ねるが、訊ねられても菜緒にはわからない。

「思い出した！　『悲しみよこんにちは』だ。そう、セシルカット！　たしかばあさんも若い頃そういう髪型してたわ。あんた、知らないだろうけど。昔の写真に写ってるはずよ。どこにしまったかな、あの写真」

万里はさっきの怒りはどこへやら。嬉しそうに喋り続ける。菜緒は、「知ってます」と言いたいところだが、「へえー、見てみたい」と答えておく。ついでながら、この髪型にしたのは十五歳のばあさんがカッコよかったから真似してみたのだが、それも内緒にしておこう。

それにしてもセシルカットばあさんがまた買い物に行ったとは。いったい何を買い揃えているのだろう。旅行にでも行く気か？

実のところ、菜緒は本気でそう読んでいた。ばあさんの部屋を覗いて買ってきたものをこっそり確認したところ、布団の横に新品のパジャマと下着類と、そして小ぶりのキャリーバッグが並んで置かれていた。

どう見ても怪しい。もしかしてばあさんは、せっちゃんの故郷を訪れて、行方不明になったせっちゃんの消息を辿ろうという魂胆ではないか。それがせめてものせっちゃんに対する供養と思っているかもしれない。でも、そんなこと、ばあさん一人でできるだろうか。五十年以上前の行方不明者の消息なんて、どこで誰に聞けばいいのだろう。ご飯と豚の生姜焼きを交互に口に運びながら菜緒が考えていると、

「背中丸めて食べない！お行儀悪いでしょ！」

また万里から叱り声が飛んできた。機嫌が直ったと思って油断していると、どこから矢が飛んでくるかわからない。

菜緒が図書館へ寄ったのは、せっちゃんが犠牲になったという羽越豪雨のことを調べようと思ったからである。前もってスマホで「羽越豪雨」を検索してみると、たしかにばあさんが言った通り、オリンピックの三年後、昭和四十二年八月二十六日から二十九日にかけて発生した集中豪雨だと出てきた。しかし菜緒は図書館へ行って古い

新聞を調べたら、もっと詳しいことがわかるかもしれないと思ったのだ。そして案の定、菜緒は見つけた。

昭和四十二年、一九六七年八月二十九日付けの新聞の一面にでかでかと載っていた。

「新潟、山形の豪雨禍広がる　豊作のイネ全滅の危機　死者・不明67人」

本文によると、その前年の夏にも新潟は豪雨に見舞われ、川がいくつも決壊し、その修復も済まないうちに新たな豪雨に襲われたらしい。なんと不幸なことだろう。たまたま地元を訪れていた参議院議員の一家も土砂崩れの犠牲になったと書いてある。が、一般人の犠牲者の名前などは一つも載っていない。

翌日八月三十日の新聞によると、死者・不明者の数が百五人に増えている。日が経つにつれて犠牲者の数は増えるようだ。泥と大木に押し流されてばらばらになった民家の屋根だけの航空写真、救助された地元住民がトラックの荷台にぎゅう詰めになって運ばれている写真などもある。

菜緒は村上市という文字を探す。せっちゃんは新潟の村上市出身だとばあさんが言っていた。菜緒にもせっちゃんは、「家の近くに平林神社ってとこがあって、小さい頃はよくそこで遊んだの」と話してくれたことがある。平林、平林……。菜緒は閲覧室のパソコンのコーナーへ行き、グーグルマップで平林神社の場所を確認し、ついでにもう一度、「羽越豪雨」を検索してみる。ウィキペディアに新たな情報が載っている。なんと死者の数がさらに増えていた。しかも発表元によってまちまちで、いちばん多いNHK資料によると、百四十六人になっている。そんなに被害状況が統一されていないのかと、菜緒は驚いた。いずれにしろ村上市で検索しても、平林で検索しても、羽越豪雨の犠牲者の詳細について見つけることはできなかった。

「はあー」

菜緒は大きく息を吐いた。

地図で見るかぎり、平林地区は、氾濫した荒川という川のすぐそばに位置する。その平林地区の近くにせっちゃんの生家があったとすると、やはり流された可能性は高いとみるのが普通であろう。嫁いだ先がそこから少し離れた村だとしても、被害状況は同じようなものと想像される。

「そろそろ避難しようかなと思ったときはもう手遅れなんだって。そうやって死んじゃった人はいっぱいいたらしいわよ」

愛海の声が蘇る。せっちゃんは、やはり逃げられなかったのだろうか……。

ばあさんのことが気になりながらも、菜緒は翌朝、出かける支度を整えた。タイムスリップをした三月二十五日に身につけていたのと同じデニムパンツにロンTを着る。さんざん考えた末、いい口実を思いついた。

この間、ばあさんが、失神したとき慌てたせいで、東京タワーに大事な手帳を忘れたの、そう、忘れたの。東京タワーに問い合わせたら、たしかにあります、間違いない。落とし物預かりセンターってとこで、保管しているので大丈夫。そう、大丈夫。だから急いで取ってくる。大事な手帳を取ってくる。でも帰りにちょっと、寄るとこあるから遅くなる。ちょっとだけ。たぶん六時ぐらいかな、帰るのは……。

　朝ご飯が終わって片付けを手伝って一息ついた頃、菜緒は気に入りのモッズコートを羽織ると、ラップ調のリズムに乗せて唱えながら、少しずつ万里のそばへ近づいていった。

　万里はばあさんの部屋の押し入れの奥に重ねられた段ボール箱に頭を突っ込んで、大きなお尻だけをこちらに突き出してなにやら探し物をしている。ばあさんはまたも朝早くから出かけて留守だった。その万里の背中に向かって一気呵成に申し出れば、

「なんで忘れ物を取りに行くだけでそんなに遅くなるの？　おかしいでしょ？」

　おそらくそう突っ込まれるだろうと予測して、菜緒は周到に次なる嘘も用意していた。ところが、

「あ、そ」

　あっけなく返された。心ここにあらず。なにを探しているのか知らないが、けっこう焦っている様子である。

菜緒と話をしている暇はないのと言わんばかりのイライラオーラが万里の背中から伝わってくる。よし、今がチャンスだ。万里の関心がこちらへ向く前に出かけてしまおう。一応、申し出はしたのだ。無断で外出するわけではない。

「じゃ、行ってきまーす」

菜緒はばあさんの部屋を出るとまっすぐ玄関に突進し、スニーカーを突っかけて外へ飛び出した。

四日ぶりの東京タワーだった。菜緒は建物の中へ入る前に巨大なタワーの威容を見上げて深呼吸する。

本日三月二十九日に菜緒とばあさんは、昭和三十八年から現代へ帰ってきた。帰ってみたら、こちらは平成三十一年の三月二十五日に戻っていて、昭和で過ごした五日間は帳消しになっていた。しかし、菜緒の脳裏には、まるで目が覚めたあともずっと忘れられない夢のように、昭和で過ごした五日間の鮮明な記憶がいくつも保存されている。

都電、金魚売り、長く続く木造二階建ての家並み、割烹着、鼻水をたらした子供たちの笑顔、焚き火の匂い、セルヴァンのマダム、スイートポテトの味、そして山口家の人々……。

作業場の光景が蘇る。キーンと張り詰めた冷たい朝の空気の中に湯気がもうもうと立ち上り、ときおり次平さんとたか坊の下駄の音が高らかに響く。

「やあね、菜緒ちゃんって、可笑しい！」

菜緒の頭の中でせっちゃんの笑い声が渦巻いた。

「せっちゃん……！」

菜緒はチケット売り場の前で釣り銭を待つうち、つい声が出た。

「は？」

売り場係の女性が目を丸くしている。

「あ、いや。独り言です。ごめんなさい」

菜緒は照れくさそうにぺこりと頭を下げてその場を去る。釣り銭を財布に入れてエレベーターのほうへ歩き出した。

「切符、買えた？　ほら、こっちよ。私のオススメはねえ……。新幹線には大いに関心があるの」

ブルーと白の斜め縞のワンピースを着て、ウエーブの

かかった長い髪の毛を揺らしながらさっさか前を歩き、ときどき振り返っては笑いかけてくれたせっちゃんの姿を思い出す。廊下の向こうからお下げ髪をぴょんぴょん跳ねさせて駆け寄ってくるエプロン姿のせっちゃんも目に浮かんだ。

「どうしたの、菜緒ちゃん？　大丈夫？　よく頑張ったわ、菜緒ちゃん」

せっちゃんはいつも菜緒のことを見守ってくれていた。あんなに親切にしてもらったのに、最後は挨拶もせずにあの家をあとにしてしまった。

急に胃のあたりがチクチク痛み出した。緊張するとどうも痛む傾向がある。菜緒はお腹をさすりながらエレベーターに乗り込む。せっちゃんのことを思い出したせいか。それともエレベーターに乗ること自体に緊張しているのか。菜緒はふと、エレベーター入り口近くの足元のほうへ視線を向ける。あのダイヤルを誰かがいじったら、またタイムスリップしてしまう。しっかり監視していな

いとんでもないことになる。

幸い、乗客は少ない。誰かが触ればすぐ止めに入ることができそうだ。菜緒はいつでも突進できるよう、腰を低くしてダッシュの体勢をつくり、ダイヤルを睨み続けた。

「お待たせいたしました。まもなくメインデッキに到着です。本日はお天気も快晴でございます。日本一の富士山が皆様をお待ちしているかと存じます。それでは皆様、地上百五十メートルからの景色を、どうぞごゆっくりお楽しみくださいませ」

女性アテンダントから案内があり、エレベーターが急速にスピードを落とし始めたと思ったら、ドアが静かに開いた。

エレベーターが空いていたわりに、メインデッキは人で溢れている。菜緒は顔を左右に振りながら、ゆっくり歩き出した。まずは一周してみよう。

「わー、ユウくん、見て見て。ほら、富士山よ」

「ふじしゃん、ふじしゃん！」

「富士山、きれいねえ。すごいねえ」

「しゅごいねえ」

家族の和やかな会話が耳に届く。

母親と父親の間に立つ二歳ぐらいの幼子が、両手でガラスを叩いてはしゃいでいる。菜緒はその愛らしい声につられて彼らのそばへ歩み寄った。

考えてみれば、この展望台には、最初にばあさんと二人で観光したときを別にして、あっちの時代に西原と一回、そのあとばあさんと二回、合計三回も来ているというのに、ほとんど景色を見た覚えがない。

〈ふじしゃんかぁ、ホントにきれいだ〉

改めて菜緒は西の方角へ目を向けてしばらく呆然《ぼうぜん》とした。それからゆっくり、富士山より間近な、ビルが詰まった東京の街に視線を移す。確認したわけではないけれど、昭和三十八年の東京は、ここまでコンクリートジャングルにはなっていなかっただろう。でもきっと、富士山はあの頃と何も変わっていないはずだ。

富士山自身はどう思っているのだろう。はるか東の街の真ん中にオレンジ色のタワーが建ったぞと思っているうちに、高いビルが次々に天を目指して伸びてきて、都会がどんどん混雑していって、高速道路が張り巡らされ、新幹線が猛スピードで目の前を通り過ぎていく……。東京が急速に変貌《へんぼう》していく様を、富士山は文句も言わず、ただ黙って見守り続けてきたのだろうか。

いつのまにか幼子を連れた夫婦の姿は消えて、カップルがそばにいた。大学生だろうか。富士山を背にして肩を寄せ合い、スマホで自撮りをしようとしている。菜緒は二、三歩近づいて、

「撮りましょうか？」

声をかけた。すると二人は顔を見合わせたのち、

「あ、大丈夫です」

そう答え、さっさと菜緒から視線をはずし、ポーズを変えて自撮りを再開した。

〈そうですか……〉

菜緒は所在なく、二人から離れて歩き出す。

カフェが目に入った。菜緒はゆるゆるとカウンターに近づいて、壁に貼り出されたメニューを見上げる。ポシェットから財布を出し、

「えーと……」

カウンター越しに店員が菜緒の注文を待っている。

「えーと……」

菜緒は迷う。タワーソフトという名のソフトクリームがおいしそうだが、五百円もする。前日も原宿で思ったが、昭和三十八年と比べると、あらゆる値段が高く感じられる。あちらでは牛乳が一本十五円だったのに。

甘い物よりサンドイッチのほうがいいかな。しかし四百二十円ねえ。ううう。店員が待っている。あまり待たせすぎるのも申し訳ない。

「じゃ、オレンジジュース一つ」

「三百五十円になります」

すかさず答えて店員が動き出した。オレンジジュースが三百五十円もするなら、サンドイッチのほうが得だったかも。でもサンドイッチを食べたらどうせ飲み物は欲しくなるから、これでいいとするか。でもなあ……。ぐずぐず考えているうちに、

「オレンジジュースをご注文のお客様」

「はい、私です」

「どうぞ。ありがとうございました」

事務的にプラスチックカップを差し出され、微笑みかけられたけれど、それはほんの一瞬のこと。菜緒は急に昭和三十八年が懐かしくなる。

昭和の人はもっと優しくて、のんびりしていたように思う。丁寧に道を教えてくれたし、困っていると助けてくれたし。それに比べて今の人たちは、まるでロボットみたいだ。愛想が悪いわけではないけれど、なんだか心がない。他人と関わる時間を極力短くしたがっているように見える。

〈なんだかなあ……〉

ひょっとして自分は昭和かぶれしてしまったのかと菜緒は考える。

ストローを蓋のついたカップに突っ込んで、オレンジジュースをすり上げ、またゆるゆる歩き出した。見渡すと、ビールを飲んでいるおじさんグループがいる。朝っぱらからビール？　思わずスマホに目を落として時間を見ると、すでに一時を過ぎて

いた。

〈もうこんな時間か……〉

菜緒は心細くなってきた。もし会えなかったら……。会えないということは……。でも、諦めるには早すぎる。菜緒は自らを鼓舞した。大丈夫大丈夫。まだ結論を出すには早過ぎる。

菜緒が片手にオレンジジュースのカップを持ってぶらぶらと、まわりの人たちの顔を一人ずつ確認しながら歩いていると、横を向いた瞬間にドンと衝撃が走り、よろめいた。その勢いで、持っていたオレンジジュースが手から離れて床にたたきつけられた。ジュースと氷が床に散乱する様子を目で追って、振り返ると、

「なんだ、その頭！」

聞き覚えのある声がした。

「嘘でしょ⁉」

菜緒も反射的に声を発した。目の前にいるのは西原ではないか。なんで私は、これだけたくさんの人がいるなかで、よりによって西原と衝突しなければならないのだ。

菜緒はにわかに腹が立った。

「どういうつもり？」

西原が、急いでズボンのポケットからタオルハンカチを取り出して、床を拭き始め

た。しかし落ち着かない様子であたりをキョロキョロもする。

「もしかして、わざと私にぶつかってきただろ！」

　菜緒が西原につっかかる。まわりを歩いていた人々が遠巻きにして通り過ぎていく。

「わりぃ。でも、あ、ヤバ！　これ、頼む！」

　西原はベチョベチョに濡れたタオルハンカチを菜緒に押しつけて、その場を立ち去ろうとした。

「ちょっと、なにその態度！　ちょっと西原！　ざけんなよ！」

「大丈夫ですか？」

　カフェのカウンターから女子スタッフが大量の紙ナプキンを抱えて飛んできた。菜緒がロボットみたいだと思った店員だ。

「服は？　濡れてませんか？」

　なんだか親切。心がないとか思ってごめんなさい。恐縮しつつ、しかし同時に西原のことが気になった。

「すみません。ありがとうございます」

　お詫《わ》びとお礼の言葉を繰り返して店員と一緒に床を紙ナプキンで拭いたり氷をカップに戻したりしながら、菜緒は西原が走っていった方角に目を遣る。するとまもなく、西原が戻ってきた。

なんと、ばあさんを連れている。ばあさんの腕をつかみ、まるで犯人を捕まえた刑事のようである。西原に引っ張られるように歩くばあさんは、昭和から帰ってきたときに着ていた花柄ワンピース姿だ。よほど気に入ったのか。手にはキャリーバッグを引いている。完全に旅のいでたちだ。やっぱり旅に出ようとしていたんだな。しかし、なぜ上野駅じゃなく東京タワーなんだ？

「こちらでゴミは始末しますので。その濡れたタオルも、よろしかったら捨てておきますか？」

女子スタッフに手を差し出され、「あ、どうも。いや捨てるのはもったいないから……。でも私のじゃないから、いっか」と迷った末に結局、ベチョベチョのタオルハンカチを手渡して、菜緒は何度も頭を下げながら西原とばあさんのもとへ駆け寄った。

「なにやってんの、こんなとこで！」

菜緒は驚いた勢いで二人を怒鳴りつけた。周囲の目がこちらに向けられたが、気にしている場合ではない。

「お前こそ、なんでいるんだ！」

菜緒より迫力のある声でばあさんが言い返した。

「私？　私はちょっと用があったからよ」

「こっちだって大事な用があったんだよ」

ばあさんはそう言い捨てると、鋭い目のまま西原のほうを向き、

「痛いよ。いい加減に手を離しなさい」

「ダメですよ、おばあさん。手を離したら、また行っちゃうでしょ？　そんな無責任なこと、僕にはできませんから」

「あんたができなくてもいいのよ。私がやるんだから」

「だからそれがダメなんですよ、わかんないんですか？」

西原が厚い唇をさらに突き出して、ばあさんを叱りつけている。こんなに声を荒げる西原を見るのは初めてだ。菜緒は腹が立つのを忘れて、しばし二人のやりとりに聞き入る。

「だったらあんたが連れて行ってよ」

「それはできません」

「だって何度も行き来してるんだろ？　行ったり来たりはお手のもんなんだろ？」

「さっきも説明しましたけど、一定の間隔を置かないとそんなに頻繁には行き来できないんです。そんなことしたら、戻ってこれなくなっちゃうんですよ」

「別に戻ってこなくてもあたしはかまわないんだよ。だから一人で行くって言ってるでしょうが」

「だからそれはダメですってばあ」

二人の激しいやりとりを聞いているうちに、菜緒はだんだん読めてきた。

「ちょっとばあさん」

菜緒は二人の間に手を伸ばし、言い争いを止めようとした。

「ばあさん、落ち着いてよ。ばあさんってば！」

何度声をかけても黙ろうとしない。とうとう菜緒はキレた。

「いい加減にしろ！」

腹の底から声を出し、二人に向かって怒鳴り散らした。一瞬にしてあたりが静まり返り、歩いていた人たちの足が止まった。まるでばあさんになった気分だ。けっこうスカッとする。でもすぐに恥ずかしくなった。周囲に向かって苦笑いを投げかけ、

「どうも。失礼しました。もう大丈夫なんで。どうぞあちらへお進みください、はい」

手を差し出して前進するよう促したあと、再びばあさんと西原に向き直る。そして大きく息を吐いたあと、ばあさんのほうへ歩み寄った。

「まさかばあさん、またあっちへ戻ろうとしてるんじゃないでしょうね」

ばあさんはそっぽを向き、それから西原のことを睨みつけた。

「西原！　なんでこのバカまごを呼んだのよ。誰にも言うなって、あれほど言っていたのに。この裏切り者が！」

とうとう西原を呼び捨てにしている。

「呼んでませんよ、僕」

西原は分厚い唇をさらに尖らせて言い返すが、そのまま黙り込んでしまった。

「呼ばれてないけど、私」

菜緒が補足した。すると、

「じゃ、なんでお前がここにいるのさ」

ばあさんの怒りの矛先が菜緒に移った。

「だから、用事があったんだって、さっき言ったでしょ！」

「まさかお前も、あっちに戻ろうとしてたのか？」

「違うよ！　あ、ばあさん、白状した。やっぱりせっちゃんのとこに戻ろうとしてるでしょ！」

菜緒はしてやったりとばかりにばあさんを睨みつけた。が、ばあさんは頑として答えようとしない。それどころか、

「あんたは何しに来たのさ。答えなさい。あんたが答えたらあたしも答える」

菜緒を一方的に責めてくる。

「そんなのずるいでしょう！」

「ずるいとはなんだ、失礼な！　若輩のお前から説明するのが礼儀というものだろ

う」

「そりゃ、そうかもしれないけど……」

まったくやっかいなばあさんだ。周囲を取り囲んでいた野次馬は、埒の明かない菜緒たちの喧嘩に見切りをつけたか、少しずつ輪がほぐれ、一人、そして一人と立ち去っていった。ばあさんに苛立つ気持をいったん抑えようと、菜緒は両手を腰に当て、ばあさんから視線をはずして呼吸を整える。人混みが散り、見通しがきくようになったとき、菜緒はふと、はるか前方の柱の横にお下げ髪をした少女がいるのを発見した。

「ん？」

首だけ前に突き出して目を凝らす。逆光で判別しにくいが、お下げ髪の少女は俯きがちながら、レトロなデザインのブルー系ワンピースの上に白いエプロンをかけているように見える。一瞬、「お帰りなさいませ、ご主人様」というメイドカフェ系の女の子かと思ったが、いやいや、ちょっと待て。

〈まさか⁉ まさかまさか？〉

菜緒がもう一度、少女のほうをよく見ると、隣に着物姿のおばあさんが寄り添って、こちらに向かって微笑んでいるではないか。小さく手まで振っている。

「あっ！　あ、あああああああ！」

驚きのあまり菜緒が叫んだ。わめいた。両手を激しく回してひきつったように跳びはねた。菜緒の異様な叫び声に反応し、ばあさんと西原が振り返る。

「ばあさん、あれ！　あっち！」

菜緒が手を無意味に振り回しながら、ばあさんに伝えようと思ったとき、すでにばあさんは、その少女と老婦人目指して歩き出していた。キャリーバッグをガラガラ引きながら、最初はゆっくり、だんだん足早に、そして最後は小走りで。菜緒が急いで追う。西原も無言であとに続く。

ガラガラガラというキャリーバッグを引く音が止《や》んだとき、

「和お嬢様！」

着物の婦人がしみじみと、息を弾ませるばあさんの顔を見つめて語りかけた。ばあさんは、すぐに言葉が出てこないのか疑っているのか、口を半開きにして二人を交互に何度も見比べたのち、遠慮がちに、

「もしかして、せっちゃん……？」

お下げ髪の少女に声をかけ、それから白髪の老婦人のほうへ向き直り、

「……せっちゃんなの？」

ガチョウが喉に餅を詰まらせたような声で問いかけた。老婦人は口に手を当ててククッと笑うと、改めて姿勢を正し、

「はい、節子です。お嬢様、たいそうご無沙汰してしまいました」

「でも、洪水で死んだんじゃなかったの？」

質問がストレート過ぎる。その聞き方、ちょっと失礼ではないか？　菜緒は案じた。しかし、節子と名乗る白髪の婦人は少しも気を悪くする気配なく、

「いいえ。幸い、こうして生き残っておりますよ」

はにかむような笑みを浮かべ、しかし朗らかに声を張って答えると、頭を下げた。菜緒は二人のやりとりを見守りながら、お下げ髪少女と白髪の着物婦人の足元を確認する。

ある、ちゃんとある。どうやらおばけじゃなさそうだ。せっちゃん、死んでなかったんだ。タイムスリップではなくて、今、この現代に生きているせっちゃんが、約束通り、来てくれたんだ。

最初のうち、白髪のせっちゃんは街ですれ違っただけではきっとわからないだろうと思うほど、菜緒の知っているせっちゃんとは違って見えた。笑うと顔や首元にたくさんの皺が寄り、お化粧の下にはシミもいくつか透けて見える。それでもあちこちにせっちゃんの面影は残っていた。驚いたときや可笑しいときに手を口の前に当てる仕草、笑ったときの口元の動き、溌剌とした声。声はぜんぜん変わっていない。しばらく見つめるうちに、お下げ髪だった頃のせっちゃんが菜緒の頭の中にみるみる蘇ってきた。

ばあさんはそれでもまだ信じられないとばかりに、隣の少女を細かく観察している。どちらが本当のせっちゃんなのか、それこそおばけじゃないのかと、疑っているのかもしれない。すると老婦人が少女の背中に手を当てて、軽やかに言った。

「これは私の孫なんです。お会いしてもわかっていただけないかもしれないと思って、菜緒ちゃんと一緒にお出かけしたとき私が着ていたワンピースを着せて……、物持ちがいいでしょ？　これを着せてついて来てもらったんです。本人はこんな髪型も古い服も似合わないしカッコ悪いって、嫌がったんですけどね」

せっちゃんが「ね！」と少女の顔を覗き込む。

「別に嫌じゃないけど……」

少女が蚊の鳴くような声で答え、せっちゃんの身体の後ろに身を隠した。なるほどせっちゃんの昔のワンピースは、ひょろりと痩せたこの子には少し大きいのか。肩の線がだいぶ外に落ちている。

「ほら、ちゃんとご挨拶をなさい。なおちゃん！」

〈なおちゃん？　私と同じ名前？〉

菜緒がびっくりして目をしばたたかせている前で、少女は横目でばあさんを見上げてから、小さな声で自己紹介を始めた。

「富樫夏穂。十一歳です」

「なおって？　どういう字を書くの？」

　菜緒が訊ねると、

「夏に稲穂の穂です」

「ふうん。じゃ、今度六年生？」

　うん、と無言で頷いて、夏穂はまたせっちゃんの後ろに隠れようとした。背丈は、一瞬せっちゃんの生まれ変わりかと見間違うほどあるけれど、中身はまだ小学生なのだ。眼光鋭いばあさんの前で怯えるのも無理はない。

「私も菜緒って名前なのよ。菜っ葉の菜に、糸偏に医者の者って書くんだけどね」

　安心させようと菜緒が話しかけても、夏穂は相変わらず無言で頷くだけである。

「歳の離れた末っ子でしてね。人見知りで困ってるんです。ほら、きちんとお返事しなきゃダメでしょう」

　せっちゃんは、叱りつけながらも、顔には可愛くてしかたがないと書いてある。

「でもよかった。本物の菜緒ちゃんに会いたいって、前から言ってたのよね」

　夏穂に向かってせっちゃんが同意を求める。

「この子の名前、菜緒ちゃんからいただいたんです。私には息子が一人きりだったから。孫に女の子が生まれたら私に名前をつけさせてねって息子にお願いしてたもので」

　夏穂に注目が集まっている間、ばあさんは身体を固めたまま動かない。ある意味、怒っているように見える。感動して泣くかと思ったのに、むしろ不機嫌そうだ。

「ほら、ばあさん！」

　菜緒がばあさんを肘で突っついた。何か言いなさいと促すが、ばあさんの眉間には皺が寄りっぱなしである。そしてとうとう、

「わけがわからん！」

　叫んだ。突然の大声に、菜緒も西原も、せっちゃんも孫の夏穂ちゃんも、全員が反射的にのけぞった。

「やだ、ばあさん。そんな大声出して！」

「あたしには、わかりませんよ」

「なにが？」

「なんでせっちゃんがここにいるのよ！　私が会いに行こうと思ってたのに。なんで連絡もしてないのにそっちが来るの！　なんで生きてるの⁉」

「それは……」

　菜緒が言いかけた。

「それは、せっちゃんに聞いて」

　そう言って、菜緒はせっちゃんにバトンを渡す。すると、せっちゃんが静かに語り

出した。

「ずっと長い年月、この日を楽しみに生きてきたんです。死ぬ前に必ず和お嬢様に会って、仲直りを果たそうって」

笑顔になったせっちゃんの瞳が涙で潤んでいる。

「読んでくれたんだ、せっちゃん……」

菜緒が問いかけると、

「当たり前じゃないですか。二人とも、挨拶もしないでいなくなっちゃうんですもの。警察がいなくなったら戻ってきてくれると思ってたのに……。どんなに悲しかったことか。そのあと菜緒ちゃんの手紙を発見して……」

せっちゃんの満面の笑顔に涙がひとつ流れ落ちた。

「何度も何度も何度も読み返して、新潟に帰ったあとも何度も開いて、読み返すたびに泣いていました。私が好きな人はみんな私のそばを離れていく。どうして私は大好きな人から捨てられてしまうのかしらって」

菜緒はそこで、それは洋介も含まれているんですか？　と聞きたい衝動にかられたが、グッとこらえる。さすがにこの雰囲気の中ではまずいだろう。

「何度読み返しても理解できなくて。タイムスリップだとかエレベーターで時代を超えたとか。でも私、あるとき決心したんです。理解できなくてもいい。わからないのは私の頭が悪いせいなんだわ。菜緒ちゃんがそう言っているのなら、そうにちがいないって、信じることにしたの。だから菜緒ちゃんが残してくれた手紙を大事にしまっておいて、いつかその日が来たら、二〇一九年の三月二十九日が来たら、きっとすべての謎は解けるだろうって。信じて待っていたんです。菜緒ちゃん、ありがとう。おかげでまたお二人にお会いできて本当に嬉しい！」

せっちゃんの涙はもはや瞳の中に留まることができない量となり、次々に頬を伝って着物の襟まで落ちていく。隣で夏穂が心配そうに自分の祖母を見上げ、そして小さくプッと噴き出した。

「なに笑ってるの？」

これまでずっと恥ずかしがってろくに口もきかなかった夏穂が噴き出すとはどうしたことか。驚いて菜緒が訊ねると、

「バアバね。UFOもテレパシーも宇宙人もぜんぜん信じないのに、タイムスリップだけは本当にあるって、いつも言うんです」

おばあちゃんが泣いている横で、またククと、せっちゃんと同じように拳を口に当てて楽しそうに笑った。案外、肝の据わった子である。菜緒は好感を持った。

一方のせっちゃんは、手に握っていた細かいレースの刺繍《ししゅう》が施されたハンカチで涙を拭きながら、

「ね、バアバの言った通りでしょ？　本当だったでしょ？」

人差し指を立てて孫に威張ってみせた。そういえばこの仕草もせっちゃん得意のポーズだった。

セルヴァンでアップルパイを食べて「おいしい！」と菜緒が叫んだとき、「ほらね！」と得意そうに人差し指を立てたときと、せっちゃんは同じ顔をしている。

「よかったね、バアバ」

夏穂がせっちゃんの身体を叩いて笑いかけた。

せっちゃんは孫に慕われている。きっと幸せなのだろう。互いに相手を思いやる祖母と孫娘の様子を見ているだけで無性に嬉しくなり、ウチとはかなり違うと思うと、かすかに羨ましくもあり、そんなことを考えているうちに、菜緒も胸がつまって泣けてきた。涙を拭っていると、菜緒の肩をトントンと、西原が指先で突いた。

「なに？」

菜緒が涙目で振り向くと、

「あのさ、俺、先に帰るわ」

西原が菜緒に囁いた。

「なんで？」

菜緒が問い返すと、

「だって、悪いじゃん。俺、関係ないし」

西原がボソボソと言った途端、

「関係ないことはない！　お前も重要参考人だ！　帰るんじゃない！」

ばあさんは地獄耳だ。たちまち振り返り、西原に身体ごとぶつかってきた。

「え？　重要参考人なの？」

見返すと、ばあさんの顔は見たこともないほどクシャクシャになり、鼻水と涙が混ざり合い、顔が真っ赤になっている。

「大丈夫か、ばあさん？」

菜緒は思わず噴き出した。すると、

「お前が？」

ばあさんの声がヨーデルのように裏返った。顔が異様に歪んでいる。

「お前が手紙を書いたのか⁉」

迫り具合が半端ではない。もう少し、せっちゃんみたいに孫娘に穏やかに語りかけるってことはできないのかね、なんだか怖いんですけどと警戒しつつ、

「……はい」

菜緒が小声で返答すると、

「いつ？　どこで？」

「だから、こっちに帰ってくる前の日の夜に……」

「机に向かって書いていたのは、せっちゃん宛の手紙だったのか⁉　なんであたしに言わなかった⁉」

ばあさんの顔がどんどん接近してくる。この勢いだと、確実に叩かれそうな危険を感じる。

「だって、本当に来てくれるかどうか私だって自信なかったたし。変に期待させてもいけないかなあとか思って……」

菜緒は拳を顔の前に当てて、ボクシングの防御の体勢をとった。すると、

「まったくお前はいつも、余計なことしてくれるから。こんなことになっちゃったじゃないか！」

真っ赤な顔でそう言って、一呼吸置くと、ばあさんが吐き出すように言った。

「大いに感謝する！」

そして菜緒に向かって深く頭を下げた。その勢いで床に鼻水か涙がぽたりと落ちた。

前代未聞のことだ。ばあさんからこんなに深く感謝されたことはない。スマホで証拠写真を撮って、万里に見せたいくらいだ。そう思いついたとき、すばやくばあさんが顔を上げ、今度はせっちゃんと対峙《たいじ》した。

「せっちゃん。長い間、苦しい思いをさせて本当に申し訳なかったです。あたしは

「……、あたしは……」

ばあさんの言葉がここで詰まり、沈黙が生まれた。ばあさんは一度、ワンピースの袖で涙を拭き、鼻をすすり上げてから、

「あたしがあなたに冷たくしたせいで、あなたを死なせてしまって……」

あとは言葉になっていない。何か言っているが聞き取れない。

「まあ、お嬢様ったら。私は死んでないですよ。ほら、こんなに元気なんです」

せっちゃんがばあさんの肩をそっと抱き寄せた。

「だって……、洪水……、電報……、行方不明……」

せっちゃんの胸に抱かれながらばあさんは、単語だけを断片的に発する。だいたい言わんとしていることは理解できるが、まったくセンテンスになっていない。それでもせっちゃんは、「もういいんですよ。そんなこと、もういいんです。こうしてお会いできたんですから」と、泣きじゃくる子供をあやすかのようにばあさんの背中を優しく叩いた。

ばあさんはせっちゃんの胸に身体をもたせかけ、もはや体裁も面子《メンツ》もかなぐり捨て、関係ない人が見たら、誰か死んだんじゃないかと思われそうなほど取り乱している。

その横で、よほど居心地が悪くなったのだろう。西原がまた菜緒の耳元で、「やっぱ俺、消える」と囁いた。今度は菜緒も、「うん、わかった」と納得して小さく手を振

った。

西原、ばあさんのわがままにつき合ってくれてありがと。でも西原が止めてくれたおかげで助かったよ。あ、あと西原のタオルハンカチ捨てちゃったけど許せ。たぶん届かないと知りながら、菜緒はエレベーターに向かってのそのそ歩く西原の背中に語りかける。

西原が男とすれ違いざまにぶつかった。またぶつかってやんの。アイツ、野球やってたくせにバランス感覚ないんじゃないのか？　そう毒づきながら見ていると、相手の男が手帳になにやら書き込んでいて、どうやら前を向いていなかったらしい。キラリと光るボールペンを掲げて西原に、「失敬！」と謝った。西原も振り向きながら、コクンと会釈している。そのとき菜緒は突然、思い出した。

「そうだ！」

ポシェットの中からボールペンを取り出して、ばあさんの背中を抱いているせっちゃんの顔の前にそっと突き出した。

「まあ！」

せっちゃんの目がたちまち輝いた。ばあさんの身体からあっさり手を離した。

「これって……」

それはせっちゃんから借りていた銀色のボールペンだった。

「すみません。返すの忘れちゃって」

菜緒が弁明すると、

「あら、私、なくしたと思ってた。そっかあ。菜緒ちゃんに貸してたんだっけ？」

せっちゃんは相変わらず優しい。菜緒が持ち帰ったのに、菜緒をかばおうとしている。菜緒はますます申し訳なくなって、

「そうです！　ごめんなさい」

菜緒が謝ると、せっちゃんは改めて片手でボールペンをためつすがめつしてから、菜緒に向き直り、ニッコリ笑った。そして、

「マジスカ？」

落ち着いた口調で問いかけた。

「え？」菜緒は驚いた。まもなく菜緒の顔がくしゃくしゃに崩れた。への字になった目から涙がとめどなく溢れてくる。こんなに優しい人が、死んでなくて本当によかった。ボールペンを返すことができてめちゃくちゃよかった。菜緒は頬を伝う涙を拭い、それから胸を張り、

「マジっす」

敬礼してみせた。せっちゃんも泣いている。嬉しそうな顔をして、泣いている。そしてもう一度、

「マジスカ？」

せっちゃんが微妙にずれたイントネーションでそう言うと、自分でもおかしいと思ったのか、首を傾げて笑い出した。

「ババ、ちょっと言い方、変」

夏穂もつられて笑い始めた。

菜緒も笑う。思い切り声を上げて笑う。するとまもなく、泣いていたはずのばあさんがおもむろに顔を上げた。

「二人とも罰金だ！　そういう下品な言葉を使うもんじゃない！」

しかしばあさんのその声に、いつもの迫力はちょっとばかり欠けていた。

そのあと菜緒とばあさんは、せっちゃん、孫の夏穂と一緒にエレベーターで地上階へ降り、東京タワーのロビー中央で立ち止まった。別れる前にせっちゃんが連絡先の交換をしたいと言い出して、菜緒が返した銀のボールペンを片手に持って、「どこかにメモ用紙とかないかしら」とキョロキョロし始めた。インフォメーションカウンターに駆け寄ろうとする祖母を夏穂がすばやく呼び止めた。

「ババ。メモ用紙なんかいらないよ。ほら、私がスマホに書いてあげるから大丈夫」

そう言うと、せっちゃんのバッグからスマホを手早く取り出して、今度はばあさんの前に歩み寄った。

「お名前と住所とお電話番号、教えてください。あとメールアドレス？」

問われたばあさんは戸惑った勢いで、

「ほら、あんた答えてよ。あたしはあの家の住所も知らないんだから」

菜緒を無理やり前へ押し出すので、菜緒が代わりに答えることになった。

「名前は山口和。住所は、東京都杉並区下井草……」

菜緒の声を聞きながら、夏穂が手早くスマホに打ち込んでいく。続いてせっちゃんの連絡先を菜緒が自分のスマホに打ち込んだ。

「あ、さいたまなんだ。せっちゃんのお家」

菜緒が打ち込んだ住所を見ながら夏穂に確認すると、

「最寄りの駅は西大宮です。バアバはウチのすぐ近くに住んでるんです。ウチの電話番号も教えときますね」

「スマホ使えるんだ」

「バアバのスマホを借りていじっているうちに覚えました」

菜緒と夏穂がスマホを手に額を寄せ合っている間、ばあさんとせっちゃんは後ろで、まだ多少のよそよそしさを残しつつ、

「今、お住まいは？」

「はい。渋谷の家は取り壊しましてね。この子の親のウサギ小屋みたいな狭いマンションで仮住まいしておりますの」

「まあ、そうだったんですか。渋谷のお家はもう……。じゃ、ご主人様は……？」

せっちゃんが問いかけたとき、

「ババ。連絡先交換、完了したよ」

「ああ、そう。この子がいないと使い方がちっともわからなくて」

せっちゃんがばあさんに語りかけたのに対し、

「じゃ、またご連絡します。どうぞお気をつけて……」

ばあさんがあっさり頭を下げて挨拶した。

「はい、では近いうちに、またゆっくり！」

せっちゃんが答え、互いに手を振ったりお辞儀をしたりを繰り返しながら、ばあさんと菜緒は飯倉方面へ、せっちゃんと夏穂は芝公園方面へ歩き出した。

「ねえ」

菜緒がばあさんに話しかける。

「ん？　なんだい」

ばあさんもようやく心のしこりが取れて安心したのか、キャリーバッグをガラガラ引きながら、穏やかな声を発した。

「六本木まで、歩いていかない？」

菜緒はばあさんの顔色を窺った。いつもなら「やめてくれ。冗談じゃないよ」とすぐに拒絶反応を示しそうなものだが、今日は少し様子が違う。

「ああ」と長閑に答えてから菜緒を見直して、

「いいね。桜も満開だし」

菜緒は飛び跳ねた。

「ね！　タイムスリップした日の景色と比べてみようよ。あのパン屋さん、まだあるかなあ。あったらパン買って、あのベンチに座って食べない？　考えたら私、お腹ペコペコだよ」

「まあ、ないだろうな」

「そう？　わかんないじゃん」

菜緒はばあさんのキャリーバッグを、「ほら、危ないから私が持ってあげるよ」と引き取って下り坂を歩き出す。

たしかに桜は満開だ。ビルの陰や、緑の隙間にピンク色のかたまりがちらほらと覗いている。暖かい風に乗り、桜の花びらが空を舞う。菜緒にとってもばあさんにとっても、これから新たな生活が始まるのだ。菜緒は春の空気を思い切り胸に吸い込んだ。

東京タワーでばあさんがせっちゃんとの再会を果たしている間、下井草のマンションでも別な事件が起きていた。

その朝、出かけようとする菜緒には目もくれず、ばあさんの部屋の押し入れに頭を突っ込んで探し物をしていた万里が、とんでもないものを発見したのである。

そもそも万里は夫の仲次に頼まれて、古い美術書を探していた。仲次の会社でアンティークの美術書に興味を持っている専務取締役がいて、そういうのなら妻の実家に山ほどありましたよと軽口を叩いたら、「是非、見てみたい」と頼まれてしまった。あとには引けない、どうしようと、仲次が万里に相談したところ、「そんなもん、家を取り壊すときぜんぶ処分しちゃったわよ。でもたしか、この家に一、二冊、ばあさんが持ってきたのがあったかも。見てみようか？」「うん、お願いします。これで出世できるかも」と、そういう流れになった末、ばあさんの留守中に万里が捜索した結果、一冊だけ出てきた。

万里は『ボタニカルアート大全』と背に書かれた箱入りの、縦横五十センチ厚さ十センチほどはありそうな分厚い本を抱えて食堂まで運び出した。食卓に置くとゴトンと音がするほど重厚なその本を見て、まずは積もった埃を台布巾で軽く払う。それから一応確認するために、これまた頑丈なケースを勢いよくずらして中身を取り出そうとしたら、封書のようなものが一通、ハラリと落ちた。

「ん？」

万里は床に落ちた封書を取り上げる。表には、万年筆で書いたのだろうか、細いが堂々たる字で「和お嬢様へ」と宛名書きがされている。ばあさん宛の手紙らしい。裏を返す。こちらも細めだが伸び伸びとした字で「五十嵐節子」とある。

「五十嵐節子……？」

聞いたことがあるような名前だが、思い出せない。

「誰だっけ……？」

中から便箋を取り出そうとしたとき、万里は気がついた。まだ開封されていないではないか。おまけに、いったい何年この美術書の間に挟まっていたか知らないが、押し花にされた植物のようにペッチャンコになっている。ただ、触るとそれなりの厚みはある。長い手紙なのだろうか。

「やだやだ、なに、この秘密めいた感じ？」

万里は俄然、興奮し始めた。なんだかわからないがゾクゾクする。もしかして山口家にまつわる重大な秘密がこの手紙にしたためられているのかもしれない。開封しようか。でもばあさんに黙って封を切ったら、あとでバレたときに必ずや殺される。どうしようかなあとしばし考えた末、とりあえず会社にいる伸次に電話をする。

「どう思う？」

台所と食堂を行ったり来たりしながらコトの経緯を説明し、亭主に意見を求めると、

「そりゃ勝手に開封するのはまずいだろう」

即座に返事が返ってきた。

「そーお？」

万里は露骨に不満そうな声を出す。

「しかし、その何とか節子って人は、男じゃないんだよなあ」

「そりゃ、節子っていえば女性でしょう。小野妹子じゃあるまいし」

「宛名はお義母さんになってるんだろ？　だったらラブレターってわけじゃないよなあ。その人に心当たりあんの？」

「ない。なんか子供の頃に聞いたことあるような気もするけど、わかんない」

「ふうん」

伸次は少し間を置いてから、

「まさかひいじいさんの隠し子とか？　あるいは、ばあさんの本当のお母さんがこっそり娘に手紙を届けにきたとかさ」

「それって、ばあさんが渋谷の大おばあちゃまの実の娘じゃないって話？　それはありうるかも？　言われてみれば、ばあさんと大おばあちゃまってぜんぜん似てないし、趣味も思想も合わないって昔から言ってたしね。じゃ、この手紙を大おばあちゃまが

すばやく見つけて、これは娘に見せられないと思ってこっそり美術書の中にしまい込んだとか。なんか私、ドキドキしてきた」

「でさあ、その美術書はどんなヤツだった？　価値ありそうな感じ？」

「でもさ、私が大おばあちゃまだったら、とりあえず読んで、それから処分すると思う。読まずに隠して取って置くってのは、育ての親の心情としてありえない！」

「見つかったのは一冊だけ？　二冊あるって言ってなかった？」

万里は亭主の話をぜんぜん聞いていない。頭の中で妄想は膨らむ一方だ。

「もしもし？　聞いてる？」

仲次の声は、もはや部屋じゅうに響いている。万里はスマホをテーブルに置き、スピーカーホンにセットして、台所へ行って抽斗からプチナイフを取り出した。それから食卓の椅子に腰を下ろし、封筒の端にナイフの切っ先を差し込むと、前屈みになって慎重に剝がし始める。

「もしもし？　まさか開封してんの？　大丈夫？　もしもし？」

仲次はずいぶん待たされたのち、妻から何の返事もないので諦めて電話を切ろうかと思った。その矢先、

「やばあああああい！」

万里が声を上げた。便箋を両手に持ち、椅子ごと荒川静香のようにのけぞった。

「なに？　どうしたの？　もしもし？　万里ちゃんってば！　どうしたんだよぉ」

万里は椅子とともに体勢を起こしてからすばやくスマホを耳に当て、

「大変！　これ、恋の三角関係だよ。ばあさんの他に、たか坊を取り合ってた女がいたみたい」

「なに？　なに言ってんのかわかんないよ。誰だよ、たか坊って？」

伸次がしどろもどろに問いかけるが、

「やっぱーーーーい！　すっげえええ」

万里は叫ぶばかりである。

「ちょっと万里ちゃん？　なんか菜緒より言葉遣い、乱暴なんじゃない？　どうしちゃったの？」

「だからあ」と万里がようやく伸次の声に反応した。

「ここに書いてあるんだってば。いい？　聞いて聞いて！」

そう言って万里が、まるで子供に絵本を読み聞かせるような優しい声で手紙を読み始めた。

「和お嬢様。この家をお暇《いとま》する前に、これだけはきちんとお伝えしておきたいと思い、不躾《ぶしつけ》とは存じつつこの手紙をしたためることにいたしました。でも、もしかして単なる私の思い過ごしならば、余計なお節介をお焼き申し上げるのは失礼かとも考え、いまだに心が揺らいでおります。そんなこと節子に言われなくてもわかっているとお思いでしたら、どうかご一読ののち、この手紙は火にくべてくださいませ」

万里が便箋をめくる音がする。

「ここまでが前置き。ここから本題なのよ。いい？『たか坊は、和お嬢様を心からお慕い申し上げております』って。やだもう。これって、すごくない？」

うわずった万里の声に伸次が、

「たか坊って？」

と質問を挟んでも、万里は完璧に無視して手紙を読み進む。

「たか坊は、いつもお嬢様のことを案じ、お嬢様の姿を探し、お嬢様の笑顔を待ち望んでおります。でも今は雇われの身であり、ご存じの通りの口下手で人見知りな性格です。自分の気持をお嬢様に告白できるわけがありません。そんな気弱なたか坊が、なぜか私に対しては異性だと意識せず、それどころかまるで男兄弟を相手にするかのように気楽に話ができるのだそうです」

万里の声はさらに続く。

「きっと私にはまったく恋心が湧かないのでしょう。あるいは、互いに地方から出てきたよしみで家族のように思っているのかもしれません」

「その私ってのが、お義母さんの恋敵ってこと？」

伸次が急いで確認すると、

「そうそう。ま、本人は否定してるけどね。どうなんだろうな。女心は複雑だから。続き、行くわよ」

万里がまた読み始めた。

「でもお嬢様に対するたか坊の気持はまったく別のものでございます。横で見ているだけでせつなくて、私でさえ胸が痛くなるほど真剣です。それなのに、どうやらお嬢様は私とたか坊のことを勘違いしていらっしゃる。私とたか坊が結ばれることを望んでおられるような発言をときどきなさいます」

ここで万里の声がいったん停止して、呟き出す。

「これってつまり、ばあさんが二人の仲を勘違いしてたって話なの？　あるいはこの節子さんって人が、本当はたか坊のこと好きなんだけど、身を引いたってこと？」

「もしもし？　俺、あんまり話についていけてないんだけど、つまりその手紙の主はさ……？」

伸次が自論を言いかけたが、万里は「いいから黙って聞きなさい」と低い声で亭主をどやしてから、打って変わって女らしい声を出す。

「もしお嬢様の目に私たちの姿がそんなふうに映ったとしたら、それは私がたか坊に馴《な》れ馴《な》れしくしすぎたせいかもしれません。すべては私の責任です」

万里は一度、手紙から目を離し、また独り言を言う。

「やっぱでも、馴れ馴れしくしてたってことは、好きだったのかもね、この人」

「誰を？」

「もー、ちょっと黙っててくれる？　今、私いろいろ考えてるんだから。続きを読むわよ！」

万里の朗読が再開した。

「本来ならたか坊がお嬢様に自分の気持を直接伝えたほうがいいと思っていたのですが、どうやらそれは無理な相談です」

万里はいったん間を置いて、ふーんとひとつ唸ったあと、読みを再開した。

「そこで私からお嬢様に伝えてあげると、たか坊に約束したのです。でも、その頃からお嬢様は私を避けるようになりました。なぜお嬢様が私のことを嫌いになられたのか、なにを誤解されているのか、正直に申し上げて節子にはよくわかりません。でもそうなってしまった以上、いたしかたありません。

私が至らなかったのです。そのことについては深くお詫び申し上げます。でも、たとえお嬢様が私を許す気にならなかったとしても、どうしてもこれだけはわかっていただきたいのです。

たか坊と私は断じて、お嬢様が想像なさっているような関係ではありません。結ばれようだなんて、お互いにこれっぽっちも望んでおりません。ですからお願いです。

私がこの家を去ったあと、たか坊の思いを察してあげていただきたいのです。お嬢様とてたか坊のことをお嫌いではないはずです。恋愛感情であるかどうかはさておいて、たか坊をかけがえのない友達と思っておいでになることは、私にはよくわかります。たか坊の気持を、せめて友達として話だけでも聞いてあげていただきたいと存じます。差し出がましいと存じつつ、節子の最後の願いです」

万里は最後まで読み上げると、便箋を元通りに束ね、

「ってことなのよ。どう思う？」

万里が電話口に向かい、別人かと思うほどの低い声で伸次に問うた。

「へえ……。で？」

「でって？」

伸次が問い返す。

「だからたか坊って、結局、誰なの？」

万里が唸るように息を吐いた。

「それ、わかんないで今まで黙って聞いてたの、あなた？」

「だっていくら聞いても万里ちゃん、答えてくれないから、ずっと待ってたの」

万里はやれやれという顔でスマホを握り直すと、

「あのね、たか坊って、じいさんのこと！」

「げっ、そうなんだ。そういえばお義父《とう》さんは若い頃、ウメ徳の調理場で料理作ってたって、聞いたことあったっけね」

「でしょ？ その頃、じいさんのことを家の人はみんな、たか坊って呼んでたのよ！ 前に話したと思うけど？」

「そう？ 忘れた。で？」

「なによ、今度の『で？』は？」

「五十嵐節子ってのは……、誰なの？」

「それがはっきり思い出せないんだけど、どうもこの手紙から察するに、ばあさんとじいさんが結婚する前に渋谷の家にいた住み込みのお手伝いさんじゃないかと思うんだ」

「ふうん。その節子さんって人とじいさ

んができてたってこと？」

「できてたって、そういう下品な言い方、やめてくれる？　だからできてなかったんだってば！　恋心があったとしてもプラトニック、プラトニック！　わかる？　もしかして私の話、ぜんぜん聞いてなかった？」

「聞いてましたよぉ。でも思うにさ、最終的には、たか坊さんとお義母さんは結婚したわけだから、よかったんじゃないの？」

「そうなのよねえ。でもねえ、なんかねえ」

「で……？」

「なによ、今度は？」

「このこと、お義母さんに話すつもり？」

伸次の質問に万里は間髪入れず返した。

「話すわけないでしょう！　話したら勝手に手紙を開けちゃったことバレるもん。それにこんな話、今さらわかってもじいさん、死んじゃってるから。愛を確かめ合うこともできませんから。愛を確かめ合いたいなら互いに生きてるうちって話ですよね」

「ちょっと意味、よくわかりませんが」

「わかんないわけ？　いっつもそうなんだから。とにかく黙っておくつもりです、私は。あなたもぜったい黙っててよ。菜緒にも言っちゃダメよ。あの子、ばあさんと仲良いから危ないのよ。バレたら私、ばあさんに殺されるんだからね。わかった？」

「わかりました、わかりましたよ」

伸次はいつのまにか自分の席を離れ、ずっと廊下で話していたらしい。すれ違う人の「なに長電話してんだ？」という声が電話口に反響する。「あ、いや。ちょっと家内が……」と決まり悪そうに答えたあと、

「俺、仕事に戻ります。今夜は遅くなるかも。晩飯いらないんで。じゃね」

早口で言うと、伸次は電話を切った。

あれからばあさんは頻繁にせっちゃんと電話でやりとりをして、週に二度ほどのペースで会うようになった。

昔の失われた時間を取り戻すかのように、一緒に買い物に出かけたり食事に行ったり。近々、二人揃って麻雀《マージャン》教室へ通うことにしたらしい。老化防止には麻雀がいいと、せっちゃんが高齢者向け情報雑誌で知って、ばあさんを誘ったそうだ。

麻雀教室に誘われることはなかったが、菜緒もときおりばあさんとせっちゃんのお出かけについて行くことはあった。

ある日の午後、菜緒が新しく通い始めた高校から家に帰ろうと自転車に乗っていたら、スマホにメールの着信があった。道の端で自転車を止めて画面を開くと、せっち

やんからだ。でも文面は夏穂のものである。

「今、バアバと和おばあさまと三人でセルヴァンに向かっています。菜緒さんも来ませんか？　一緒に晩ご飯食べようとバアバが言ってます」

「セルヴァン？　まだあったの？」

菜緒は返信する。しばらくしてまた画面に文字が追加された。

「和おばあさまが、高校進学祝いにおごってあげるって。どうしますか？」

菜緒は即座に文字を打ち込む。

「行く行く！　ぜったい行く！　一度、ウチに帰って着替えて、それから電車で行くからたぶん六時過ぎると思うけどいい？」

するとすぐに、

「先に行って待ってまーす！」

音符の絵文字とともに返ってきた。菜緒はスマホを籠に入れ、自転車のペダルを力強く踏み込んだ。

「万里は？　文句言ってた？」

菜緒がセルヴァンに駆け込んで、ばあさんたちのいるテーブルに到着するや、ばあさんが聞いてきた。

「別に。ばあさんが神楽坂で晩ご飯ごちそうしてくれるらしいって言ったら、あ、そうって、あっさり。あんまり遅くならないようにってさ」

「そうか」

菜緒はばあさんの隣の席についてから、ゆっくりあたりを見渡した。

五十六年も経っているというのに、店の雰囲気はほとんど変わっていない。壁の色がやや黒ずんでいるのと、椅子が違うのと、あと、焚き火をした中庭が木製のバルコニーに変わり、テーブルと椅子の並ぶテラス席になっていることを除けば、ほとんど昔のままだ。

「マダムは？」

菜緒が聞くと、せっちゃんが答えた。

「マダムは引退しちゃったんですって。今は息子さんがオーナーになっているんですって」

元気らしいわよ。考えたらもう九十歳近いはずだもの。でもお

「すごーい。健在だったんだ、マダム。よかった。ね、ばあさん。すごいね」

菜緒が同意を求めると、ばあさんはフンと鼻で軽く笑った。

ばあさんは、得意の黒ずくめだ。黒いワイドパンツに黒の半袖のトップス。胸には真珠でなく、大粒の琥珀《こはく》のロングネックレスをぶら下げている。やはりピンクの花柄ワンピースよりこういう恰好のほうが、断然ばあさんらしいと菜緒は思う。

かたやせっちゃんは、今日も着物姿だ。紺とベージュとえんじと茶色の細い縞柄。

ウチの座布団の柄にちょっと似ている気もするが、せっちゃんが着ているとぐっと上等に見える。隣の夏穂は紺色デニムのミニスカートと白いTシャツ。上に粗い編み地の水色のコットンカーディガンを羽織っている。菜緒もデニムパンツとブルーのTシャツを着て、パーカーを羽織ってきた。なんか夏穂とかぶったか。しまった。菜緒が全員のファッションを確認している間、ばあさんが頬杖《ほおづえ》をついてせっちゃんのほうへ身を乗り出した。ばあさんの動きに気づいてせっちゃんが目を上げた。

「なんですか？」

せっちゃんが問うと、

「あなた、洋介っていう男に惚《ほ》れてたわよね」

ばあさんの発言にはつくづく前段というものがない。いつも単刀直入だ。菜緒のほうがヒヤヒヤする。でもせっちゃんは動じていないらしい。持っていたメニューを菜緒に回すと、

「今日はおばあさまのおごりですって。何でも好きなものを注文なさいな」

せっちゃんがいたずらっぽく笑った。

「わーい。みんなは？」

菜緒が問い返す。

「私はもう決めました。夏穂はオムライスがいいんでしょ？」

せっちゃんが夏穂に確認する。「うん」と小声で答えた直後、

「あと、クリームソーダとアップルパイ」

夏穂が上目遣いでつけ加えると、

「ああ、そうだったわね」

「だってバアバがオススメだから食べなさいって言ったんだよ」

「そうでした、そうでした」

せっちゃんが頷いている向かい側で、菜緒も深く頷く。初めてこの店に来たとき、自分もその三つをせっちゃんに勧められて注文したことを思い出したからだ。

「じゃ、私はなににしよっかなあ」

菜緒がメニューに目を落としていると、今度はせっちゃんが身を乗り出してばあさんに向かった。

「洋介さんはいい方でしたよ。モノをよく知っていて、田舎者の私はずいぶんいろいろなことを教えてもらいました。その点ではドキドキしたけれど、私は別にあの人に惚れていたわけじゃないんです。それも和お嬢様の勘違い」

せっちゃんがきっぱりと言い切ったので、ばあさんが不本意とばかりに口をへの字にした。

「でもあなた、あの頃、ずいぶん熱心にこのお店に通ってあの男とベタベタしてたじ

ゃないの」

ばあさんが言い返す。すると、

「ベタベタ？　私が？　いやだわ、ベタベタなんかしてませんよ」

今度はせっちゃんの目が、呆れたと言わんばかりに大きく見開かれた。気まずい雰囲気が漂い始めている。水の入ったコップに口を当てた状態でフリーズしている夏穂と、メニューの端から成り行きをそっと窺う菜緒の視線が合った。

「してたじゃないの」

「してませんって」

ばあさんの気の強さには幼い頃から慣れていたが、せっちゃんもけっこう負けていない。

睨み合いが続く。そしてとうとう、

「そうか、ひょっとして和お嬢様ったら、洋介さんのこと好きだったんでしょ？　そうじゃないかと昔から思ってたんですよ、私」

うわ、新しい展開だ。まさかそうなの？　と、菜緒がばあさんのほうへ目を向けると、

「冗談言っちゃいけませんよ。あんな男に誰が惚れるものですか。まったくインチキ野郎が。あなた、知ってるかどうか知らないけど、あの男、ときどきテレビに出てる

のよ。コメンテーターとかいぅ肩書きで！」

「そうそう、私も見ましたよ。派手な眼鏡かけて。なんて番組だったかしら、ほら」

「おめざモーニング？」

夏穂が水のコップを口から離して静かに補足すると、

「そうだ。名前を見てびっくりしたの。最初は同姓同名の別人かと思ったけど。やっぱりあれ、洋介さんよね？　ずいぶん下品なじいさんになっちゃって。昔はもう少しスッとした清潔感のある顔をしてたけど、なんだかひどく人相が悪くなってたわ」

「清潔感のある顔？　どこが？　昔から薄汚かったわよ」

ばあさんが言い返すや、せっちゃんは、眉と顎を思い切り上げて、

「だから本当によかったと私は思いましたよ。和お嬢様があんな男にひっかからなくて」

「なに言ってるの。ひっかかってたのは、せっちゃん、あなたでしょうが！」

「私はひっかかってなんかいません！」

人間は歳を取ると頑固になるのだろうか。あの凜《りん》とした十五歳の和の面影も、気遣いに満ちた若かりしせっちゃんの優しさも、どこへやら。意地の張り合いは過熱する一方だ。

「もう、また喧嘩するつもり？　せっかく仲直りしたのにぃ」

いたたまれなくなった菜緒がとうとう二人の間に割り込んだ。すると、

「喧嘩なんかしてないわよ、ねえ、せっちゃん？」

「そうですよ。もう喧嘩はこりごり。私たちは久しぶりに丁々発止を楽しんでいるだけなの」

ばあさんとせっちゃんが、「ねえ」と女子高生のように顔を見合わせて首を傾げた。

「ご注文はお決まりでしょうか」

若い女性店員がメモ用紙を片手にテーブルのそばへ来た。

「えーと」

菜緒はメニューを広げ、代表して注文を始める。

「夏穂ちゃんがオムライスとクリームソーダとアップルパイだっけ？　せっちゃんは……」

「私はマカロニグラタンとアイスコーヒー」

「ばあさんは？」

「あたしは、舌平目のムニエルにパンを添えてね。あとグラスの白ワイン。せっちゃん、あなたワイン飲まない？」

ばあさんがせっちゃんに勧めると、

「お酒、あんまり飲めないほうなんですけど、せっかくだから、じゃ、私もいただこ

うかしら」

「グラスの白ワインを二つね。あとデザートはティラミスとデミタスコーヒーをお願いします」

「なによ、こっちの『懐かしのメニュー』の項目から選ばないの？」

菜緒が驚いてばあさんに聞き返すと、

「選ばない」

「懐かしくないの？」

「別に」

情緒のないばあさんだ。

「じゃあ、私はねえ」

菜緒はもう一度、メニューを見つめる。

「私もオムライスにしようかなあ、それともロールキャベツっていうのも魅力的だなあ。ううう、迷う！」

菜緒が腕を組むと、

「両方頼めばいいじゃないか」

ばあさんの剛胆な一言が出た。

「え、両方頼んでいいの？　そのあとアップルパイも食べたいんですけど」

「好きにしなさい。お前のお祝いだから。今日は特別に許す」

急にばあさんがいい人に見えてきた。

「じゃ、それでお願いします」と菜緒が未練がましくメニューに目を残しながら店員に告げた直後、

「あ、ちょっと待って」

メニューの端っこに気になるものを発見した。「ほら、これ！」と菜緒は嬉々として指で差し、せっちゃんに見せる。

「あら、スイートポテト？」

するとテーブルの横に立っていた若い女性店員が、急にニコニコした。

「スイートポテトは初代のマダムのレシピを受け継いでおります」

やはりそうだったか。菜緒は興奮した。この店のスイートポテトだけは、もう一度どうしても食べたかったのだ。

「じゃ、アップルパイ一つキャンセルで、これ、四つ。お願いします」

「あたしはいらないよ」

ばあさんがすかさず拒否するので、

「残したら、私、持って帰るから」

菜緒は満面の笑みを浮かべて店員にメニューを戻す。

しかし、五十六年経ったこの店の味は微妙に変わっていた。オムライスのご飯の味付けはまあまあだったが、チキンがぱさぱさしていた。ロールキャベツは前回、食べていなかったので比較のしようがないけれど、スープにコクがなさすぎた。キャベツと水の味しかしない。そして問題はスイートポテトである。マダムのレシピを受け継いでいると威張っていたわりに、菜緒が昭和三十八年にこの店で食べたときの感動はまったく伝わってこなかった。

「なんか、違うんだよなあ」

菜緒がスイートポテトを口の中で咀嚼しながら何度も確かめるが、いくら食べても不満が残る。

「昔の感動は思い出とともに誇張されるもんだよ」

ばあさんがしたり顔で呟いた。しかし、昔とはいえ、菜緒にとってはほんの半月ほど前の話である。だからこそ余計に味の差がわかるのだ。

「せっちゃんに連れてきてもらったときに食べたスイートポテトとぜんぜん別物だよ、これ。そう思わない、せっちゃん?」

菜緒が問いかけると、

「さあ、どうだったかしら。こんなもんだったような気がしますけどね。もう昔のことだから、忘れちゃったわ」

せっちゃんには遠い記憶の彼方《かなた》の味でしかないのか。菜緒とせっちゃんの、この「隔世の感」の違い。なんだか不思議な感覚だ。

「で、ご主人様は？」

唐突に、せっちゃんからばあさんに質問が投げかけられた。意表をつかれたばあさんの動きがぱたりと止まる。

「主人って、あたしの？」

ばあさんがおずおずと聞き返す。

「そう。たか坊」

せっちゃんがさらりと言った。

少しの間が生じた。夏穂はデザートのアップルパイにフォークを立てて黙々と切ることに集中している。菜緒は食べ終えたスイートポテトの下に敷いてあった紙を、所在なく手で小さく、小さく、たたみ続ける。

「ちゃんと伺いたいと思いながら、なかなか勇気が出なくて」

せっちゃんが沈黙を破った。

「でも、今日はワインの力を借りて、ちょっと聞けそうな気がしてね」

せっちゃんがばあさんのほうへ顔を近づけた。

「手紙、読んでくださったんでしょ？」

「手紙？」

ばあさんがぶっきらぼうにオウム返しをした。

「手紙？」

菜緒も同じ反応をする。

「手紙って、私がせっちゃんに書いたヤツじゃなくて？」

せっちゃんに問い質すと、

「私があのお家をお暇するとき、若奥様にお渡ししておいたお嬢様宛の手紙のこと」

せっちゃんの頬がほのかに赤くなっている。しかし目は真剣そのものだ。

「ああ、あれね。受け取ったけど読んでない」

ばあさんが素っ気なく答えた。

「読んでない⁉」

ワイングラスを握ったまませっちゃんが腰を浮かせかけた。

「読んでくださってないの？」

また沈黙。ばあさん答えない。しばらく俯いて、それから顔を上げた。

「読むことができなかったのよ。怖くて……」

ばあさんの眉が歪んでいる。

「なんで？　なにを怖がることがあるんですか。じゃ、和お嬢様、どなたと結婚なさったの？　たか坊とは結ばれなかったの？」

　動揺したせっちゃんが迫る。が、ばあさん答えない。唇を固く噛み、テラス席のほうをボーッと見つめたきりだ。

　菜緒は待ちきれなくなった。

「すみません。お取り込み中にナンですが、私から説明させてもらってもいいですか？」

「いいけど……」

　悲しそうな顔をしたせっちゃんの了承を得て、菜緒は一つ咳払いをすると、背筋を伸ばした。

「えーとまず、ばあさんはたか坊とめでたく結婚し、三人の子供を産んで、そのうちの長女の万里ってのが、わたくし、菜緒の母親に当たります。つまり、たか坊は、私の祖父に当たります」

　一気にそう言ってから、「残念なことに」と、菜緒は小さくつけ加えた。

「残念って？　どういう意味？」

　案の定、勘のいいせっちゃんに突っ込まれた。不安に満ちた目が菜緒を見つめる。

「あ、いや。たか坊、ステキだったから。マジかっこいいなってね、孫ながら、思ってしまいまして。祖父であることは嬉しいような、残念なようなって感じ？」

一瞬の間ののち、せっちゃんが声を立てて笑い出した。

「ああ、そういう意味ね。そう、菜緒ちゃん、若い頃のたか坊に会って好きになっちゃったのね。それはお気の毒。だっていい男だったもの、たか坊は。誰だって好きになっちゃうのよ、あの人に会ったら……」

せっちゃんはワイングラスを頬に当て、遠い昔に思いを馳《は》せるかのような目つきでふんわりと微笑んだ。それからばあさんのほうへ向き直り、

「でもよかった。じゃ、和お嬢様はたか坊とずっと幸せに過ごされたんですね。それを聞いてホッとしました」

せっちゃんは椅子の背もたれに身体を戻し、着物の襟に手を当てて心底、安心した顔をした。

「でも、もしかして……？」

ゆるんだはずのせっちゃんの顔が再び引き締まる。せっちゃんの聞きたいことが菜緒にはわかった。これはばあさんの口から報告すべきだろう。

「ばあさん、ほら！」

菜緒は隣に座るばあさんの身体を肘で突っつく。

「あの人は四年前に他界しました。心筋梗塞で」

必要最低限のことしか言わない。しかしせっちゃんはすべてを納得したかのように

俯いた。

「もしかしたら、とは思っておりました。やっぱりお亡くなりになってたのね。お会いできなかったのは残念だけど、でもお二人がお幸せだったと聞いて、私は本当に嬉しいの。それだけが気がかりでしたから」

せっちゃんが手を合わせ、ばあさんに一礼をした。

お酒とは、人を大胆にさせるものらしい。そのあとせっちゃんは、たか坊に献杯をしましょうと大きな声で叫び、未成年の菜緒と夏穂がいる前だというのに、ばあさんと一緒にワインを何杯もおかわりして、どんどん酔っ払っていった。お酒に弱いと言っていたのは嘘か。デザートなんぞそっちのけだ。おかげでばあさんが手をつけなかったティラミスと、スイートポテトとアップルパイは菜緒と夏穂が思う存分に分け合って、ぜんぶ平らげた。

「もう時効だから言っちゃいますけどね」

せっちゃんが少し呂律《ろれつ》の回らない口で語り出した。

「私、たか坊に一度、告白したことがあるんです」

「なにを?」

残る三人の声が揃った。

「そりゃ、愛の告白に決まってるじゃないですか」

言った途端に自分でも照れたのか、グラスを片手にせっちゃんの笑いが止まらなくなった。手を口に当てていつまでもクックククックと笑っている。

もはやばあさんもじゅうぶんに酔っ払っていた。フンと鼻で一つ笑ってから顔をにやけさせ、グラスを持ったまませっちゃんの顔に自分の顔を近づけた。近づけたというよりテーブル越しにのしかかっている。

「それで？　それでどうなったのよ、あなた」

せっちゃんをせっつく。

「それでって、やあねえ。私は振られたんですよ。わかってるくせに、いじわる！」

せっちゃんがばあさんを押し返す。

「あたしゃ、なにもいじわるで聞いてるんじゃないよ。なんで振られたのって聞いてるだけですよ」

「なんでって……。知りたいですか？　だから、こうですよ。『僕は、せっちゃんのことは好きだ。大事な友達だと思っている。でも、いちばん好きなのは、お嬢様だ。もっともこれは単なる片思いでしかない。だから成就はしないと最初から諦めている。だからといって、申し訳ないが、せっちゃんの思いに応えることはできない。どうか許してください』って頭を下げられたの。ひどいでしょう」

「本当の話、それ？　嘘でしょう。あの人、そんな失礼な言い方するかしら。あなた、それ、作ってるでしょう」

ばあさんは疑い深そうにせっちゃんを睨みながら、まんざらでもなさそうな顔をしている。

「そんなに作ってはいないわ。細かい言葉は違っていたかもしれないけど、だいたいそんなことよ。ホント、バカみたい。だから私はちょっと泣いて、でもまもなく吹っ切ったの。偉いでしょ？　節子は偉いんだぞー！　カンパーイ！」

せっちゃん、相当に酔っている。酔っ払うと声が大きくなり、そして話もくどくなる。

「だってね。そうでしょ？　だって、たか坊と和お嬢様が一緒になってくれるほうが、私はいいと思ったの。そのほうが私も幸せかもしれないから。本当にそう思ったんですよ。だってそうでしょ？」

するとばあさんが急に背筋を伸ばした。

「あら、あたしはたか坊はせっちゃんと結婚すればいいのにって、ずっと思っていましたよ。私はあの頃、結婚ってこと自体にまったく興味がなかったもの。あの家を継ぐにしても、一人でやっていける自信がありましたから。子供を作らなくたって、養子を取ればいいと思ったのよ」

「あーら、そうかしら。私は知ってますよ。和お嬢様もたか坊のこと好きだったくせに。へっへっへ」

「なに、その笑い方。あなた、ちょっと酔っ払い過ぎよ」

「いいえ、私は酔っ払ってなんかいません。ちょこっと酔ったくらい。お嬢様だってだいぶ呂律が回ってないですよ」

「あなたほどひどくはない！」

「ねえねえ、和お嬢様。でも結果的にはたか坊と結ばれて、ウメ徳を継いで、お二人で頑張られたわけだから、お幸せだったでしょ？　それを聞いて、私は本当に嬉しいんです。ホンット、嬉しい！」

「それはま、そうだけど。でも私は結婚したあともずっと、あの人は本当はせっちゃんのことが好きだったのに、私と結婚してつらかっただろうなって思ってましたよ」

突然、せっちゃんが背中を丸めて三白眼になった。上目遣いでばあさんを睨みつけている。菜緒と夏穂は緊張する。どうなるんだ？　また喧嘩が始まるのか？　と思ったら、せっちゃんが一つしゃっくりをした。そして、ゆっくり口を開いた。

「和お嬢様って、バカ。なんでたか坊の気持をわかってあげなかったのかしら」

「バカとはなんですか」

すかさずばあさんが反論した。

「そうよ、大バカですよ、あなたは」

「失礼な！　そんなこと、あんたに言われる筋合いはないわよ」

「いいえ、何度でも言って差し上げますよ。和お嬢様は天下一のおバカさんですよお」

　まわりに聞こえるほどの大声で叫びながら、せっちゃんは笑い出した。ばあさんも、「どっちがバカなんだか」と吐き捨てるように言う顔が笑っている。

　菜緒と夏穂はまた目を合わせた。たぶん同じ思いだった。互いにやっかいなばあさんを持ったことに閉口し、呆れながらも心のどこかで愉快に思っていた。菜緒は夏穂に向かって肩を落として脱力のポーズを作り、「呆れるね」とばかりにべーと舌を出して見せた。夏穂がその顔を見て同じように舌を出し、こっそり孫同士で笑い合った。

　そしてその夜は、酔っ払ったばあさん二人を小学生の夏穂と高校生の菜緒がそれぞれタクシーに乗せ、それぞれのばあさんの隣に座って運転手さんに帰り道を告げ、それぞれのばあさんの財布から、かなり高額になったタクシー代を仰天しつつ支払ったあと、「いったい何時だと思ってるの？」という両親の怒声を浴びながら、ばあさんを抱えて家に辿り着いたのであった。

　セルヴァンでの酔っ払い告白大会のあと、二日酔いはさておいて、ばあさんはすっかり心が晴れたように見えた。いちばんの懸案であったたか坊のことについてせっちゃんと言いたい放題ぶつけ合うことができたおかげで、今度こそ本当に積年の気がかりが解消されたのだと思う。しかし、菜緒の心の中にはかすかな罪悪感のかけらがまだ残っていた。

過去の歴史を勝手に書き換えてはいけないと、あれほどばあさんに言い聞かせた当の本人が、せっちゃんの運命を意図的に操作してしまったことになる。命を救ったといえば聞こえはいいが、こういう出しゃばったことをして、本当に正しかったのか。

菜緒はそのことがずっと気になっていた。

ばあさんとせっちゃんが頻繁に会っている様子を見るにつけ、再会できたことをこんなに喜んでいるのなら、もう気にすることはないのではないか。そう思う日もあれば、いや、やはり他人様の歴史を書き換えてしまった責任は重いと、夜中にふと思い出して寝られなくなる日もある。

菜緒は思い切って西原に相談することにした。学校の帰り、西原を呼び出して、ちょっと確認したいことがあると持ち掛けた。

「どうした？」

西原が菜緒の隣で自転車を押しながら訊ねた。

「あのさあ。過去の時代に行ってさあ。どれぐらいの変更をすると、罪になる？」

西原は自分の自転車を押しながら、「うーん」とそっぽを向いてしばらく考えたあ

と、

「そりゃ、俺が過去の時代に行くってこと自体、すでに過去を変更してるからなあ」

しばらくそこで沈黙。

「でも俺、大勢に影響を及ぼすほどのことはしてないつもりだけどなあ」

そしてまた沈黙。

「お前、なんかしてきたの？」

西原が菜緒の顔を覗き込んでボソッと聞いた。菜緒は前を向いたまま、口を尖らせる。

「してきたってほどじゃないけど」

「なにしたんだよ。怒らないからさ」

「西原に怒られる筋合いはないだろ」

睨み返すと、西原の分厚い唇が緩み始めている。確実に興味津々だ。菜緒は萎えてきた。やはり話さないほうがいいか。しかし、誰かの意見は聞いてみたい。

「だから……。もう少ししたら大洪水が来るかもしれないので気をつけてくださいっていうような意味合いのこと」

「それ、誰に言ったの？」

「言ったんじゃない。手紙に書いて、置いて帰ってきた」

「その手紙、読んだの、その人」

「読んでくれてたみたい。ほら、東京タワーで西原も会ったでしょ。着物着てた人」

「ああ、孫連れてたあのおばあさんか。どうでもいいけどあの女の子、可愛かったよな。うーん。で、お前の手紙をその人が読んでなかったら、どうなってたわけ？」

「だから、本当はそのあと、大洪水に襲われて、死んでたらしい」

西原の自転車が止まった。菜緒も立ち止まる。

「ヤバい？」

菜緒が恐る恐る聞いた。すると西原が、

「けっこうヤバいかも」

聞くんじゃなかった。菜緒は後悔した。どうしよう……。どうしようと思っても、今さらどうすることもできない。西原にもう一度、あの時代に連れて行ってもらって、改めてせっちゃんに洪水に遭ってもらうしかないか。しかしそれではまるで、菜緒がせっちゃんを殺すようなものだ。

菜緒はいたたまれなくなってきた。このままでは菜緒自身が今後、明るい人生を送れなくなってしまう。

「どうすればいい？」

すがるような気持で西原の顔を見上げる。すると西原が、

「本人に聞いてみれば？」

「なんで生きてるんですかって。それ聞いてからだな、対処するとしたら」

対処。西原の頭に何が浮かんでいるのかわからない。しかし、菜緒はとりあえずそのアドバイスに従うしかないような気がしてきた。

さんざん悩んだ末、菜緒はせっちゃんと会う覚悟を決めた。まず夏穂に電話をかけて、おばあさんと折り入って二人だけで話がしたいのですがお宅に伺ってもいいですかと聞いてもらう。

高校生の兄が二人いる末っ子で人見知りだと思っていた夏穂は意外にも事務能力に長けていて、まもなくせっちゃんの日程の候補がメールで送られてきた。その上、「駅まで迎えに行くので、何時の電車に乗るかわかったら連絡ください」と書かれていた。まだ小学生なのになんと気の利く子だろう。さすがせっちゃんの孫だけのことはあると菜緒は感心した。

約束した日曜日の午後、菜緒は電車に乗って西大宮駅で降りると、北口に出た。季節はすでに新緑の時期を過ぎ、駅周辺に植えられた木々の葉は青々と輝いて風にそよいでいる。

他人様のお宅にお邪魔するので菜緒にしては珍しく、よそいき用の明るいグレーのコットンワンピースを着てきた。風でめくれ上がりそうになる薄地のスカートの裾を手で押さえながら周囲を見渡すと、ロータリーからこちらに向かって手を振っている女の子の姿が目に入った。夏穂だ。

背後にはシルバーのセダンが止まっている。駆け寄ると、「乗って乗って」とTシャツにデニムパンツ姿の夏穂が後ろのドアを開けてくれた。運転席から黒いシャツを着た恰幅《かっぷく》のよさそうな男の人が振り向いて、

「どうもー。この子の父親です。遠かったでしょう。よく来てくれましたねえ」

菜緒に向かって笑いかけた。夏穂のお父さんか。ということは、せっちゃんの息子だ。この人も生き残っていたのか。洪水のあった昭和四十二年当時は生まれてまもない赤ん坊だったはずだ。

「パパ、この人が、昔、バアバのところにタイムスリップしてきた女の子。私の名前の由来の人だよ」

夏穂が助手席に座って説明する。

「わかってるよ。菜緒さん、タイムスリップなさったときには母がいろいろお世話になりまして、ありがとうございました」

夏穂の父親が爽やかに挨拶をした。

「あ、いえ。こちらこそ」

菜緒は答えながら口が半開きになった。

この親子にとってタイムスリップは日常会話になっているのか。実はこの家族も他の時代からタイムスリップしてきた人たちだったりして……。菜緒は後部座席から、前に並んで座る二人の動きをじっと観察する。

観察の結果、タイムスリップに鷹揚である以外は、娘に甘そうな父親と、その父親を上手に操る娘という、そこそこ仲の良さそうな親子の印象しか伝わってこなかった。

十分ほどで、大通りに面して立つ七階建てマンションの駐車場に到着した。菜緒は車を降りてマンションを見上げる。

「夏穂、ちゃんとご案内してくるんだよ。ママがあとで挨拶に行くって言ってたからな。じゃ、菜緒さん、ごゆっくり」

夏穂のお父さんは、車のキーを振りながら菜緒に一礼し、マンションの入り口へ向かって歩き出した。その後ろへついていこうとしたら、

「菜緒さん、こっちだよ」

呼び止められた。夏穂はマンションと反対側の細い路地を指さしている。

「え？　どこ行くの？」

「バアバの家はここから歩いて五分くらいのとこにあるの」

まもなく小さな鉄製の門がある、こぢんまりとした古い木造家屋が見えてきた。た

ちまち夏穂がその家に向かって駆け出した。

「バアバー。来たよー」

すると家の中からせっちゃんの声がした。

「来たよー、じゃないでしょう。いらっしゃいましたって言いなさい」

「へへ。いらっしゃっちゃいましたよぉー」

変顔をしておどけてみせる。夏穂は自分のテリトリーにいるせいか、バカに元気だ。はしゃぐ夏穂から視線を外して、玄関のほうへ目を遣ると、サンダルを突っかけて、茶色いズボンをはいたせっちゃんが立っていた。菜緒は目を見張った。

あのときと同じだ。お下げ髪ではないけれど、ばあさんと一緒に初めて山口家の玄関を叩いた夜、ガラス戸を引いて現れたせっちゃんと、まるで雰囲気が変わっていない。

「さあさ、お上がりくださいな」

せっちゃんの家はここだったのか。

「マンションっていうのは、どうも息苦しくて。この家は築三十年以上経ってるから、ご覧のとおりボロボロでね。そのスリッパ使って。冬なんかすきま風だらけで寒いんだけど、私はこっちのほうがずっと暮らしやすいのよ。ささ、どうぞ」

せっちゃんは、菜緒を六畳ほどの和室に通し、座布団を勧めながら喋り続けた。

「散らかしてごめんなさいね。一人暮らしだとつい気を抜いちゃって……」

　菜緒が見るかぎり、部屋の中はじゅうぶんに整頓されている。少なくとも菜緒の部屋より百倍きれいだ。ガラス戸の向こうに小さな庭が見える。あれは芝桜だろうか。白やピンクや薄い紫色をした小さな花がいっぱい咲いていて、可愛い。その横を、憎々しげな顔の太った猫が、通りすがりにこちらを一瞥したと思ったら、「ニャオー」と一声鳴いて、行ってしまった。

「この家、お建てになったんですか？」

　部屋の中央の、冬は炬燵《こたつ》として使っているらしき四角いテーブルの前で、座布団を尻の下に敷きながら菜緒がよそよそしく質問した。

「いえいえ。建て売りですよ。息子が買ってくれましてね」

　この家にせっちゃんが一人暮らしをしているということは、旦那さんはもう亡くなったのだろうか。そう思っただけなのに、せっちゃんは菜緒の考えていることを察知したらしい。

「私ね、十年前に新潟から出てきたの。夫にさんざん苦労させられたのでね。もうこれからは自分のために生きたほうがいい、こっちに越してきたらどうかって、息子が誘ってくれまして。家出しちゃったのよ」

　せっちゃんはいたずらをした子供のように肩をすくめてみせた。

菜緒の頭の上に疑問符がいくつも浮かぶ。苦労させられた？　なんで？　じゃ、離婚したってこと？　家出？　夜逃げしたのかしら？　まさか家庭内暴力？　しかし、着いた途端に質問攻めにするのも失礼だろう。もっとも着いた途端にそんな重い話を始めるせっちゃんもせっちゃんだ。菜緒はどう反応していいかわからなくなった。

「へえ……」

とりあえず曖昧に答えておく。そのとき、

「お邪魔しまーす」

玄関で声がして、ぷっくりした体つきの背の高い女性が紙袋をぶら下げて廊下から現れた。

「ママ、この人が菜緒さんでーす。バア

バが十七歳のとき、バアバんとこにタイムスリップしてきて、仲良くなった人だよ」

「はいはい。わかってますよ」

またかい。父親だけでなく、母親もまったく動じる気配がない。この家ではタイムスリップを当たり前に受け入れる習慣がついているのか。それともこれは西大宮の土地柄なのだろうか。菜緒が戸惑っていると、夏穂の母親は高めの優しい声で、

「どうも初めまして。この間はご迷惑をおかけして。でも義母《はは》があんなに酔っ払うなんてめったにないことだから、よほど楽しかったんだと思います。今後とも、よろしくお願いします」

背の高い母親がいきなり膝を曲げたと思ったら、畳に手をついて頭を下げた。菜緒は慌てて、崩していた足を揃え、座布団から降りて同じように頭を下げる。

「これ、お恥ずかしいんですが、私が焼いたスイートポテトなの。お好きだって夏穂から聞いていたので作ってみたんですけど。よかったら召し上がってみて」

持っていた紙袋から可愛い花柄の器を取り出した。器の中には一つ一つラップにおおわれた真っ黄色なスイートポテトが山のように盛られている。

「マジッ？」

思わず菜緒が声を発すると、紅茶セットをお盆に載せたせっちゃんが勢いよく台所から現れて、

「マジすよ！」

それからケタケタ笑い出した。

「でも私、何にも持ってきてなくて」

菜緒はしまったと思う。何か買ってくるべきだった。

「いいのいいの。子供はそんな気遣いしなくていいの。マジで！」

せっちゃんが菜緒の顔に自分の顔を近づけて言うと、「もうバアバったら、若者ぶり過ぎぃ」と夏穂がたしなめた。

笑いながら夏穂の母親はそそくさと立ち上がり、「ではごゆっくり」と高い声で挨拶して玄関へ消えた。「じゃ、あとでね」と夏穂も手を振りながら母親のあとに続く。せっちゃんと二人だけで話がしたいといった菜緒の気持を汲《く》んでくれたのだろう。

部屋が急に静まり返る。菜緒は胸がドキドキし始めた。どこから切り出せばいいだろう。喉を整える。首の後ろの汗をタオルハンカチで拭う。

「わざわざ来てくださってありがとう。私も菜緒ちゃんと一度、ゆっくりお話がしたいと思ってたところなの」

せっちゃんが紅茶をカップに注ぎながら菜緒に語りかけた。菜緒はその動きをじっと見守る。紅茶を淹れ終えるとせっちゃんは、ポットの上に、縄編み模様が入ったウールのカバーをすっぽりとかぶせた。テーブルの上に置かれていたのを見て、てっきり帽子かと思っていたが、ポットカバーだったのか。

「うわ、可愛い〜」

　菜緒が反応するとせっちゃんは、

「これ、私が編んだのよ。菜緒ちゃんに一つあげる。何色がいい？　今はね、ブルーとオフホワイトとピンクと、ああ、グリーンもあったわ。どれがいい？」

せっちゃんがテーブルの下から大きな籠を引きずり出した。その中に色とりどりのポットカバーが何枚も入っている。

「いいんですか？　じゃ、グリーン」

「あとでこれ、袋に入れてあげるわね」

「ありがとうございます」

　菜緒は礼を言いながら受け取って、しかし心の中で自分を叱りつけた。

〈ダメだ。ぜったい私は刑事になれない。こんな気の散る性格じゃ、鋭い取り調べはできないぞ。少し神経を集中させよう〉

　一つ息を吸い込んで、菜緒が語り出そうとする前に、せっちゃんがまた口を開いた。

「どうぞ。冷めないうちに紅茶召し上がって。スイートポテトもどうぞ」

　そう言いながらせっちゃんは、菜緒より先に器から一つ取り上げて、ラップを剥がすと勢いよく頬張った。

「あら、おいしいじゃない？　どう？　セルヴァンのよりおいしいかも！」

そう言われると、食べてみないわけにはいかない。

「いただきます」

ぺこりと頭を下げて菜緒も一つつかむ。口に入れる。

「うわ、おいしぃー！」

「ね！　よかったわ。菜緒ちゃんに気に入ってもらえて。ウチのお嫁ちゃん、料理も上手なの。そうだ、今度、ゆっくりご飯食べにいらっしゃいな。なんならここに泊まっていけばいいわ」

「いや、そんな……」

話がぜんぜん進まない。菜緒は改めて大きく咳払いをしてみせる。

「あのー、実は……」

言いかけた途端、

「そうそう。最初に謝らなければいけないことがあるの。菜緒ちゃんがせっかく書いてくださったお手紙ね。あれ、実はもう手元にないの」

「そんなそんな。雑な手紙でしたし……」

そう答えながら菜緒はかすかに落胆する。そうか、もうないのか。あのタイムスリップを他の人に語るための唯一の証拠がなくなってしまったということだ。

「ごめんなさいね。でも、文面はぜんぶ覚えているのよ。だって本当に菜緒ちゃんのことが懐かしくて、暗記できるほど読み返したんですもの」

「ああ、ははは。いやいや」

菜緒は照れる。自分でも何を書いたか明確に覚えているわけではない。しかし覚えていることもある。せっちゃんは菜緒の手紙を読んでどう思ったのだろうか。暗記するほど読んで、どうしようと思ったのだろうか。今日はそこをはっきりさせなければならないのだ。

そう思いながらも菜緒は気がつくと、

「せっちゃんの旦那さんは、じゃあ……？」

別の質問をしている。せっちゃんはじっと菜緒の顔を見つめてから、

「ふふふ。まだ生きているらしいのよ」

「らしいのよ？」

菜緒はせっちゃんの含みのある笑いにつられてちょっとだけ笑ってみせる。同時にせっちゃんの顔から笑みが消えた。

「若いあなたの前でこんな話をするのはどうかと思うけれど。実は主人が私とは別の女の人とお付き合いをしていたことがわかって。主人はそのことを長い間私に隠してたんですけどね。でもある日、バレたの。私が乳癌だと宣告された翌日にね」

「ひどーい」

「ひどいでしょう？　つくづく我が身の不運を恨みましたよ。なんであんな人と結婚しちゃったんだろうって」

「なんで、結婚しちゃったんですか？」

この流れではこの質問しかないだろう。いや、乳癌のことを聞いたほうがよかったか。するとせっちゃんは、情けなさそうに息を大きく吐き出した。

「なんでかしらねえ。でも、あの当時、田舎では親が勧める縁談を断るなんてこと、できなかったもの。それに主人は農家の五男坊だったから、家を継ぐ責任もないし、気楽でいいだろうって、私も思っちゃったのね。それが間違いの元でした」

「そうなんですか？」

「昔の農家の五男坊なんてね、本家からはいてもいなくてもいいような扱いを受けるの。だからあの人、すっかり性格がひねくれて。根は優しい人なんですけどね。自分が親兄弟に認めてもらえないことが耐えられなかったんでしょうね。農業を続けるのは無理だって言い出して。自分で事業を始めるって。だから私、夫にくっついて夫の友達が経営している岩手の牧畜農家に技術修業をしに行っていたこともあるのよ。当時はあの人、チーズ工房を作るなんて夢を抱いてましたからね」

「チーズ工房？　なんかステキそう」

「ステキでもなんでもないわよ。チーズはどうも臭くて好きになれんとか言いながら始めようとしたんだから、失敗するに決まってるんですよ。他にもいろんなことをやりました。喫茶店とか民宿とかハーブガーデンとか。でも、なにに手を出しても失敗ばっかり。借金はかさむし保証人になった人にはご迷惑をかけるし」

「そうだったんですか……」

「あのね、菜緒ちゃん。お金を返すって、並大抵の苦労じゃないの。借りるときは簡単に返せると思うんだけど、それが大間違い。菜緒ちゃんも、今後どんなにお金に困っても、変なところで借りちゃダメよ。人生が台無しになっちゃう」

そう言いながらせっちゃんは、スイートポテトの二つ目を半分にちぎって勢いよく口に入れた。

「嫁の自慢するわけじゃないけど、これ、本当においしいわね」

感心したように唸ると、残る半分も一気に口へ放り込み、それから紅茶を喉へ流し込んだ。せっちゃんは思いの外、男らしい食べ方をする。こうして見ているかぎり、顔色もいいし健康そうだ。

「菜緒ちゃんももう一ついかが？」

「でも、その……、乳癌っていうのはもう……？」

一応、確認しておきたい。しかし暗い返事が戻ってきたらどうしよう。菜緒が恐る恐る訊ねると、せっちゃんは、スイートポテトが包まれていたラップをテーブルの上で丁寧に伸ばしながら、今、思い出したとばかりに目を上げた。

「あ、乳癌？　すっかり治ったの。手術したのは三十年前だけど、再発もしなかったし」

「ああ、それはよかったあ」

菜緒はホッとした。そこでようやく二つ目のスイートポテトに手を伸ばす。菜緒もはがしたラップを丸めずに伸ばしてみる。

「ホント、めちゃめちゃおいしいですね」

「よかったわ。菜緒ちゃんのお口に合って」

二人の顔がたちまち明るくなった。と思ったのも束の間。せっちゃんが急に肩を丸めた。今度はなにを言い出すのか。菜緒が身構えると、せっちゃんが神妙な面持で語り出した。

「ずっと山口家の皆様にはご連絡ができなくて申し訳ないことをしました。でも借金地獄に陥っている最中にご挨拶に伺うのも憚られましてね。主人は山口家にお金を借りてこいって言ったけど、私、それだけはできないって、泣いて断ったの」

「え？」

菜緒はスイートポテトの油がついた手を自分のタオルハンカチで拭いながら、せっちゃんを凝視した。

「じゃ、音信不通になっていたのは、借金してたからなんですか？　洪水は？　だって、ばあさんの話によると、せっちゃんの家族は羽越豪雨で死んじゃったって、東京ではみんな信じてたみたいですよ」

するとせっちゃんは驚く様子もなく、悲しい顔のまま、

「そうよねえ。そう思われても無理はなかった。実際、私の実家も、私が新婚時代に過ごした富樫の本家も、ぜーんぶ流されてしまったんですもの」

せっちゃんは遠い昔を思い出すように、視線を止めた。

「あのときは大変でした。幸い家族全員、命拾いはしたんです。でも、無一文ですよ。家も蔵も、持っていた田んぼも流されて。復興するのに何年かかったかしら。本当はお手紙を書こうと思ったんです」

せっちゃんが急に菜緒のほうへ顔を向けた。菜緒は焦った。

「誰に？　私に？」

まさか菜緒へのお礼の手紙か？

「いいえ」

せっちゃんが言下に否定した。

「だって菜緒ちゃんの住所は知らないもの。そうじゃなくて山口家に。若奥様も旦那

様もきっと心配してくださっていると思ったから。でも、正直に言ってそんな余裕はなかった。菜緒ちゃんの手紙もそのとき流されてしまったの。ごめんなさいね」

「いやいや、それはいいんですが……」

菜緒は背筋を伸ばす。

「せっちゃん！　じゃあ、その豪雨のとき、せっちゃんはどこにいたんですか？　どうして命拾いできたんですか？」

「どこって、岩手よ」

「なんで？」

「だから、さっきも言ったように岩手の牧畜農家で技術の修業をしてたんです。そのおかげで私たち家族は助かったんですよ。人の運命はわからないわね。嫌や嫌や夫について行ったおかげで偶然救われるなんて」

「偶然？　ってことは、え？　え？」

菜緒は急いで頭の中を整理する。眉間に皺を寄せ、今までの情報を並べ替えてみる。

「大丈夫？　菜緒ちゃん？」

せっちゃんの懐かしい声色が頭の上で響いた。まもなく菜緒は顔を上げる。そして勇気を振り絞る。

「それはつまり、私の書いた手紙を読んで、岩手に逃れたってわけじゃなく？」

「ん？」

「だからその、私が手紙に書きましたよね。大洪水に気をつけてくださいって」

せっちゃんは菜緒の顔を見つめてから、思い出したように目を見張った。

「そうそう、そう書いてあった。もしかして数年後くらいに大洪水が起こるかもしれないので、そのときは早めに避難してくださいって。あのこと？」

「はい」

ようやく話が繋がった。たちまちせっちゃんの顔が晴れ晴れと輝いた。

「そうなのよ。あれには驚いたの。菜緒ちゃんは予言者かと思ったわ」

「予言したんじゃなくてですね……」

「でもそれだけじゃなかったでしょ。昭和天皇がお隠れになって、次の時代の元号は何になるんだろうって息子が話題にしたとき、私、家族に言ったの。きっと『平成』になりますよって。そしたらほら、小渕官房長官が『へーせー』って。もう富樫のじっさまとばっさまがひっくり返っちゃって。節子、おめさん、なんで知ってた？　内閣に知り合いでもいるが？　って。だから私、言ってやったの。昔、私のところに未来の国からやってきた女の子がいて、その子に教えてもらったんですよってね。夫は私が借金取りに追われて頭がおかしくなったと思ってたらしいけど」

「そんな、ねえ……」

「あとね」

せっちゃんの話が止まらない。

「スカイツリーもね。いつの日か東京に二つ目のタワーが建つわよって。菜緒ちゃんの手紙を読んで知ってたから、ずっと家族にそう言ってたの。それでほら、これも未来の国から来た菜緒ちゃんって女の子に教わったのよって話したから、その頃からね。ようやくみんなが理解してくれるようになって。ウチの家族の間では、菜緒ちゃん、有名人だったのよ」

そういう経緯があったのか。なぜこの家の家族がタイムスリップに動じないのか。長年、せっちゃんが家族に教え聞かせてきたせいだったのだ。

しかし、菜緒が確認したいのはそちらではない。菜緒はもう一度、大きく咳払いをして場を仕切り直す。

「つまり、整理しますと、せっちゃん一家があの羽越豪雨のとき新潟にいなかったのは、私の手紙のアドバイスに従ったからではなく、偶然、岩手に行っていたってことで、よろしいんでしょうか？」

言い方が報道番組のアナウンサーみたいに堅くなってしまったが、菜緒は真剣だった。

せっちゃんは、菜緒の目をしばらく見つめたあと、フッと笑みを浮かべた。

「そうね。菜緒ちゃんのおかげで行ってたのかもしれない。偶然のように見えて、菜緒ちゃんに導かれて難を逃れたんだと思う。菜緒ちゃんに導かれて命拾いをして、菜緒ちゃんのおかげで和お嬢様と仲直りができた。すごいわ。菜緒ちゃんは私の守護神だわね」

「いやいや、そういうことじゃなくて」

菜緒の声が嗄《か》れている。

「あら、どうしたの？　菜緒ちゃん？」

そうか、そうだったのか。せっちゃんの家族は、たまたま岩手にいて洪水から逃れることができたんだ。私が無理やりせっちゃんの人生を軌道修正したわけではなかったんだ。菜緒は嬉しくて、たまらなく嬉しくなって、緊張の糸が切れたら急に身体中の力が抜けて、へなへなとその場に倒れ込みたくなった。

「よかった。せっちゃん、生きていて本当によかったです」

菜緒の身体がだんだん傾き始めたのを見て、せっちゃんが慌てた。

「あらやだ、どうしたの？　具合でも悪い？」

菜緒は首と身体を激しく横に振る。同時にお腹がグウッと鳴った。たちまちせっちゃんが高らかに笑い出した。

「やだもう、菜緒ちゃんったら。よほどお腹が空いてたのね？　もしかしてお昼、食べてないの？　何か作ってあげましょうか？」

「いえ、大丈夫です」

「遠慮しないで。チャーハンでよかったらすぐできるわよ」

「え？」と思わず反応したが、すぐさま否定する。

「いえ、ホントに大丈夫です」

「そうだ、冷凍の餃子も少し残ってたはず。餃子なら軽くて食べやすいから。どう？」

「え？」と菜緒はまたもや反応してしまったが、ぐっと我慢した。

「いえ、ホントにホントに、どうか」

菜緒が手を思い切り横に振ると、「そう」と答えたせっちゃんが紅茶のポットを持ち上げて、立ち上がろうとした。

「じゃあ、お紅茶、入れ替えましょうね。もう薄くなっちゃったもんね」

「私ね、本当に菜緒ちゃんの手紙をそらんじられるのよ。やってみましょうか？」

ポットを持って台所へ向かいながらせっちゃんが振り返った。

「でも私、焦って書いたから、ひどい文章だったと思うんですけど。作文、苦手だし

……」

菜緒が弱々しくせっちゃんの背中に語りかけると、

「そんなことないわ！　リズムがあって、いい文章だったわ。めちゃくちゃって言葉が少し多いとは思いましたけどね」

そう言い残していったん台所に消えたと思ったせっちゃんが、紅茶の缶とスプーンを持って再び現れるや、

「出だしはねえ……」

せっちゃんが黒目を上にあげ、菜緒の手紙を唱え始めた。

「せっちゃんさまへ。ごめんなさい。突然、お別れしなければならなくなりました。きちんと挨拶もしないで姿を消すのは……」

「あのー」

菜緒は慌ててせっちゃんの言葉をさえぎった。身体中がむずむずし始めた。とてつもなく気恥ずかしくなったのだ。

「ちょっと、お手洗いに行ってきていいっすか？　紅茶飲みすぎちゃって」

「どうぞ。廊下出て右の突き当たりよ」

菜緒は立ち上がり、「イテテテ」と言いながら、しびれる足を引きずって廊下へ向かった。

あれから四年の歳月が過ぎた。二〇二三年の、今は夏である。今年も猛暑の予想が出ている。梅雨が明けた途端、連日四十度を超える暑さだ。地球の温暖化はちっとも止む気配がない。

菜緒はこの年の春、大学入試にまたもや失敗し、見事に二浪の身となった。

この四年間は、いろいろなことが起こりすぎた。ばあさんとせっちゃんがせっかく再会できたというのに、その翌年の初めには新型コロナウイルス騒動が世界じゅうを駆け巡り、楽しみにしていた二〇二〇年の東京オリンピック・パラリンピックは延期となり、自粛生活が延々と続き、学校は休校になって友達とも会えなくなって、今まで当たり前だったことのほとんどが、当たり前ではなくなった。

中学時代の親友、結理花が言っていたことを思い出す。

「このままだと人類は滅亡するよ。すべては人間が地球の環境を破壊したせいだ」

もしかして人類が調子に乗り過ぎたから、そのお仕置きなのではないか。人類はこのウイルスによって恐竜と同じように絶滅してしまうのかもしれない。

各国が必死にウイルスと立ち向かったおかげで、その後、ワクチンが開発されたりウイルスとの付き合い方が少しずつ見えてきたりしたけれど、それでも相変わらず、人々の間に新型コロナウイルスに対する恐怖のトラウマは残っている感じがする。菜緒自身もなんとなく、高校時代はずっと不安定な気分のまま過ごした。

しかしまったくいいことがなかったわけではない。電車は昔のように死ぬかと思うほど満員になることはなくなったし、繁華街で人とぶつかることがすごく減った。むしろ、すれ違いざま、身体が触れそうになるとさりげなく双方で避ける習慣がついたように思う。

あとはマスクやエアコンや、ビルの換気機能が進化したこととか、地方や外国に在住している教授の授業をリモートで受けられるようになったと、大学に進学した菜緒の同級生が話しているのを聞いたこともある。技術というものは緊急事態に陥ると急速に進化すると何かの本に書いてあったが、本当だと菜緒は納得した。

そして菜緒はある日、覚醒した。天啓と呼んでもいい。新型コロナウイルスがある程度収束の兆しを見せた頃、テレビのドキュメンタリー番組に映し出された医療従事者の決死の活躍ぶりを見て、身体中に鳥肌が立ったのだ。

「めちゃくちゃ、カッコいい！」

その夜、菜緒は生涯でもっとも重大な決断を自らに下した。

医者になる！

それ以降、菜緒は猛然と勉強するようになった。もちろん両親は娘の突然の改心を喜んだ。勉強嫌いだったはずの菜緒がようやく目覚めてくれたのだ。こんなめでたいことはない。しかし、伸次も万里も心の中で、「さすがに医者は無理だろう」と秘かに思っていた。でもそんなことを菜緒の前では口が裂けても言えない。奇跡は起こるかもしれないのだ。努力は必ず報われる。いや、たまに報われるときもあるだろう。とりあえず菜緒のやる気にかけようではないかと夫婦で誓い合った。

しかし伸次の寛容さは今年二〇二三年の春までが限界だった。

「三浪は許さないぞ」

「わかってます。今度こそ、命をかけて頑張ります！」

菜緒はその頃、「命をかけて」と言うのが口癖になっていた。家族会議を開き、最後のチャンスに命をかけるため、親元を離れて渋谷のばあさんのマンションに引っ越したいと両親に申し出た。受験勉強に没頭するのが第一の目的だが、もう一つ、一人暮らしをするばあさんを見守るためでもあることをつけ加えた。

ばあさんは、二〇二〇年の暮れに、渋谷の家の跡地に立った三階建ての新築マンションに引っ越した。下井草の狭いウサギ小屋から解放されたばあさんはすこぶるご機嫌の様子だが、万里にしてみれば、諸手《もろて》をあげて喜ぶわけにはいかなかった。

自粛生活を求められている期間でさえ、平気で外に出かけようとしていたばあさんである。ステイホームの制限がなくなったとはいえ、あまり無防備に人混みを歩き回るのは危険だし、何より他人迷惑である。

まして便利な渋谷のマンションで一人暮らしを始めたら、あのばあさんのこと、好き放題の生活をするに決まっている。菜緒をお目付役として送り込むのは悪くないアイディアだ。「いや、しかしそれは……」と小さく抵抗する伸次を差し置いて、

「いいんじゃない？」

万里は菜緒の申し出をあっさり受け入れた。

新しいばあさんの部屋はマンションの一階にあり、上階に作った四つの部屋を人に

貸し、ばあさんはその家賃収入をもとに大家として生活することにした。菜緒としては上階の一部屋に無料で住まわせてもらうのがいちばんの理想だったが、その要望は瞬時に却下された。それでは監視役の意味をなさないと万里は言う。しかし、せっかく自由の身になったばあさんが、はたして菜緒との共同生活を受け入れるだろうか。恐る恐るばあさんに打診してみると、

「ああ、いいよ」

万里同様、案外あっさり承諾した。

こうして菜緒は二年目の浪人生活を、ばあさんの家でスタートすることになった。ばあさんの家の、玄関を入ってすぐの六畳部屋で暮らすことを決めたとき、菜緒はもう一つ、決まり事を自分に課した。すなわち、スマホをなるべく見ないこと。一日一回、寝る前だけ。スマホが手元にあると、つい覗きたくなる。そしていつのまにか無駄な時間を使ってしまう。この中毒症状を絶たなければ勉強には集中できない。菜緒はスマホのない生活を一度経験していた。そのことが菜緒を勇気づけた。大丈夫、なくてもなんとか生きていける。

菜緒がそんな一大決心をしたのに反して、ばあさんはいつのまにかすっかりスマホの虜《とりこ》になっていた。主な用途としては、せっちゃんを始めとする友達とのLINE通信と麻雀ゲーム。そして夜になるとばあさんは、スマホをテーブルの上に立て掛けて、

リモート飲み会に耽《ふけ》ることが多くなった。

そもそもリモート飲み会を教えたのは菜緒だった。新型コロナ騒動のときに友達に会えないばあさんのためを思い、使い方を説明してセッティングしてあげたのだ。ばあさんはすこぶる気に入ったと見えた。

今や夜ご飯を終えると片手にウイスキーやワインのグラスを持ち、せっちゃんや学生時代の友達を呼び出して、スマホ画面の前で何時間でもケタケタちびちびやっている。

「そんなに長時間スマホを見てたら目が悪くなるよ！」

叱りつけるのは菜緒である。いつの間にか立場が逆転した。

ばあさんと共同生活を始めた当初、菜緒は、ばあさんがご飯を作ってくれるものとばかり思っていた。しかしその期待はまんまと裏切られた。住み始めてみると、ばあさんは菜緒のためにはほとんど台所に立つ気のないことが判明した。それどころか、菜緒に作れと迫ってくる。

「だって、他人様の家に居候するってことは、そういうことよ。社会はそんなに甘くないの。困っている人のために医者になるんだろ？　だったらご飯ぐらい大家の私のために作りなさい。それが社会勉強というもんだ」

そう主張するばあさんと交渉の末、週に一度はばあさんに晩ご飯を作ってもらうことを妥協案にして、菜緒は賄い担当を引き受けることにした。

本当のところ、ご飯作りはさして苦にならなかった。むしろ勉強漬けの日々においては恰好の気分転換になる。台所に立ってお米をといでいると、タイムスリップをした山口家の作業場を思い出すし、実際、バターの焼ける香りやかつお節でとった出汁の匂いを嗅いでいると、なんともいえず豊かな心地になった。もしどうしても医者になれなかったら、料理研究家になろうかと菜緒はこっそり思ったほどだ。

ある晩、菜緒が作ったチキンカレーを前にして二人が食卓で向き合っていると、ばあさんがスプーン片手に話しかけてきた。

「菜緒、あんた、いつ医者になれるの？」

「医者に？　そりゃだいぶ先だよ。なんとか来年、医学部に合格したとして、卒業するまで六年でしょ。そのあと臨床研修期間とかあるから、まあ、十年はかかるかな」

「ふうん」

ばあさんはカレーを一匙《さじ》、ご飯とともに口に入れ、

「十年は長いね。なるべく早くなっておくれよ」

「そんなこと言われても。なんで？」

「なったら頼みたいことが一つあるんだ」

嫌な予感がした。ばあさんが「頼みたいこと」と言い出したときは、怪しい用件に

決まっている。菜緒は警戒した。

「どういう頼みかにもよるけど？」

ばあさんはスプーンを皿の横に置き、水を勢いよく飲んだ。それから、

「救ってほしい人が一人いるの」

菜緒もスプーンを置いた。

「そんなの、無理っしょ。今、救ってあげなきゃいけない人なら、現役の専門医を探したほうがいいよ。私に期待されても、そりゃ無理だって」

「今じゃないの」

「今じゃないなら、いつなのよ」

「だいぶ前」

「だいぶ前⁉」

相変わらずばあさんの話は突飛だった。つまり、ばあさんの小学校時代の友達で、息子を新型コロナ肺炎で失った人がいる。息子は若年性の糖尿病を抱えていて、そのことが重症化につながったらしい。死因が新型コロナ肺炎だったため、息子の死に目に会えないどころか、火葬場に行くことも許されず、骨になって家に帰ってきてようやく対面を果たしたという。そのせいか、息子を亡くした実感が湧かず、母親はいまだにそのショックから立ち直れないでいるらしい。もう私もさっさと死んで息子に会

いに行きたいよと、リモート飲み会の画面で、静恵《しずえ》ちゃんという、ばあさんの幼馴染みがシクシク泣くのだそうだ。

ばあさんはもともと正義感が強い。なんとかその友達を救ってやりたいと、日増しにその思いを強くして、そして思いついたのである。

「静恵ちゃんの息子が新型コロナウイルスにとっつかまる前に、糖尿病を完璧に治して免疫力をたっぷりつけてあげるっていうのがいちばんいいんじゃないかね」

「って、意味、よくわかんないんですけど」

菜緒が聞き返した。

「だってお前、せっちゃんを救ったんだろ？」

「いやいや、せっちゃんは、私の手紙とは関係なく、偶然、岩手に行ってたから洪水に遭わずに助かったんだって。前にも話したでしょ？」

「でもそれは、手紙の影響は確実にあったとあたしは思うよ」

「なにそれ」

「せっちゃんも言ってたよ。菜緒ちゃんのおかげで私は命拾いをしたってさ」

「だから、それはさ。だいいち糖尿病は今の医学では完治しないんだって」

「糖尿病のことはよくわかんないけど、お願いだから、ひと肌脱いでおくれよ。お前ならそこらへん、なんかいい手立てを思いつくって、あたしは信じてるんだから」

「そんなこと、言われても」

「元気？」

夜中の二時。菜緒はその日の課題としていた数学の問題集を規定のページまで解き終えると、勉強机から離れ、ベッドに入ってようやくスマホを取り上げる。久しぶりに西原にＬＩＮＥをしてみた。

「おお」

すかさず西原から反応があった。まだ起きていたようだ。

「どうよ？」

西原は今、写真専門学校に通っている。昭和の時代にカメラマンの手伝いをしたときの興奮が忘れられず、将来はプロのカメラマンになるのが目下の西原の夢である。

「そっちは？　カメラマンになれそう？」

菜緒が打ち返すと、

「ぼちぼち。今、来年の卒業制作に向けてバシバシ撮ってんだけど。お前は？　医者になれそう？」

「こっちも命はかけてるけどね。二浪だし。あとがないし」

「なんかあったか？」

　西原は、一見、頼りなさそうだが、勘は悪くない。こういうときなんとなく頼りたくなる友達だ。菜緒は文字を打ち込む。

「うん。ばあさんがさあ」

「それは無理」

　まだ何も言っていないのに、西原がすばやく拒否ってきた。

「無理かどうかわかんないじゃん。まだ言ってないんだから」

「言わなくてもわかる。俺に相談するってことは、タイムスリップのことだろ？」

「わかってんじゃん」

「はっきり言って俺、タイムスリップは卒業したの。高校と同時に」

「卒業ってナニ？」

「ポイント使い切っちゃったからね」

「ポイント？」

「人一人がタイムスリップしていい回数って限度があるんだ。業界の決まりでね。だからもう行けないの、俺の場合はね」

「そんなの、聞いてないよ」

「言ってないもん」

「じゃ、どうすりゃいいの？」

「お前はまだポイント残ってると思うよ」

「残ってるって言われても。一人で行くのは怖すぎるよ。戻ってこられなくなるかもしれないじゃん」

「大丈夫だよ。行くときは知らせろよ。それまでに注意事項、ぜんぶ教えてやるから。安心しろ」

菜緒が返信を打ちかねていると、

「明日、学校早いんで。俺、そろそろ寝るな。またLINEする。お前も頑張れ」

その文字の後ろに、眠そうな目をしたうさぎのスタンプが送られてきた。

「わかった。また相談する。おやすみ」

菜緒も文面のあとにチコちゃんがキョエと並んで寝ているおやすみスタンプを送って、スマホを置いた。

窓の外ではセミがうるさく鳴いている。セミは寝ないのか。セミの声を子守歌代わりにして菜緒は目を閉じる。

私は医学部に合格するだろうか。菜緒は自らの心に改めて問う。大丈夫だよ、弱気になるな。声に出して鼓舞してみるが、内心では、また落ちるのではないかという悲観的な気持のほうが強い。そもそも医者になろうと思い立ったこと自体が間違いだったような気がしてくる。父方の内村家を見渡しても、母方の山口家の親族を辿っても、医学系の人間は一人も見当たらない。サラリーマンと仕出し屋ぐらいのものだ。家系的に無理なのだ。

しかし……と、ここで菜緒は思い直す。もし医学部に合格しなかったとしても、何かしらのかたちで困った人を助ける仕事に就きたい。看護か介護か福祉か、あるいはなんだろう。とにかく、「助けてくれてありがとう」と人に感謝されるような仕事がしたい。いや違う。感謝されたいのではなく、無我夢中で闘っているうちに、いつのまにかみんなが喜んでくれているような、そんな仕事に就けたらどんなに幸せなことだろう。

なぜそんなふうに思うのか……。わからない。わからないながら、菜緒の頭に昭和三十八年の光景が蘇る。不便なのに活気に満ちていた。決して経済的に豊かとは思えない人々が、みんな笑って必死に生きていた。昭和で過ごした最後の日に都電の窓から見た、三輪自動車の荷台に乗った女の子の思い切り風に吹かれて赤くなった頰が忘れられない。

〈よし、負けないぞ〉

菜緒は布団をかぶり直し、本格的に寝る態勢に入った。

その夏の終わり、ばあさんが熱中症で倒れた。

その日は確かに暑かった。が、熱気に満ちた戸外に出ていたわけではない。二人とも家でエアコンをつけ、かたやばあさんは断捨離をすると言ってクローゼットにこもり、かたや菜緒は自分の部屋で英語の問題集に向かっていただけだ。ドタンと大きな音がして、何事かと菜緒が部屋を出て見に行くと、ばあさんが居間のソファの横に倒れて意識を失っていた。

菜緒は生涯二度目の救急車同乗体験をした。赤い顔をしてストレッチャーに寝かされているばあさんを、菜緒はひたすら見つめていた。

結局、大事に至ることはなく、診察の結果、水分をたっぷり摂るようにと医者に言われ、ばあさんを連れて夕方に帰宅したが、菜緒は改めて気合いを入れ直した。早く医者にならないと後悔することになる。まずは身内を助けられないで、なんで医者になる意味があるだろう。

今夜はばあさんに何か胃に優しいものを食べさせよう。そう思い、ミネストローネスープを作ることにした。玉ねぎ、セロリ、ニンジン、じゃがいも、ニンニク、トマト、ベーコン。冷蔵庫に残っている食材を片っ端から取り出して細かく切り刻む。キュウリを一本持ち、これもスープに入れるか、それともサラダにするか、どうしようかと迷っているところにばあさんが、頭に風呂敷をかぶって入ってきた。

「明日は、せっちゃんと麻雀教室に行って、そのあと外で食事することになったから、あんた一人でご飯作って食べなさいね」

「えー、大丈夫なの？　熱中症で倒れたばかりだよ。どうでもいいけど、なにその頭」

「へへ。これかぶる癖がついちゃった。なんだか安心するんだよ」

そう言うと、ばあさんは風呂敷頭のまま冷蔵庫の扉を開けてすばやく缶ビールを取り出した。

「ちょっと、ビールはダメでしょ」

「喉渇いちゃったんだもん。水分摂れって医者も言ってたじゃないか」

「ビールは水分に入りません。今日はやめておきなさい！」

菜緒はキュウリ片手に、無理やりばあさんから缶ビールをひったくる。

「ちょっと、なにすんの！　まったくうるさいバカまごだね。それより早く医者になりなさいよ。ぐずぐずしてると、あたしゃ、死んじゃうよ」

「死んだら、私がタイムスリップして引き戻しにいくよ」

即座にばあさんから言葉が返ってくるかと思ったら、やけに静かだ。ん？　思わずばあさんを振り返ると、ばあさんの目がギョロリと動いて、フンと鼻で笑った。

「待っててやろうじゃないの、バカまごを」

それから背を伸ばし、

「その前にあんた、忘れてないだろうね。静恵ちゃんの息子を助ける約束しただろ？」

「だからそれは、私には無理だってば」

「無理ってことはないの。お前ならできる。なんたって、せっちゃんを助けたんだから。ぜったい行ってきて。それまではあたし、どんなことがあっても死なないから」

「マジ？　死なないでよ、ばあさん」

菜緒にしては珍しく弱気な言い方になった。ばあさんは菜緒のそばに一歩近づいて、こちらも珍しく穏やかな表情を浮かべた。

「マジだよ。どうせまた、落ちるだろ？」

「なにそれ、失礼な。不吉なこと言わないでよね。だいたいマジって、ばあさんも罰金でしょ？」

菜緒が言い返すが、風呂敷頭のばあさんは何食わぬ顔で菜緒のそばにさらに近づいて、

「やれやれ、ばあさんって商売も楽じゃないですよ。長生きするには体力つけとかなきゃねえ」

そう言うと、ばあさんは菜緒から缶ビールを奪い返し、勢いよく飲み始めた。まったく油断するとすぐこれだ。

せっちゃんさまへ。

ごめんなさい。突然、お別れしなければならなくなりました。きちんと挨拶もしないで姿を消すのは失礼だし、悲しいし、めちゃくちゃつらいけれどしかたがないです。

実は私とばあさんは、この時代の人間ではありません。どこから来たのかとみんなに聞かれても、答えられなかったのはそのせいです。本当のところ、私とばあさんは、未来の国から来ました。平成三十一年、西暦で言うと二〇一九年という時代から、東京タワーのエレベーターに乗ってやってきました。信じてもらえないかもしれませんが、過去にタイムスリップしたのです。

ちなみに平成とは、昭和の次の元号です。だから昭和三十八年から数えると、五十六年ほど未来にあたります。でも、長居はできません。警察に追われているみたいだし、山口家の皆さんにもこれ以上、迷惑はかけられないので、そろそろこのお家を失礼します。心配しないでください。私とばあさんは、なんとか生き延びます。

ただ、お別れする前にせっちゃんにどうしても言っておかなければならないことがあります。それは、数年後くらいに、せっちゃんの新潟の家のそばで大洪水が起こるかもしれないということです。だから土砂降りの雨が降り始めたら早めに避難してください。そうしないと流されてしまいます。その頃、せっちゃんはだんなさんと赤ちゃんと一緒に暮らしていると思います。赤ちゃんとだんなさんと一緒に逃げてください。じゃないと死んじゃいます！

あと一つ。もし大洪水から逃げることができたら、二〇一九年の今日、つまり、三月二十九日に東京タワーの展望台に来てください。そのとき、せっちゃんは七十三歳のはずですが、健康に気をつけていれば生きていると思います。だから来てください。私も行きます。必ず行きます。

その時代になると東京には大きなタワーが二つになっています。東京タワーと、東京スカイツリーという名前の青っぽいタワーが墨田区に建っています。間違えないでください。せっちゃんが東京タワーに来てくれたら、私はめちゃくちゃ喜びます。ばあさんもめちゃくちゃ喜びます。ばあさんとも仲直りできます！言い忘れました。私と一緒にいたばあさんは、和お嬢様です。でもって私は、山口和の孫にあたります。今さらですが自己紹介でした。驚かしてすみません。

私はせっちゃんに会えて、めちゃくちゃ楽しかったです。たくさん思い出ができました。昭和の時代が大好きになりました。一生、忘れません。ぜったいもう一度、会いたいです。

最後にもう一度。くれぐれも大雨には気をつけて。早めの避難をお願いします！

さようなら

昭和三十八年三月二十九日

内村菜緒

挿画　石川えりこ

『ばあさんは15歳』二〇二一年一月　中央公論新社刊

初出
「読売新聞」二〇一九年一〇月一四日～二〇年七月一七日掲載

中公文庫

ばあさんは15歳《じゅうごさい》

2024年2月25日　初版発行

著　者　阿川佐和子《あがわさわこ》

発行者　安部 順一

発行所　中央公論新社
〒100-8152　東京都千代田区大手町1-7-1
電話　販売 03-5299-1730　編集 03-5299-1890
URL https://www.chuko.co.jp/

DTP　平面惑星
印　刷　大日本印刷
製　本　大日本印刷

Published by CHUOKORON-SHINSHA, INC.
Printed in Japan　ISBN978-4-12-207478-1 C1193

い-110-1
良いおっぱい悪いおっぱい〔完全版〕　伊藤比呂美

一世を風靡したあの作品に、3人の子を産み育て、25年分の人生経験を積んでパワーアップした伊藤比呂美が大幅加筆！「やっと私の原点であると言い切ることができます」

205355-7

い-110-2
なにたべた？　伊藤比呂美＋枝元なほみ往復書簡　伊藤比呂美　枝元なほみ

詩人は二つの家庭を抱え、料理研究家は二人の男の間で揺れながら、どこへ行っても料理をつくっていた。二十年来の親友が交わす、おいしい往復書簡。

205431-8

い-110-4
閉経記　伊藤比呂美

更年期の女性たちは戦っている。老いる体、減らない体重、親の介護、夫の偏屈と。ホルモン補充療法に挑戦、ラテン系エクササイズに熱中する日々を、無頼かつ軽妙に語るエッセイ集。

206419-5

い-110-5
ウマし　伊藤比呂美

食の記憶（父の生卵）、異文化の味（ターキー）、偏愛の対象（スナック菓子、山椒）。執着し咀嚼して、胃の腑をゆさぶる本能の言葉。滋養満点の名エッセイ。

207041-7

い-110-6
たそがれてゆく子さん　伊藤比呂美

男が一人、老いて死んでいくのを看取るのは、ほんとうによかった――。夫の介護に始まる日々。書くことで生き抜いてきた詩人の眼前に、今、広がる光景は。

207135-3

い-110-7
またたび　伊藤比呂美

文化の壁も反抗期も食欲の前に待ったなし！　英国人の夫、三人の娘との、つくり、食べ、食べさせる濃密な日々を詩人・母が綴る。〈解説〉ブレイディみかこ

207437-8

き-30-16
二人の親を見送って　岸本葉子

老いの途上で、親の死は必ず訪れる。介護や看取りを経て、カラダとココロの構えは変わる。生と死や人と自然のつながりを優しくみつめ直す感動のエッセイ。

206706-6

き-30-20
楽しみ上手は老い上手　岸本葉子

心や体の変化にとまどいつつも、今からできることをみつけたい。時間と気持ちにゆとりができたなら、新たな出会いや意外な発見？　期待も高まります！

207198-8

各書目の下段の数字はISBNコードです。978－4－12が省略してあります。

う-3-18
九十歳、イキのいい毎日 宇野千代
陽気は美徳、陰気は悪徳を信条に九十八歳の天寿を全うした著者。最晩年のイキのいい毎日を綴った名随筆を精選。「私の文章作法」「私の発明料理」収録。
207336-4

さ-61-2
寄り添って老後 沢村貞子
八十一歳で女優業を引退した著者が、自身の「老い」を冷静に見つめユーモラスに綴る。永六輔との対談「お葬式を考える」を増補。〈巻末エッセイ〉北村暁子
207207-7

た-15-14
日日雑記 新装版 武田百合子
深沢七郎、大岡昇平ら友人たちを送った昭和最後の三年間。日々の出来事や気持の照り降りを心に響く文章で綴る最後のエッセイ集。〈巻末エッセイ〉武田　花
207394-4

ひ-26-1
買物71番勝負 平松洋子
この買物、はたしてアタリかハズレか。一つ一つの買物は一期一会の真剣勝負だ。キャミソールから浄水ポットまで、買物名人のバッグの中身は？〈解説〉有吉玉青
204839-3

よ-57-4
さっぱりと欲ばらず 吉沢久子
自分に正直に生きることが、人生を幸せに過ごす秘訣です。人は人、自分は自分。101歳で大往生した吉沢さんの人生の知恵が満載！〈解説〉谷川俊太郎
207038-7

よ-25-6
小さな幸せ46こ よしもとばなな
最悪の思い出もいつか最高になる。両親の死、家族や友との絆、食や旅の愉しみ。何気ない日常の中に幸せを見つける幸福論的エッセイ集。タムくんの挿絵付き。
206606-9

わ-25-2
ことばの波止場 和田誠
戦時中の替え歌、落語に訳詞。しりとり、回文、アナグラム。マザーグースにクマのプーさん。長年かけてこつこつ集めた、大人が楽しいことばの遊び。
206887-2

わ-25-4
旅の絵日記 和田誠／平野レミ
レミさん和田さんが息子二人と旅に出た。フランス・スペイン・モナコ・イタリアを巡った一九八九年の夏休み。たくさんの絵と愉快な文章に心はずむ旅の記録。
207159-9